Die Akademie der Götter

Band I

vo

Elisa S. Amore
Kiera Legend

Impressum:

Autor: Elisa S. Amore, Kiera Legend

Übersetzung: Katherina Kisner

Cover: Damonza

Verlag: Winterfeld Verlag

Deutsche Erstveröffentlichung: Berlin 2023

ISBN: 978-3-948684-51-8

Kapitel 1

Melanie

Auf Callies achtzehnter Geburtstagsparty tummelten sich mehr als hundert Leute.

Sie tranken Champagner, aßen eingelegte Feigen mit Ricotta, die von Dienern in Anzügen gereicht wurden. Die Gäste waren Freunde aus Callies angesehener Privatschule und Callies große griechische Familie.

Ich stand mitten unter ihnen, obwohl ich zu keiner dieser Gruppen gehörte.

Nach außen hin würde Callie mich gewiss als Freundin, ja sogar als Schwester bezeichnen, immerhin hatten wir die letzten fünf Jahre in demselben Haus gelebt. Aber ich wusste, dass sie hinter meinem Rücken allen, die es nicht hören wollten, erzählte, dass ich nicht wirklich dazugehörte.

Das Traurige daran war, dass es stimmte.

Ich nippte an meinem Champagner, lehnte mich an das weiße Geländer der Veranda und ließ meinen Blick über das Anwesen der Familie Demos schweifen. Lichterketten beleuchteten das weitläufige Areal und säumten die Kopfsteinpflasterwege und Steinstatuen. Nachts war es hier wunderschön.

Oft streifte ich nach Mitternacht heimlich durch den Garten, ohne dass meine Adoptivmutter Sophia oder der Rest des Haushalts es mitbekommen hätten. Nur der Gärtner wusste von meinen nächtlichen Ausflügen. Aber er würde mich niemals verraten. Wir hatten eine Abmachung. Er petzte nicht wegen meiner heimlichen, nächtlichen Abenteuer, und ich würde niemandem verraten, dass er mit Rachel vom Küchenpersonal hinter dem Gartenschuppen Gras rauchte.

„Was machst du denn hier draußen?“ Callie trat zu mir ans Geländer, die Ärmel ihres eleganten blauen Kleides hingen über das weiße Holz. Sie sah aus wie eine Königin. Ihr Haar war zu einem komplizierten Zopf geflochten. Sie trug sogar ein winziges diamantenbesetztes Diadem für diesen Anlass.

„Das Übliche. Mich verstecken. Ich halte mich von Cousin Leo und seinen gierigen Händen fern.“ Mit einer Geste deutete ich an Callies Brüste zwicken zu wollen.

Lachend schlug sie meine Hand weg. „Ich weiß, er ist schrecklich. Vorhin hat er Kate an den Hintern gegrapscht.“

Ich nahm einen weiteren Schluck Champagner. Ich war mir bewusst, dass ich nicht annähernd so schön und elegant aussah wie Callie. Ich hatte mich gegen ein ausgefallenes Kleid, und für einen klassischen langärmeligen Jumpsuit mit Cape entschieden. Er gehörte nicht einmal mir, Callie hatte ihn mir geborgt. So etwas hätte ich mir selbst nie leisten können. Ich hegte den Verdacht, dass sie das Kleidungsstück für mich ausgesucht hatte, um die Tattoos auf meinen Armen und Beinen zu verdecken. Ihre Eltern waren sehr traditionell. Sie duldeten mich nur, weil ich die Ziehtochter ihrer treusten Haushälterin war.

„Wir sollten reingehen.“ Callie drehte sich um und deutete auf den Saal, in dem sich jenseits der offenen Terrassentüren Menschen in Smokings und Abendkleidern tummelten. Der Lärm dröhnte unangenehm laut in meinen Ohren. „Ich werde meine Schattenbox gleich aufmachen. Du solltest dabei sein.“

„Ich komme gleich“, sagte ich. „Gib mir eine Minute.“

„Das würde ich dir auch raten Du würdest es bereuen, den Augenblick zu verpassen, in dem ich meine Einladung in die Armee der Götter erhalte.“

Ich grinste. „Vergiss nicht, dass die Chancen dafür eins zu einer Million stehen.“

Ihre Augen verengten sich zu Schlitzen. „Ich habe mein Leben nicht umsonst mit Gebeten in Tempeln verbracht.“

Callie begab sich zurück auf ihre Feier. Ihre Füße schienen den Boden dabei kaum zu berühren. Sie schien zu schweben, so anmutig war ihr Gang. Oft wurde sie mit der Schönheitsgöttin Aphrodite verglichen - langes, goldblondes Haar, perfekte, symmetrische Gesichtszüge, eisblaue Augen und die Nase einer Herrscherin. Ich fand, dass sie auch einige der Charaktereigenschaften besaß, die man der Göttin zuschrieb: Aphrodite war angeblich eitel, durchtrieben und ein wenig teuflisch.

Nun, vielleicht nicht gerade teuflisch. Vermutlich passte dieses Wort eher zu mir. Denn mein blaues Haar, meine Tattoos, meine Piercings und meine mangelnde Verehrung der griechischen Götter wirkten in der Oberschicht von Pecunia, wo die meisten Familien griechisch und gottesfürchtig waren, eindeutig fehl am Platz.

Es war nicht so, dass ich nicht an die Götter glaubte - auf meine eigene Art und Weise tat ich das durchaus. Ich verehrte sie nur nicht. Ich fand, dass sie zu meinem Leben nichts beigetragen hatten. Also warum schuldete ich ihnen Verehrung?

Die Schattenboxen, die jedes Kind zu seinem achtzehnten Geburtstag bekam, waren angeblich ein Geschenk der Götter. Die Boxen enthielten einen einfachen Geburtstagsgruß, aber manche enthielten angeblich eine Einladung der Akademie der Götter beizutreten, und sich in den Dienst der Götter zu stellen.

Ich hielt das für Unsinn. Mir war noch nie jemand begegnet, der ausgewählt worden war. Nach allem, was ich wusste, enthielten die Schattenboxen immer Geburtstagsgrüße.

Dennoch. Das Öffnen der Box war ein großer Augenblick und Callie würde es mir übel nehmen, wenn ich ihn verpasste.

Ich ging also wieder hinein. Die Partygäste hatten mittlerweile einen Halbkreis um Callie gebildet. Ihre Eltern nahmen den Platz direkt neben ihr ein; ihre Mutter strahlte vor Stolz. Ihr Vater wirkte stoisch. In all den Jahren, die ich auf dem Anwesen verbracht hatte, hatte ich Mr. Demos noch nie lächeln gesehen.

Ich entdeckte ein paar von Callies Freunden, für die ich nicht mehr Liebe übrig hatte als sie für mich. Ihre beste Freundin, Ashley, wirkte begeistert. Tyler hingegen schien sich zu Tode zu langweilen. Als sich unsere Blicke trafen, schenkte er mir ein betont aufgesetztes Lächeln, hob seine Hand und streckte mir den Mittelfinger entgegen.

Ich erwiderte die Geste gerade, als die Lichter ausgingen und eine riesige Geburtstagstorte auf einem Serviertisch hereingerollt wurde. In den hinteren Reihen stimmte jemand „Happy Birthday“ an, ein Lied, das von der Menge begeistert aufgenommen wurde.

Callie zwang ein gekünsteltes Lächeln auf ihre Lippen. Dann pustete sie die Kerzen aus und alle klatschten. Ich wusste, was sie sich gewünscht hatte: eine Einladung in die mystische Akademie der Götter. Wie ich Callie kannte, würde sie die Einladung wahrscheinlich sogar bekommen. Callie bekam immer alles, was sie wollte.

Während die Torte davongerollt wurde, um mit chirurgischer Präzision in perfekt gleichmäßige Stücke zerteilt zu werden, drang von draußen der Klang einer Fanfare an meine Ohren. Die

Menge begann zu murmeln. Die Schattenbox musste eingetroffen sein.

Während der Rest der Gäste in Erwartung der berühmten Metallbox den Atem anhielt, schluckte ich meinen Unmut hinunter. Ich hasste diese Zeremonie. Sie erinnerte mich daran, dass ich an meinem achtzehnten Geburtstag keine Schattenbox erhalten hatte. Obwohl die Zauberkiste jedem Kind an seinem achtzehnten Geburtstag zugestellt werden sollte, hatte sie mich irgendwie vergessen.

Schweigen breitete sich im Raum aus, als ein Würdenträger in einem traditionellen griechisch-weißen Gewand die Metallkiste auf einem Tonteller hereintrug. Jetzt packte mich die Neugierde doch. Ich verrenkte mir den Hals und setzte meine Ellenbogen ein, um mir eine bessere Sicht auf die Kiste zu verschaffen.

Die Schattenbox war atemberaubend. Aus Bronze gefertigt und mit Gold- und Silberverzierungen versehen, erstrahlte sie in ihrem ganz eigenen Glanz. Ein Gast stöhnte neben mir auf, als der Würdenträger vor Callie stehen blieb und ihr das Geschenk überreichte.

Jetzt, wo ich näher dran war, konnte ich die Motive erkennen, die mit großer Sorgfalt in das Metall eingraviert worden waren: Symbole der Götter. Ein Blitz für Zeus, ein Stern für Hera, eine Rose für Aphrodite und ein Wolf für Ares. Ich konnte sie ganz deutlich sehen. Ich nahm an, dass auf der anderen Seite der Mond für Artemis und die Sonne für Apollo zu sehen waren.

Callie sah zuerst ihre Mutter, dann ihren Vater an. Sie nickten ihr beide zu. Bevor sie das Geschenk jedoch auspacken durfte, hatte sie den Göttern zu danken. So war es Brauch.

„Ich danke euch, mächtige Götter“, rief Callie. „Ich danke euch für euren Segen und hoffe mich würdig zu erweisen.“ Ihre Stimme brach. Sie wünschte sich diese Einladung so sehr.

Beinahe wünschte ich mir die Einladung für sie. Beinahe.

Langsam griff sie nach der Box. Als sie die Box in ihre Hände nahm, zuckten viele im Publikum zusammen. Was erwarteten die Leute? Dass Licht aus allen Ecken herausgeschossen kam? Wohl kaum.

Callie hob den Deckel an und wagte einen Blick ins Innere. Ihre Hand zitterte leicht, als sie in die Box griff und die winzige mit einem goldenen Band befestigte Schriftrolle herauszog. Ich konnte sehen, wie sie nervös schluckte, während sie das Band löste und das verwitterte, vergilbte Pergament entfaltete.

Röte überzog Callies Wangen, während sie die Schriftrolle überflog. Offensichtlich hatte sie nicht die Nachricht erhalten, die sie erwartet hatte.

„Was steht da, Liebling?“ Ihre Mutter reckte ihren langen Hals und versuchte, über die Schulter ihrer Tochter hinweg zu lesen.

Callie stieß ihre Mutter weg, warf die Metallbox auf den Boden und lief aus dem Raum. Einige der Gäste murrten angesichts von Callies schockierendem Verhalten. Mich überraschte es weniger. Mrs. Demos nickte der fünfköpfigen Band in der Ecke zu, und sofort setzte die Musik wieder ein. Dann wandte sie sich an die Partygäste: „Lasst uns tanzen. Das ist eine Feier, um Dionysos willen!“

Nach dieser Rede ergriff sie meinen Arm und zog mich zu sich heran. „Such Callie und richte ihr aus, dass sie ihren Hintern gefälligst wieder hierher bewegen soll, um sich zu entschuldigen. Sie darf die Götter nicht beleidigen.“ Sie deutete auf die Metallbox, die zu ihren Füßen auf dem Boden ruhte. „Und schaff die hier weg.“

Ich hob die Box auf und war überrascht, dass sich ein Kribbeln von der Stelle ausbreitete, an der sie meine Haut berührte. Ich hätte gedacht, dass sich das Metall kühl anfühlen würde, doch die Box strahlte Hitze aus.

Ich traf Callie rauchend auf der Terrasse an. Sie sah mich nicht an, auch nicht, als ich neben sie trat.

„Alles in Ordnung?“

Sie zog an ihrer Zigarette und blies Rauch in die Luft. „Ich kann nicht glauben, dass all die Spenden für die Tempel und die Wohltätigkeitsarbeit meiner Eltern nichts gebracht haben sollen.“ Sie schüttelte den Kopf. „Was ist der Dank für all die Mühen? Ein blöder Geburtstagssegen, aber keine Einladung in die Akademie.“

„Ja, das ist echt Mist.“ Ich bezwang den Drang, die Augen zu verdrehen. *Niemand* bekam diese Einladung.

Endlich drehte sie sich zu mir um und blickte mir in die Augen. „Ich bin die perfekte Kandidatin. Ich kann ihnen alles bieten, was sie an der Akademie brauchen. Ich wäre einer ihrer besten Schülerinnen geworden.“

„Deine Mutter hat mich gebeten, dir auszurichten, dass du wieder hineingehen sollst, um dich bei deinen Gästen zu entschuldigen.“ Ich hielt ihr die Schattenbox hin. „Die hast du vergessen.“

Sie schlug mir das Metallkästchen aus der Hand. Ich fing die Box nur im letzten Moment auf.

„Ich will diese blöde Ding nie wieder sehen!“

Sie drückte ihre Zigarette auf dem Geländer aus und stürmte zurück ins Haus. Ich sah ihr nach und spürte, wie sich Wut in mir ausbreitete. Callie benahm sich wie eine verwöhnte Göre.

Ich hatte genug für einen Abend. Genug von den reichen Partygästen, und genug von Callie.

Erschöpft verließ ich das Fest und schlich durch den Garten zu dem kleinen Häuschen, das ich mir mit meiner Ziehmutter

Sophia teilte. Die Schattenbox nahm ich mit. Wenn sie auch vielleicht nicht von den Göttern stammte, so war sie doch wunderschön.

Nachdem Sophia drei harte Arbeitstage damit verbracht hatte, die Feier zu organisieren, schlief sie vermutlich schon selig in ihrem Bett. Um sie nicht aufzuwecken, schlich ich mich auf Zehenspitzen durch das kleine Haus in mein winziges Schlafzimmer.

„Du musst nicht schleichen, ich bin wach."

Ich versteckte die Schattenbox hinter meinem Rücken und wandte mich dem Wohnzimmer zu. Sophia saß auf ihrem Sessel am Fenster mit Stricknadeln und einem roten Wollknäuel in den Händen.

„Warum strickst du im Dunkeln?", fragte ich lächelnd.

„Es entspannt mich. In mir geht zu viel vor, um einschlafen zu können."

„Hast du das von Callie mitbekommen?"

Sophia schnalzte mit der Zunge. „Sie war sehr laut. Also ja."

Sie deutete neben sich auf den Boden, wo ich für gewöhnlich saß, um ihren Geschichten über meine Eltern zu lauschen. „Komm, setz dich zu mir. Erzähl mir alles, was du heute erlebt hast. Hast du etwas von der Torte probiert? Sie sah hervorragend aus."

Ich schüttelte den Kopf. „Nein, leider nicht. An die habe ich bei dem ganzen Trubel gar nicht mehr gedacht." Ich täuschte ein Gähnen vor. „Ich gehe lieber zu Bett. Es war eine lange Nacht."

Sie lächelte mich an. „In Ordnung, mein Schatz. Träum schön."

„Du auch!" Wenig später betrat ich mein Schlafzimmer. Ich hatte es geschafft, die Metallbox ungesehen an ihr vorbeizuschmuggeln.

Rasch zog ich meinen Jumpsuit aus, darauf bedacht, ihn nicht zu beschmutzen, und schlüpfte in eine alte Jogginghose und ein ausgewaschenes Tanktop. In diesen Klamotten fühlte ich mich irgendwie viel mehr wie ich selbst.

Nachdem ich es mir im Schneidersitz auf dem Bett bequem gemacht hatte, drehte ich die Schattenbox in meinen Händen. Erneut strahlte das Metall eine seltsame Hitze aus. Verunsichert stellte ich die Box vor mir ab. Ich stellte fest, dass ich bei den Symbolen recht gehabt hatte. Es waren insgesamt zwölf. Eines für jede Gottheit.

Vorsichtig hob ich den Deckel der Box an und riss überrascht die Augen auf.

Die Schattenbox hätte leer sein müssen. Callie hatte die Schriftrolle mitgenommen. Dennoch befand sich in der Box eine weitere Schriftrolle.

Verwirrt runzelte ich die Stirn. Hatte Callie diese zweite Schriftrolle übersehen?

Ich griff hinein und nahm das Schriftstück heraus. Sobald ich das Papier berührte, fühlte ich ein Kribbeln in meinen Fingern. Kurz überlegte ich, Callie die Box zurückzubringen. Aber meine Neugierde war zu groß.

Vorsichtig entrollte ich das Pergament.

Herzlichen Glückwunsch, Rekrutin!

Du wurdest an der Akademie der Götter aufgenommen.

Ein elektrischer Schlag durchfuhr meine Finger, und ich ließ die Schriftrolle fallen. Das Papier segelte langsam durch die Luft, bevor es sich anmutig auf meiner Decke niederließ.

Kaum zu glauben! Callie hatte die Einladung in ihrer Arroganz einfach übersehen.

Ich musste sofort zu ihr gehen und ihr die Einladung zeigen.

Das musste ich.

Sofort.

Jetzt.

Oder?

Ich holte tief Luft.

Callie hatte alles. Liebevolle Eltern, ein großes zu Hause, Reichtum und Freunde. Und sie wusste nichts davon zu schätzen.

Ein bitterer Gedanke machte sich in mir breit.

Was wenn ich es ihr nicht sagte? Niemand würde es erfahren. Callie ging davon aus, dass die Götter sie abgewiesen hatten. Sie selbst hatte mich angewiesen, die Schattenbox loszuwerden. Sie würde es nie herausfinden.

Ich musterte die Einladung. Kein Name stand auf ihr.

Was wenn ...?

Ich schluckte.

Mein ganzes Leben lang war ich eine Außenseiterin gewesen. Ich wusste immer, wenn man mir nur einmal eine Chance geben würde, könnte ich ... etwas bewirken. Etwas verändern.

Ich starrte auf die Metallbox.

Was wenn ...

Kapitel 2

Melanie

Auf der Suche nach weiteren Hinweisen drehte und wendete ich das Pergament in meiner Hand.

Gerüchten zufolge sollte die Box neben der Einladung weitere Anweisungen enthalten. Solche, die den geheimen Weg in die noch geheimere Einrichtung beschrieben. Nichts davon fand sich auf der Einladung.

Ich hob die Box hoch, betrachtete den Metallboden und fuhr mit der Fingerkuppe über die Kanten und Nähte. Ich untersuchte jeden Millimeter der Außenhülle auf ein geschickt platziertes Versteck, doch ich fand nichts. Als ich jedoch die Samteinlage berührte, kräuselte sich ein winziges Stück des Bodens. Ein Geheimversteck für eine geheime Botschaft?

Mit zitternden Fingern zerrte ich an dem Stoff, der sich nicht lösen wollte. Schließlich zog ich den Samt in Streifen heraus. Mein Blick heftete sich auf die Inschrift des glänzenden Metallbodens. Um die Worte erkennen zu können, hielt ich die Box unters Licht und las sie laut vor:

„Du lüftest das Geheimnis, wenn du jene Sache benutzt, die ohne Beine tanzt und die ohne Lungen atmet. Die Leben in sich trägt, zu wenig, um zu leben, aber zu viel zum Sterben und doch Leben und Tod in sich vereint.“

Ein Rätsel. *Perfekt.* Ich stöhnte auf.

Es konnte nicht so schwer sein, die Lösung zu finden. Andernfalls hätte es kaum ein Rekrut geschafft, sich zum richtigen Zeitpunkt am richtigen Ort einzufinden, aber vielleicht steckte genau diese Absicht dahinter? Schließlich wollte die Akademie der Götter nicht irgendwen, sondern suchte sich die Besten der Besten aus. Noch einmal flog mein Blick über die Zeilen, während mein Verstand ratterte, um das Rätsel zu lösen.

Ich sprang vom Bett herunter und tigerte im Raum umher. Bewegung half mir, nachzudenken. Welches Ding tanzte, atmete und lebte, ohne zu leben oder zu sterben? Ein Mensch? Nein, wir hatten sowohl Beine als auch Lungen und am Leben waren wir auch. Es konnte sich auch nicht um ein Tier handeln.

Immer wieder zog die Schattenbox meinen Blick auf sich. Ab und an blitzte das Metall im Licht auf. Ich erinnerte mich daran, wie sie sich in meinen Händen angefühlt hatte; an die Hitzewellen, die sie über meine Haut geschickt hatte. Plötzlich hielt ich inne, griff nach der Metallbox und drehte sie in meinen Händen, während ich mir die Symbole der einzelnen Gottheiten einprägte, die die Außenhülle zierten.

Zeus - Blitz
Hera - Stern
Aphrodite - Rose
Ares - Wolf
Apollo - Sonne
Artemis - Mond

Eine Drehung um einhundertachtzig Grad offenbarte mir sechs weitere Symbole, die in die gegenüberliegende Wand eingraviert waren. Etwas an ihnen irritierte mich.

Poseidon - Dreizack
Dionysos - Kelch
Hephaistos - Feuer

Athene - Eule
Demeter - Füllhorn
Hermes - Schlange

Stirnrunzelnd fuhr ich mit den Fingerkuppen über das Metall. Erneut legte sich die Hitze um meine Finger. Es fühlte sich so an, als würde ich meine Hand ins Feuer halten.

Die Handwerkskunst, mit der das Metall bearbeitet worden war, stammte nicht von dieser Welt. Sie übertraf alles Irdische. Einer der Götter musste die Schattenbox entworfen haben. Hitze, Metall ...

Feuer.

Das musste es sein! Flammen tanzten im Feuer, allerdings brauchte Feuer Sauerstoff, um zu brennen; *tanzen ohne Beine, atmen ohne Lunge.* Wurde das Feuer gelöscht, starben die Flammen mit ihm. Das war des Rätsels Lösung.

Doch es gab nur eine Möglichkeit herauszufinden, ob ich Recht hatte.

Da ich keinen Kamin hatte, in dem ich ein Feuer entfachen konnte, sammelte ich sämtliche Kerzen zusammen, die ich im Zimmer finden konnte, und platzierte sie nebeneinander, bevor ich sie anzündete. In der Hoffnung, dass es funktionieren würde, ließ ich die Schattenbox über den winzigen Flammen schweben.

Mindestens zehn Minuten lang setzte ich die Metallbox der Hitze aus, bevor ich einen Temperaturunterschied spürte. Nach ein paar weiteren Minuten wurde das Metall so heiß, dass es mich schmerzte, die Box zu halten. Meine Finger brannten. Ich zuckte bei dem stechenden Schmerz zusammen, ohne zu wissen, wie lange ich die Schmerzen noch ertragen musste.

Gerade als meine Schmerzschwelle überschritten war und ich die Box fallen lassen wollte, stiegen dünne schwarze

Rauchschwaden aus dem Inneren der Box herauf. Als würde sie der Wind antreiben, schlängelten sich die Dämpfe durch die Luft. Mein Blick flog zu meinem Fenster. Hatte ich es offengelassen? Nein, es war fest verschlossen.

Plötzlich begannen sich Wörter und Zahlen aus den Rauchschwaden zu formen.

Cala

3 Uhr

Pier ...

Ich hielt den Atem an, als sich eine weitere Zahl bildete. Allerdings konnte ich nicht entziffern, ob es eine Neun oder eine Sechs sein sollte. Erst sah sie aus wie eine Sechs, dann wie eine Neun, um dann wieder zu einer Sechs zu werden. Nachdem der Hinweis sich vollständig entfaltet hatte, verschwand er abrupt.

Ich ließ die Box fallen, weil ich sie nicht länger halten konnte. Ein Blick auf meine Hände verriet mir, dass sich auf meinen Fingerspitzen kleine Blasen gebildet hatten, die jetzt rot leuchteten. Aber das spielte keine Rolle, denn ich hatte zumindest die Information erhalten, die ich brauchte.

Cala war ein kleines Städtchen unweit der Bucht. Es bot einen großen Hafen, zu dem Sophia mich einmal mitgenommen hatte. Ich hatte keine Ahnung, wie viele Anlegestellen es dort gab, allerdings musste ich nur eine finden. Pier Nummer sechs. Um drei Uhr in der Nacht. Ich schnappte mir mein Handy und schielte auf das Display. Es war elf Uhr. Mir blieben vier Stunden Zeit, um mich am Pier einzufinden und das Geheimnis um die Akademie zu lüften.

Das war nicht genug Zeit, um diese Entscheidung oder ihre Konsequenzen völlig zu überdenken. Aber welche Wahl hatte ich?

Ich musste entweder zum Pier gehen, oder ich musste Callie die Wahrheit sagen.

Doch wenn ich das tat, würde ich mich dann nicht ein Leben lang fragen:

Was wenn ...?

Ich sprang auf, eilte zu meinem Kleiderschrank und zerrte einen klapprigen Seesack heraus. Schnell riss ich die Schubladen meiner Kommode auf und stopfte alles in den Seesack, was mir in die Hände fiel: Unterwäsche, Socken, Jeans und ein paar T-Shirts. Die Schattenbox kam zum Schluss. Sollte jemand einen Beweis für meine Einladung verlangen, würde sie mir dabei helfen, diesen zu liefern.

Entschlossen zog ich den Reißverschluss zu, schlüpfte in meine verwitterte Jacke und meine Stiefel, steckte mein Handy in die Tasche und vergewisserte mich, dass ich ungesehen verschwinden konnte. Sophia hielt sich nicht Wohnzimmer auf und ihre Schlafzimmertür war verschlossen, also musste sie bereits zu Bett gegangen sein.

Nachdem ich aus meinem Schlafzimmer geschlüpft war, blieb ich vor Sophias geschlossener Tür stehen. Ich sog scharf Luft ein.

In meinem Übermut hatte ich nicht daran gedacht, dass ich natürlich auch meine Ziehmutter verlassen musste.

Ich sollte ihr eine Nachricht hinterlassen und ihr mitteilen, wohin ich gegangen war. Aber wie? Niemand durfte erfahren, dass ich die Einladung gestohlen hatte.

Also öffnete ich leise ihre Tür und schlich mich hinein.

Meine Brust wurde eng, als ich sie erblickte. Ihr im Schlaf entspanntes Gesicht war jetzt frei von den Sorgenfalten, die sich im Laufe der Jahre in ihre einst makellose Haut gegraben hatten.

Ich beugte mich über sie und drückte ihr einen Kuss auf die Stirn. „Ich liebe dich“, flüsterte ich.

Tränen stachen mir in die Augen, als ich mein Zuhause verließ und mich auf leisen Sohlen und abseits der Lichtquellen durch den Garten und die Einfahrt hinunter schlich.

Soweit ich wusste, fuhren keine Busse in dieser Gegend und um diese Uhrzeit erst recht nicht, also musste ich eine Möglichkeit finden, die mindestens neunzig Meilen von Pecunia entfernte Stadt Cala zu erreichen. Mir blieben nur ein paar Stunden, um pünktlich am Pier zu erscheinen. Zu Fuß würde ich es nie schaffen.

Stimmen drangen an meine Ohren. Es mussten Partygäste sein, die die Veranstaltung verließen. Für einen kurzen Moment dachte ich darüber nach, sie um eine Mitfahrgelegenheit zu bitten, aber dann würde Callie bestimmt davon erfahren. Ich musste unentdeckt bleiben, zumindest bis zum Sonnenaufgang. Sobald der Morgen anbrach, war es mir egal, was sie über mein Verschwinden dachten. Vermutlich würden sie davon ausgehen, ich wäre einfach ausgerissen. In ihren Augen würde dieses Verhalten zu mir passen. Nur Sophia würde es nicht glauben, sie würde sich Sorgen machen.

Große Sorgen.

Es brach mir das Herz ihr diese Ungewissheit zuzumuten, aber mir blieb keine Wahl.

Nicht wenn ich mein Leben verändern wollte.

***

Scheinwerfer fegten über den Bürgersteig. Mit angehaltenem Atem sprang ich zurück in die Schatten, um nicht gesehen zu werden. Ich drehte mich um und entdeckte ein Motorrad, das abseits aller anderen Fahrzeuge parkte. Der Schlüssel steckte.

Könnte ich einfach ...?

Zehn Minuten später raste ich die Auffahrt des Demos Anwesen hinunter. Ich bog links in die Hauptstraße ab. Obwohl ich mich freute, meine Vergangenheit hinter mir zu lassen, fühlte ich mich schuldig, wegen Sophia. Ich konnte nur hoffen, dass sie mit der Zeit verstehen würde, warum ich hatte gehen müssen.

Mein Herz raste so schnell wie das Motorrad unter mir. Ich konnte kaum glauben, was ich da tat. Ich betete, dass es funktionieren würde. Es musste funktionieren. Sollte es schief gehen und ich rausgeschmissen werden, war ich mir nicht sicher, ob ich zurückkehren könnte.

Es dauerte nicht lange, bis ich die Anlegestelle fand. Das Touristenstädtchen war ziemlich klein, sodass ich lediglich dem Rauschen des Meeres zu folgen brauchte. Das Motorrad stellte ich am Bootshaus ab.

Als ich mich auf den Weg zum Pier sechs machte, überraschte mich die Stille. Wo waren all die anderen Rekruten? Sicherlich war ich nicht die Einzige, die das Rätsel lösen konnte und hier gelandet war. Gerüchten zufolge rekrutierten die Götter alle vier Jahre fünfzig Jugendliche.

Trotz der fehlenden Beleuchtung fand ich mich am Pier Nummer sechs ein. Die unheimliche Stille und die Dunkelheit, der ich mich mit jedem Schritt näherte, waren erdrückend. Lediglich das Plätschern des Wassers gegen die Metallpfosten des Stegs und mein eigener Herzschlag dröhnten in meinen Ohren.

Mein Blick irrte über das Meer, während ich darüber nachdachte, wie ich vorgehen sollte. Würde ein Boot kommen und mich abholen? Wäre das für eine Rekrutin nicht zu einfach?

So wie ich die Götter einschätzte, würden sie den Weg in die Akademie kompliziert und gefährlich gestalten.

Plötzlich kam mir der Gedanke, der Eingang zur Akademie befände sich womöglich unter Wasser.

Blinzelnd ließ ich meinen Blick über die Oberfläche gleiten. Etwa einhundert Meter von mir entfernt entdeckte ich eine Boje, die auf dem Wasser herumtrieb. Alle paar Sekunden sandte sie ein Lichtsignal aus. War das ein Zeichen für ich?

Wieder mal gab es nur einen Weg es herauszufinden.

Entschlossen schnallte ich mir den Seesack auf den Rücken, atmete einmal tief durch und sammelte meinen Mut.

„Eins, zwei, drei." Mit einem lauten Platschen sprang ich ins Wasser und sank wie ein Stein auf den Grund.

Das Salz brannte in meinen Augen, als ich sie unter Wasser aufriss, um … gar nichts zu sehen. Irgendetwas musste es hier doch geben! Ein Portal. Ein Tor. Selbst ein U-Boot käme mir gerade recht. Aber ich sah nichts als Seegras.

Ich suchte weiter und weiter. Erst, als meine Lungen zu bersten drohten, stieß ich mich vom Grund ab und schwamm nach oben. Meine Arme schmerzten vor Müdigkeit, als mein Kopf schließlich die Oberfläche durchbrach. Ich spuckte Wasser, hustete und drehte mich orientierungslos herum, bis ich den Steg erblickte.

Im gleichen Moment drang ein sehr raues, sehr männliches Lachen an meine Ohren. Ich spürte den Blick einer Person auf.

„Etwas spät für ein mitternächtliches Schwimmstündchen, denkst du nicht?"

Ich schwamm zum Steg. Je näher ich ihm kam, desto deutlicher konnte ich seine Gesichtszüge erkennen. Er war jung, etwa in meinem Alter und sein kantiges Kinn, goldblonden

Locken und die auffallend blauen Augen machten ihn zu dem Typ Mann, bei dem ich normalerweise schwach werden würde.

Ich griff nach dem Rand des Holzstegs und wollte mich aus dem Wasser hieven, als er einen Schritt vorwärts trat.

Sein Lächeln jagte mir einen Schauer über den Rücken.

Kapitel 3

Melanie

Ich stieß mich ab, doch er war schneller.

Innerhalb eines Sekundenbruchteils hatte er sich hingehockt, meine Arme mit seinen Händen umschlossen, und mich auf den Pier gezerrt. Ich rollte mich auf den Rücken, strich mir die Haare aus dem Gesicht und blinzelte zu ihm empor, unsicher, ob er ein Freund oder ein Feind war.

„Das ist der falsche Pier." Er nickte in Richtung eines anderen Piers, wo ich einige Teenager entdeckte. Pier Nummer 9.

Ich setzte mich auf und versuchte, einen Teil meiner Würde zu bewahren, obwohl ich ahnte, dass es dafür viel zu spät war. Meine Kleidung war klatschnass, mein Haar ähnelte blauem Seetang und mein Make-up rann mir vermutlich über das Gesicht. Der hübsche Fremde musste mich für eine Wahnsinnige halten.

„Mir war bloß etwas warm. Schwimmen erfrischt mich." Ich wischte mir mit dem Ärmel über das Gesicht, was da meine Jacke noch nass war, nicht viel brachte.

„Klar doch." Er bot mir seine Hand an, um mir auf die Beine zu helfen, doch ich ignorierte sie und stand eigenständig auf. Er ließ die Hand sinken und schüttelte leicht den Kopf. „Es ist Pier Nummer neun. Du hast die Botschaft falsch verstanden." Mit diesen Worten warf er sich den Rucksack über die Schulter und gesellte sich zu den anderen.

Ich ließ einige Minuten verstreichen, bevor ich ihm folgte. Er sollte nicht denken, dass er mich vor einem Fehler bewahrt hätte, obwohl das natürlich zutraf. Mit so viel Würde, wie es nur möglich war, reihte mich in die Schlange derer ein, die die Rampe zum Pier neun erklommen. Mindestens dreißig Leute, vielleicht auch mehr, hatten sich auf dem Holzsteg versammelt.

Niemand sprach außer meinem geheimnisvollen Retter. Er führte die Gruppe an und sprach mit einem anderen Jungen und einem hübschen Mädchen mit langen, dunklen Haaren. Sie kicherte und berührte immer wieder seinen Arm.

Ich fand sie nervig.

Ich griff nach meinem Handy und holte es heraus. Das Gerät hatte von meinem nächtlichen Schwimmversuch etwas abbekommen, wenn auch nicht besonders viel. Das Display zeigte 2:55. Wir waren knapp dran. Würde tatsächlich ein Schiff kommen, um uns abzuholen?

Ein Junge neben mir runzelte die Stirn. „Bist du etwa nass?“, fragte er.

„Ja“, sagte ich und versuchte selbstsicher auszusehen. „Hast du ein Problem damit?“

Er schüttelte den Kopf. „Nein, nein. Jedem das Seine.“ Er sagte es mit einer solchen Überzeugung, dass ich lächeln musste. Er erwiderte mein Lächeln, doch gleich darauf schwand die Heiterkeit aus seinen Zügen. „Hast du Angst?“

„Nein“, log ich.

Ich sah ihn an und musterte seine schlaksige Gestalt und sein perfekt frisiertes, tiefschwarzes Haar. „Du?“

Er schrammte mit seinen Schuhen über den Steg. „Nein, ich bin bereit für die Akademie.“

So bereit sah er gar nicht aus. In der Tat erweckte keiner der Leute auf dem Dock den Eindruck, bereit zu sein. Außer vielleicht dem mysteriösen Kerl von vorhin.

Ein Tumult brach in der Menge aus, als unzählige Alarme auf unzähligen Handys losgingen. Punkt drei Uhr.

Das schien ein Signal zu sein. Denn einer nach dem anderen sprangen die Studenten vom Pier ins Wasser. Als ich an der Reihe war, sprang ich den anderen hinterher.

Dieses Mal wusste ich zumindest, wohin ich schwimmen musste. Nachdem wir alle abgetaucht waren, hielt ich mich einfach an meinen Vordermann. Das Wasser war dunkel und trüb, und es gestaltete sich äußerst schwierig, überhaupt irgendetwas zu erkennen. Doch dann glomm ein sanftes, weißes Leuchten vor mir auf. Die Gruppe richtete sich danach aus und schwamm darauf zu.

Als ich mich dem Licht näherte, erkannte ich einen blauweißen Trichter, der wie ein riesiger glühender Wurm inmitten des riesigen dunklen Ozeans schwebte. Es war ein Portal.

Ein Portal in die Akademie.

Jede Person, die das Portal vor mir erreichte, durchbrach die Barriere und wurde in sie hineingezogen. Es sah aus, als würden sie durch einen großen, weißen Strohhalm gesaugt werden.

Mein Herz hämmerte in meiner Kehle und meine Lungen brannten. Wie lange würde ich die Luft noch anhalten können? Langsam streckte ich die Hand nach dem Portal aus. Meine Finger drückten sich durch die Barriere, und ich spürte den Sog an meiner Hand. Wenn ich nicht aufpasste, würde mir die Kraft die Finger abreißen.

Es wird schon schiefgehen.

Ich schwamm vorwärts und wurde sofort von dem Strudel verschlungen. Ich sauste durch das Portal und mein Körper drehte sich im Kreis. Es fiel mir schwer, mich auf irgendetwas zu konzentrieren, weil ich wie Zuckerwatte herumgewirbelt wurde.

Der Typ, der neben mir gestanden hatte, schlug ein paar Purzelbäume durch das Wasser, als er mit einem breiten Grinsen im Gesicht an mir vorbeirauschte. Während ich ihn beobachtete, erregte etwas am Rande des Portals meine Aufmerksamkeit. Als ich die Augen zu schmalen Schlitzen verengte, konnte ich einen dunklen Schatten erkennen, der sich parallel zu dem Portal bewegte. War es eine Art Meerestier?

Um ein wenig näher an den Rand des Trichters zu gelangen, strampelte ich kräftig mit den Beinen, während ich gleichzeitig in die Dunkelheit starrte. Plötzlich starrte mich etwas durch das Wasser zurück an und ich zuckte zusammen. Kälte durchströmte mich, als hätte sich etwas in meine Seele gebohrt. Jemand war da draußen und bewegte sich so schnell wie das Portal selbst.

Neugierig streckte ich eine Hand aus, und meine Fingerspitzen durchdrangen den Nebel zwischen dem Meer und dem Portal.

Im nächsten Augenblick spuckte der Strudel mich aus.

Panisch taumelte ich im kalten Wasser herum, drehte mich nach links und rechts und versuchte, mich zu orientieren. Ich konnte nichts um mich herum erkennen. Das Licht war verschwunden. Ich war allein. Meine Lungen brannten. Angst stieg in mir hoch. Ich würde in den Weiten des Ozeans ertrinken und meine Leiche würde für immer verschollen bleiben.

Meine Brust schmerzte so sehr, dass Denken unmöglich wurde. Ich konnte meinen Mund nicht mehr geschlossen halten. Ich musste atmen.

Kurz bevor ich meinen Mund öffnen konnte, schnappten starke Hände nach mir. Mein Körper wurde herumgewirbelt, bis ich den Jungen erblickte, der mich am Pier aus dem Wasser gezogen hatte. Er umfasste mein Gesicht mit beiden Händen, beugte sich vor und presste seine Lippen auf meinen Mund. Was tat er da? Wir waren unter Wasser.

Doch plötzlich ließ der Druck in meinem Kopf und meiner Brust nach und ich begriff, dass er Luft in meine Lungen blies.

Er packte meinen Arm und trat kräftig mit seinen Beinen. So brachte er uns zurück in den Strudel. Wir schwammen weiter und eine Minute später wurde ich aus dem Wasser gezerrt und an ein felsiges Ufer geschleppt. Ich hustete und spuckte Wasser.

Nachdem sich die schwarzen Punkte und Blitze vor meinem inneren Auge aufgelöst hatten, sah ich mich um. Wir befanden uns in einer großen Höhle. Die Felswände funkelten in einer Art Quarz. Dicke grüngefärbte Stalagmiten hingen von der Decke herab und ließen Wasser auf den Steinboden neben mir tropfen. Das Plopp-Plopp der Tropfen hallte von den Wänden und dem Boden wider. Hinter den Stalagmiten konnte ich einen großen Spalt erkennen, in dem blaue und grüne Lichtstrahlen schienen.

„Wow, wer hat die denn hier reingelassen?“

Ich blinzelte die letzten Wassertropfen aus meinen Augen und erkannte das Mädchen mit den langen, dunklen Haaren. Ihre Begleiterin, ein dickes Mädchen mit kurzen blonden Haaren, schüttelte den Kopf.

„Ihr Gesicht ist so blau wie ihr Haar.“

Ich gab mir Mühe, mich aufzusetzen, aber mein Körper spielte nicht mit. Meine Gliedmaßen fühlten sich träge und schwer an. Zu schwer, um sie heben zu können.

Diesmal reichte mir der Junge nicht die Hand, sondern zerrte mich einfach auf die Beine, und das nicht gerade sanft.

„Schau nicht so traurig drein, Blue, du bist nicht tot.“ Mit seinem Finger tippte er mir auf die Nasenspitze. „Jedenfalls noch nicht.“ Er nickte mir zu, ließ mich stehen und begab sich zu den beiden Mädchen. Zu dritt wagten sie sich tiefer in die Höhle vor und bewegten sich auf den Spalt zu.

Für den Bruchteil einer Sekunde überlegte ich, ob ich ihm hinterherlaufen sollte, um mich zu bedanken, dass er mir das Leben gerettet hatte. Ich hätte es mit Sicherheit getan, wäre mir mein kindisches Benehmen von vorhin nicht so peinlich gewesen. Jetzt wo es überstanden war, wollte ich seinen boshaften Begleiterinnen keine zusätzliche Gelegenheit geben, mich weiter zu demütigen. Also reihte ich mich einfach in die Schlange der anderen ein, die zum Höhlenausgang stapften. Für einen Außenstehenden mussten wir aussehen, wie ein Haufen durchnässter Ratten, die durch die Kanalisation marschierten.

Der Junge, der mich am Pier angesprochen hatte, schloss zu mir auf. „Geht es dir gut?"

„Oh ja, ganz toll."

„Ich bin übrigens Ren", sagte er.

„Melanie." Ich schenkte ihm ein schwaches Lächeln.

Je näher der Ausgang rückte, desto nervöser wurde ich. Jetzt gab es kein Zurück mehr. Nur ein paar Schritte trennten mich noch von dem Eintritt in die Akademie der Götter. Die einzige Möglichkeit, sie zu verlassen war Verbannung oder Tod.

Ich passierte den Höhlenausgang und betrat eine völlig neue Welt. Buchstäblich.

Der Himmel war von einem so reinen Blau, wie ich es nie zuvor gesehen hatte. Die wenigen Wolken bildeten einen perfekten Kreis und schwebten über dem massiven grauen Steingebäude, das die Akademie sein musste. Scharfe Spitzen ragten von den vier Türmen in den Himmel. Große Rundbogenfenster zierten alle drei Stockwerke des Gebäudes. Die verglasten Fenster warfen grünes, blaues und gelbes Licht auf den Boden.

Spindeldürre Bäume säumten den breiten Kopfsteinpflasterweg, der zur Akademie führte. Auf der rechten

Seite befand sich ein großes Heckenlabyrinth, dessen Eingang von zwei steinernen Soldaten bewacht wurde, die ihre Schwerter kampfbereit erhoben hatten.

Ren schluckte hörbar, als er den Statuen einen kurzen Blick zuwarf, während wir an ihnen vorbeigingen. „Ich habe gehört, dass die Steinstatuen rund um die Akademie einst Menschen waren, die durch den grimmigen Blick der Medusa in Stein verwandelt worden sind“, erzählte er.

Ich runzelte die Stirn. „Ich denke, das ist nur eine dumme Geschichte, um den Leuten Angst zu machen. Medusa und all diese Fabelwesen existieren nicht wirklich.“

„Geht aus dem Weg oder verschwindet.“

Jemand stieß Ren und mich aus dem Weg und drängte sich an uns vorbei. Mehrere jemande. Es waren ein Zentaur mit wallendem, kastanienbraunem Haar und eine schlanke Frau mit grünen Haarsträhnen. Strähnen, die sich um ihren Kopf wanden, als würde sie im Wasser schweben. Ich blinzelte, um einen genaueren Blick zu erhaschen. Waren das Schlangen?

Sie sah mich direkt an, doch ihre Augen waren vollkommen weiß, ohne Iris oder Pupillen. Sie hatte auch keine Wimpern, nur mandelförmige, blasse Augenhöhlen. Als sie mich anlächelte, entblößte sie messerscharfe, spitze Zähne.

Auch der Zentaur warf einen Blick zurück und musterte mich abfällig. „Unglaublich, welche Außenseiter sie heutzutage in der Akademie aufnehmen. Als wir noch Schüler waren, gab es so etwas nicht.“

„Das ist Tausende von Jahren her, Chiron. Die Welt hat sich verändert.“

Mit diesen Worten kehrten sie uns den Rücken zu und folgten dem Weg, der in die Akademie führte.

Ren grinste mich an.

„Was wolltest du sagen?“

Kapitel 4

Melanie

Noch immer aufgeschreckt von der Begegnung mit Medusa und Chiron, hielt ich mich den Rest des Weges bedeckt. Ich wollte mir nicht noch mehr Ärger einhandeln. Tief in meinem Inneren war ich mir sicher, dass die anderen irgendwie wussten, dass ich nicht dazugehörte. Bislang hatte niemand etwas gesagt, aber das machte mich nur noch angespannter.

Mit jedem Schritt ragte die Akademie größer und erhabener vor uns auf. Ursprünglich hatte ich angenommen, dass das Gebäude nicht aus mehr als aus drei Stockwerken bestand. Als wir allerdings an die hohen, verzierten Holztüren herankamen, gewann ich den Eindruck, als stünde ich vor einer gotischen Kathedrale oder einer englischen Burg. Dunkle Steine und scharfe Kanten dominierten. Etwas, das Heimeligkeit oder Wärme ausstrahlte, suchte man hier vergeblich.

Die Türen öffneten sich wie von Zauberhand, als der erste Rekrut – zufällig war es der Kerl, der mich gerettet hatte – sich davor einfand. Gefolgt von den anderen trat er hindurch. Als ich den hohen Türbogen passierte, durchfuhr meinen Körper eine seltsame Vibration und plötzlich war ich wieder trocken. Hatten die anderen das ebenfalls gespürt? Ich las Begeisterung oder Furcht in den Gesichtern meiner Kommilitonen. Vermutlich hatten sie gar nicht mitbekommen, dass sie nicht länger klatschnass waren.

Ich war ein Nervenbündel, als wir uns alle in der Halle versammelten, deshalb beschloss ich, an Rens Seite zu bleiben.

Was jetzt? Ein aufgeregtes Gemurmel ging durch die Menge, als ein Mann mit langem, silbernem Haar und einem ordentlich gestutzten grauen Bart gemächlich die breite Steintreppe herunterkam.

Ein mir unbekanntes Mädchen griff nach meinen Arm. „Das ist Zeus“, flüsterte sie. „Heiliger Strohsack.“

Ich reckte den Hals, um ihn besser sehen zu können, während er mit zuckenden Mundwinkeln auf uns herabblickte. Er sah keineswegs allmächtig oder allwissend aus. Eher wie ein alter, müder Mann, der einen Spaziergang unternahm. Eine weite beigefarbene Leinenhose und eine Leinentunika vervollständigten sein Outfit. Und … hatte er sich einen Bademantel übergeworfen?

„Willkommen Rekruten.“ Seine Stimme dröhnte und hallte um uns herum. Ich konnte sogar spüren, wie sie in meinem Herz vibrierte. Ich rieb mir das Brustbein und runzelte die Stirn.

„Ihr wurdet in die Akademie eingeladen, weil ihr etwas Besonderes in euch tragt. Aus Millionen junger Menschen wurdet ihr ausgewählt, weil in euch das Blut der Götter fließt.“

Ich zuckte zusammen. In meinen Adern floss kein Götterblut.

Der Druck auf meinem Arm verstärkte sich, weil die Aufregung des Mädchens neben mir immer weiter wuchs.

„Ihr seid stärker, klüger, gesünder und fähiger als der Rest der Menschheit, und deshalb seid ihr hier.“ Seine Augen begannen zu leuchten. „Um euch zu Soldaten für uns Götter auszubilden zu lassen.“

Einige Rekruten applaudierten. Ich hingegen schluckte die Galle hinunter, die in meiner Kehle aufgestiegen war.

„Eure Ausbildung wird nicht einfach. Sie wird das Schwierigste sein, was ihr in eurem Leben je bewältigen musstet.

Sie wird euch alles abverlangen. Sie wird euch Schweiß, Tränen und Blut kosten. Und das drei volle Jahre lang."

Ich sah mich um. Einige meiner Mitschüler hielten ihre Blicke auf ihre Füße geheftet; vermutlich aus Ehrfurcht vor dem Vater der Götter. Andere folgten der Rede mit glänzenden, weit aufgerissenen Augen. Ein Junge in der Nähe leckte sich nervös über die Lippen. Seine Hände zitterten.

Mein Herz klopfte so heftig, dass ich den Pulsschlag in meiner Kehle spüren konnte. Allerdings fühlte ich keine Furcht. Zumindest nicht wegen harter Jahre. Schweiß und Mühen machten mir keine Angst. Meine Angst bestand darin entlarvt zu werden.

„Viele von euch werden das erste Jahr nicht überstehen. Denn am Ende des Jahres wird jeder von euch zwölf Prüfungen ablegen müssen. Jede dieser Prüfungen wird für einen anderen Gott stehen. Wer überlebt, wird dem Bataillon desjenigen Gottes zugeteilt, mit dem er oder sie verbunden ist."

Ein Raunen ging durch die Menge. Die Namen der verschiedenen Götter drangen laut und deutlich an meine Ohren: *Poseidon. Athene. Apollo.* Ein Mädchen in meiner Nähe sagte: „Ich gehöre ganz sicher zum Bataillon der Aphrodite." Sie war hübsch und blond, und es machte mich sowohl wütend als auch traurig, dass sie dachte, ihr Aussehen sei das Besondere an ihr. Alle waren plötzlich so damit beschäftigt, sich selbst einem gewissen Bataillon zuzuordnen, dass sie den Teil mit „wer überlebt" überhört zu haben schienen.

Ein Summen drang an mein Ohr, so federleicht wie die Berührung eines Schmetterlingsflügels. Es war ein kaum wahrnehmbares Flüstern, von dem ich kein Wort verstand.

Ich drehte mich um, um zu sehen, wer mir etwas sagen wollte. Einer der Rekruten alberte herum, ein anderer warf mir einen seltsamen Blick zu, bevor er mich wieder ignorierte. Das Mädchen, das mir am nächsten stand, war derartig auf Zeus fixiert, dass sie meine Abwesenheit nicht einmal zu bemerken schien. Hatte ich mir das Flüstern nur eingebildet?

„Ihr sollt wissen, dass es viele von euch nicht schaffen werden."

Schweigen breitete sich aus.

„Viele von euch werden scheitern. Wenn das geschieht, werdet ihr nicht einfach nach Hause zurückgeschickt. Keiner von euch wird sein Zuhause jemals wiedersehen. Wer hier versagt, wird von der Akademie ausgeschlossen und dazu verdammt sein, den Rest seines kümmerlichen Lebens in Not und Elend zu verbringen. Erwartet kein Mitleid. Niemand wird euch helfen. Denn wenn ihr versagt, werdet ihr zu den Verlorenen gehören."

Stille senkte sich über das Foyer. Ich traute mich kaum zu atmen, so leise war es. Das Ticken einer Uhr dröhnte übermäßig laut in meinen Ohren.

Ein Lächeln breitete sich auf Zeus Gesicht aus und er klatschte in die Hände. Ein Donnergrollen erschütterte das Fundament und ließ die Steine, aus denen das Gebäude errichtet worden war, klappern. „So, ab mit euch in eure Schlafsäle. Später findet eine Feier im Festsaal statt, auf der ihr euch sattessen und trinken könnt." Sein Lächeln wurde noch breiter. „Morgen beginnt die Ausbildung."

Zwei weitere Gestalten gesellten sich auf der Treppe zu ihm. Ein Kerl, der aussah, als wäre er dem Coverbild eines Männermagazins entstiegen: kurzes, dichtes, dunkles Haar, das ihm ins Gesicht fiel, markante Züge, hohe Wangenknochen, volle Lippen, und stechend blaue Augen, die von einer dunklen, quadratischen Brille eingerahmt wurden. Er trug einen engen Rollkragenpullover, der seinen muskulösen Oberkörper betonte, und eine einfache dunkle Jeans, die seinen perfekten Hintern umschmeichelte. Bei seinem Anblick blieb einigen Mädchen und sogar einigen Jungs der Atem weg. Das musste Eros sein.

Sein weibliches Gegenstück war ebenso attraktiv: Sie hatte dunkle Locken, warme braune Augen, volle, rot geschminkte Lippen und eine königliche Nase. Sie trug ein einfaches rotes Kleid, das ihre vollen Brüste und wohlgeformten Hüften umspielte. Rote Absätze setzten ihre langen Beine perfekt in Szene. Das musste Psyche sein. Die männlichen Rekruten starrten sie bewundernd an.

Lächelnd wies sie mit der Hand nach links. „Männliche Rekruten – folgt mir. Ich führe euch zu euren Schlafsälen."

Es herrschte ein wildes Durcheinander auf der Treppe. Die beiden Jungs hinter mir rempelten mich an, als sie nach vorn stürzten.

„Ladies, mir nach." Eros grinste. „Ich zeige euch eure Gemächer."

Erneut brach Gedränge auf der Treppe aus. Die Mädchen rangelten und stießen sich gegenseitig aus dem Weg, um die Schlange anzuführen und Eros am nächsten zu sein. Ich gab mich damit zufrieden, das Schlusslicht zu bilden. Obwohl Eros äußerlich definitiv alle Kriterien erfüllte, um als mein Traummann durchzugehen, war ich nicht hier, um mich zu verlieben.

Während wir die langen, breiten Flure der Akademie durchquerten, die zu den Wohnbereichen führten, plauderte Eros wie beiläufig über die Feier, an der wir später teilnehmen würden, und machte sie uns schmackhaft.

„Eine grandiose Auswahl der erlesensten Gerichte wartet auf euch. Und Dionysos ist ein epischer DJ. Er hat Daft Punk vor Jahren zu ihrem Start verholfen." Er schaute misstrauisch von links nach rechts, dann beugte er sich zu der Gruppe vor. „Früher hat er Mozart aufgelegt, aber das habt ihr nicht von mir gehört."

Eine Rekrutin kicherte. „Wirst du auch anwesend sein?"

Er schenkte ihr ein entwaffnendes Lächeln. „Vielleicht. Hältst du mir einen Tanz frei?"

Sie kicherte erneut, und die Art und Weise wie sie dies tat, ließ mich vermuten, dass sie der Ohnmacht nahe stand. Das Mädchen neben ihr hielt sie am Arm fest, um sie vor einem Sturz zu bewahren.

„So, da wären wir, Ladies. Eure Unterkünfte. Da sie nicht zugewiesen werden, empfehle ich euch, schnell zu sein und euer Zimmer mit Bedacht auszuwählen. Diejenige, die keines abbekommt, wird sich das Zimmer mit Medusa teilen müssen."

Sofort brach ein Tumult vor den Räumen aus, die der Treppe am nächsten lagen, als die Mädchen nach links und rechts rannten. Ellenbogen kamen zum Einsatz, also flüchtete ich mich den Gang hinunter. Nur weg von all diesen Verrückten und in das dunkle Zimmer am Ende, das ich mir hoffentlich mit niemandem würde teilen müssen.

Doch als ich das Zimmer betrat, stolperte ich über etwas auf dem Boden.

„Um Hades willen!"

„Ach du meine Güte, es tut mir so leid."

Ich richtete mich auf und blinzelte in die Dunkelheit. Eine schattenhafte Gestalt bewegte sich über den Boden und erhob sich dann. Plötzlich flutete Licht den Raum, und ich sah ein zierliches Mädchen mit kurzen roten Haaren.

Ich musterte sie. „Was hast du auf dem Boden gemacht?"

„Mich unterhalten." Sie hielt eine kleine braune Maus am Schwanz hoch. „Ich habe ihr erklärt, dass sie sich eine andere Wohnung suchen muss."

In diesem Moment fiel mir der Zustand des Zimmers auf. Spinnweben bedeckten jede Ecke, sowohl die Decke als auch den Boden. Alles andere war verstaubt, auch der kleine Schreibtisch am schmutzigen Fenster und die beiden Betten, die an einer Wand übereinandergestapelt standen. Und was das war, das wie Kieselsteine auf dem Boden aussah, wollte ich lieber nicht herausfinden. In Anbetracht der Tatsache, dass das Mädchen ein winziges Nagetier in die Höhe hielt, musste ich meine Fantasie nicht allzu sehr anstrengen.

Sie musste die Abscheu in meinem Gesicht gesehen haben. „Es wird schön hier, wenn wir erst einmal aufgeräumt und die Betten gemacht haben." Sie streckte mir ihre freie Hand entgegen. „Ich bin übrigens Georgina Thrace."

„Melanie Richmond." Nachdem wir uns begrüßt hatten, stellte ich meinen Seesack auf dem Boden ab und sah mich um. „Was meinst du, ob wir wohl einen Besen finden?"

Sie lächelte mich an.

Eine Stunde später erstrahlte das Zimmer in Sauberkeit und die Betten waren bezogen. Georgina entpuppte sich als Organisationstalent. Sie bestimmte die Anordnung der Möbelstücke, auch der Betten. Ihre außerordentliche körperliche Kraft überraschte mich, denn sie wirkte zierlich.

Als wir fertig waren, knurrte mein Magen. Ich hätte nicht einmal sagen können, wie spät es war, denn mein Handy funktionierte nicht mehr. Keine Ahnung, ob das dem Wasserschaden oder dem Ort, an dem wir uns aufhielten, geschuldet war. Wo auch immer wir uns jetzt befanden; Kansas hatten wir definitiv hinter uns gelassen.

„Ich bin am Verhungern. Gehen wir auf die Feier und holen uns etwas zu essen?", fragte ich.

Georgina nickte. „Ich könnte auf jeden Fall etwas vertragen."

Wir verließen unser Zimmer und folgten einigen anderen Mädchen, die sich auf den Weg in den großen Saal machten. Sobald wir die breite Steintreppe erreichten, wehten die Klänge von Musik zu uns herüber.

Wir folgten dem Geräusch durch leere Räume und lange Korridore, bis wir um eine Ecke bogen und unmissverständlich wussten, wo die Feier stattfand. Am Ende des Korridors öffnete sich ein großer Saal aus dunkelgrauem Stein mit einer gewölbten Decke, die von Steinsäulen getragen wurde.

Der Saal war voller Menschen. Sowohl neue als auch ältere Rekruten, die ich im zweiten und im dritten Lehrjahr vermutete, unterhielten sich und lachten miteinander. Was ich sah, versetzte mich in Erstaunen. Etwas Ähnliches hatte ich noch nie erlebt. Im Vergleich dazu verblasste jede Feier, die Callie im Laufe der Jahre organisiert hatte zu nichts.

Mein Magen knurrte erneut, was mir mein ursprüngliches Ziel ins Gedächtnis brachte: Essen. Auf der Suche nach dem Buffet ließ ich meinen Blick über den Raum schweifen, doch ich fand keines. Stattdessen verteilten kleine Holzroboter auf Rädern Tabletts mit Essen in der Menge. Entschlossen marschierte ich auf einen zu.

In meiner Hast hätte ich den Roboter beinahe umgeworfen, als ich vier Häppchen vom Tablett klaubte und sie mir in den Mund stopfte. Ich senkte den Kopf und begegnete den Knopfaugen des Roboters, wobei ich hätte schwören können, dass er mich abfällig musterte.

Das war natürlich unmöglich, das Ding lebte doch gar nicht.

Ich musste dringend meine Komplexe in den Griff bekommen.

Ich mischte mich unter die Leute, die langsam zu tanzen begannen. Da soziale Fähigkeiten mehr oder weniger ein Fremdwort für mich waren, hielt ich mich am Randbereich auf und sah lieber zu, als selbst zu tanzen. Mein Blick streifte dabei plötzlich ein hübsches Mädchen, das in der Ecke des Raumes rücksichtslos angebaggert wurde.

Ihre Körpersprache signalisierte: „Geh weg!“, aber der Mann hörte nicht zu. Und groß war er auch noch. Großgewachsen und muskulös ragte er über ihr auf und grapschte nach ihren langen, dunklen Locken, während ein widerliches Grinsen auf seinen Zügen lag. Mir behagte die Situation nicht. Konnte ich dem Mädchen helfen? Ich trat näher heran, um mich zu vergewissern, dass ich die Lage nicht missverstanden hatte.

„Bitte, lass mich in Ruhe. Ich will nicht tanzen.“ Sie wollte sich an ihm vorbeischieben, aber er stellte sich ihr in den Weg.

„Okay, wenn du nicht tanzen willst. Lass uns nach draußen verschwinden.“ Er zwinkerte ihr zu.

Sie wagte einen neuen Versuch, sich an ihm vorbeizudrängen, aber dieses Mal packte er sie am Arm.

Ich stellte mich neben das Mädchen. „Ich glaube, sie wollte, dass du sie in Ruhe lässt“, sagte ich leise.

Der Junge starrte mich wütend an. „Kümmer dich um deinen eigenen Kram.“

„Nein“, sagte ich. „Lass sie in Frieden.“

Erst jetzt bemerkte ich, dass er ziemlich betrunken war. Sein Atem roch nach Alkohol und er schwankte leicht.

Ich wusste, dass Alkohol manche Menschen aggressiv machte. Er schien zu dieser Sorte zu gehören.

„Verschwinde du Schlampe!“, rief er plötzlich laut und ballte eine Faust.

Einen Augenblick lang überlegte ich, ob ich tatsächlich verschwinden sollte. Ich wollte nicht an meinem ersten Tag von einem doppelt so großen Typen geschlagen werden.

Aber ich konnte jetzt nicht mehr zurück.

Ich schluckte meine Angst hinunter und sagte mit mehr Selbstvertrauen, als ich spürte. „Du beleidigst nicht mich, sondern dich selbst. Verschwinde du Idiot."

Immer mehr Schüler drehten sich zu uns um und hörten unserem Wortgefecht zu. Doch niemand schien sich einmischen zu wollen. Leider schien die zusätzliche Aufmerksamkeit den betrunkenen Jungen nur anzuheizen.

„Du SCHLAMPE!", schrie er erneut und griff an.

Er stürzte nach vorne und holte mit dem rechten Arm nach mir aus. Ich wollte zurückweichen, aber etwas in mir weigerte sich. Ich wollte vor diesem Kerl keine Angst zeigen. Also blieb ich stehen. Ich starrte den Jungen an, hielt die Luft an und …

Er rutschte aus.

Vielleicht hatte er nicht damit gerechnet, dass ich mich ihm stellen würde. Vielleicht bemerkte er auch in letzter Sekunde, dass er dabei war eine Frau vor der versammelten Schule zu schlagen. Vielleicht war er auch einfach zu betrunken.

Doch sein Schlag ging ins Leere und er verlor das Gleichgewicht.

Innerhalb von Sekunden lag er auf dem Boden. Gelächter dröhnte von der Menge um uns herum, während der Kerl sich überrascht aufrappelte.

Ich ergriff die Hand des Mädchens und führte sie schnell weg. Wir gingen zu den anderen auf die Tanzfläche.

Sie lächelte mir zu und beugte sich dichter an mein Ohr. „Danke! Das war unglaublich!"

„Jederzeit. Ich kann Tyrannen nicht ausstehen."

„Ich bin übrigens Jasmine."

„Melanie."

„Ist das nicht alles verrückt?“ Sie deutete auf das Chaos, das sich um uns herum abspielte, und ich vermutete, dass sie damit die ganze Situation meinte, in die wir hineingeraten waren.

Sie hatte Recht. Plötzlich fühlte ich mich beschwingt und voller Adrenalin.

Ich lächelte Jasmine an. „Lass uns tanzen!“

Der DJ drehte die Musik auf. Die Tanzfläche bebte, weil die Leute begeistert grölten. Ich konnte nicht anders, als mich von der Musik mitreißen zu lassen. Der Beat war ansteckend und ging direkt in meine Muskeln und Knochen über.

Zusammen mit Jasmine stürmten wir die Tanzfläche und tobten uns im Takt der Musik aus. Ich hüpfte auf und ab, drehte mich um meine eigene Achse und stieß beinahe mit meinem hübschen Retter vom Pier zusammen.

„Amüsierst du dich, Blue?“, fragte er und musterte mich.

„Ja.“ Ich versuchte selbstsicher zu klingen. „Und du?“

„Frag mich das in einer Minute nochmal.“ Er griff nach meiner Hand und wollte mich an sich ziehen, als das dunkelhaarige Mädchen sich zwischen uns drängte. Er ließ meine Hand los.

„Mischst du dich unter das gemeine Volk, Lucian?“ Sie warf mir einen angewiderten Seitenblick zu. In vielerlei Hinsicht erinnerte sie mich an Callie.

Wut vernebelte mir die Sicht. Ich sollte verschwinden, bevor ich etwas tat, das ich später bereuen würde. Von der Akademie verwiesen zu werden, bevor der Unterricht begann, lag nicht in meiner Absicht.

Ich verließ die Tanzfläche und zog mich an einen ruhigen Platz zurück. Allerdings war der Rest der Rekruten in Feierlaune. Die Musik, der Essensgeruch und die Hitze, die so viele zusammengepferchte Leute ausstrahlten, waren bedrückend. Ich brauchte frische Luft.

Mit der Absicht, den Weg nach draußen zu finden, verließ ich den großen Saal in einen Korridor. Dort hörte ich Schritte und stoppte.

Ich lugte um die Ecke. Eine blonde Göttin schwebte durch den leeren Korridor. Sie war großgewachsen und ihr Haar fiel ihr in goldenen Locken über den Rücken bis hinunter zu ihrer schmalen Taille. Der Saum ihres weißen Kleides raschelte wie die Schleppe eines Hochzeitskleides oder einer königlichen Robe.

Nachdem sie den Flur ein Stück hinter sich gelassen hatte, drehte sie sich um. Selbst von meinem Versteck aus konnte ich erkennen, wie umwerfend sie aussah. Ihr Gesicht wirkte, als wäre es aus dem hellsten und härtesten Marmor gemeißelt worden, während ihre Augen von reinem Blau waren. Das musste Aphrodite sein. Die Geschichten über ihre Schönheit kamen nicht einmal annähernd an die Realität heran.

Was hatte sie vor? Plötzlich trat eine weitere Gestalt aus einem dunklen Korridor hervor. Ein Mann mit gewaltigen Muskeln und einem kahlgeschorenen Kopf. Sie umarmten einander, bevor sich ihre Lippen für einen Kuss trafen. Offensichtlich führten sie eine Beziehung. Aber sie wirkten so nervös, dass diese geheim sein musste.

„Ist man dir gefolgt?“, fragte Aphrodite ihren Geliebten.

Er schüttelte den Kopf. „Hat Hephaistos irgendeinen Verdacht?“

„Er würde es nicht merken, wenn ich blutüberströmt nach Hause käme. Er interessiert sich nur für seine Spielzeuge und Apparate“, sagte die schöne Frau.

„Dann hat er nie bemerkt, dass der Schlüssel weg ist?“

Ich wagte mich etwas vor, um sie besser erkennen zu können.

„Nein und wir haben nicht lange Zeit, um …“ Sie stockte und fixierte mein Versteck.

Ich zuckte zurück. Aber der Absatz meines Stiefels hinterließ ein quietschendes Geräusch auf dem polierten Kachelboden.

Ich wartete nicht ab, um festzustellen, ob sie mich gehört hatten. Ich nahm die Beine in die Hände und sah zu, dass ich wegkam.

Kapitel 5

Melanie

Am darauffolgenden Morgen riss mich der lauteste und klangvollste Gong, den ich je gehört hatte, buchstäblich aus dem Bett.

Nachdem ich beinahe auf dem kalten, harten Boden gefallen war, flog mein Blick zum Fenster, um festzustellen, dass es draußen noch dunkel war. Ich hatte keine vier Stunden geschlafen.

„Raus aus den Federn!“ Das Gesicht meiner Zimmergenossin Georgina tauchte vor mir auf. Sie war bereits in die formelle Uniform der Akademie gekleidet: ein dunkelrotes Polo und eine kohlegraue Hose im Militärstil mit Seitentaschen. Außerdem sah sie gepflegt aus und bereit, den Tag in Angriff zu nehmen.

Ich rieb mir den Schlaf aus den Augen.

Sie bot mir ihre Hand an, um mir aufzuhelfen, und ich ergriff sie. „Siehst du morgens immer so strahlend aus?“, fragte ich.

„Ja, so ziemlich. Ich liebe die frühen Morgenstunden. Da bin ich am produktivsten.“

Vorsichtig nahm ich auf meiner Bettkante Platz und streckte meine müden Glieder. „Ich bin eher ein Morgenmuffel.“

„An deiner Stelle würde ich mich in Bewegung setzen und mich duschen gehen.“ Sie reichte mir eine dicke Ledermappe. „Hier, dein Stundenplan. Ich hoffe, du nimmst es mir nicht übel, dass ich ihn für dich organisiert habe. Ich hatte viel zu viel Zeit heute Morgen.“

„Klar. Danke." Ich schlug die Mappe auf und blickte auf einen Kalender und einen detaillierten Stundenplan herunter, in dem die Fächer und die lehrenden Professoren aufgeführt waren. Als ich den Plan überflog, schüttelte ich den Kopf. Noch immer weigerte mein Verstand sich zu glauben, dass ich wirklich hier war.

Ich las:

8:00 Uhr - Geschichte der Götter - Hera
10:00 Uhr - Speer und Schild - Ares
12:00 Uhr - Mittagessen
13:00 Uhr - Bogenschießen - Artemis
15:00 Uhr - Nahkampf - Herakles
17:00 Uhr - Abendessen
19:00 Uhr - Prophezeiung - Apollo
21:00 Uhr - Freizeit
23:00 Uhr - Lichter aus

Mein Blick flog über die anderen Fächer auf dem Stundenplan, die im Laufe der Woche eingeführt werden sollten. Verwundert riss ich die Augen auf.

„Transformation?" Ich sah Georgina entgeistert an. „Was bei Hades lernen wir in diesem Fach?"

„Vermutlich, eine Sache in eine andere zu verwandeln."

Erneut richtete ich meine Aufmerksamkeit auf den Stundenplan. „Flugkunst?" Ich schüttelte den Kopf. „Elementarlehre mit Zeus und Poseidon steht für morgen auf dem Plan."

„Ich weiß, nicht wahr? Darauf freue ich mich schon sehr. Demeter unterrichtet dieses Fach ebenfalls. Mein ganzes Leben lang wollte ich sie schon kennenlernen. Meine Familie hat ihr Opfer dargebracht, seit ich ein Baby war."

Eine halbe Stunde später strömte ich zusammen mit Georgina und zwanzig anderen Mädchen die steinerne Haupttreppe hinunter und in das Foyer, in dem wir uns an unserem ersten Tag eingefunden hatten. Die Jungs gesellten sich von der gegenüberliegenden Seite der Treppe zu uns, aus dem Trakt, in dem sich ihre Schlafsäle befanden. Jasmine führte unsere Gruppe an und ich beschleunigte meine Schritte, um sie einzuholen.

Am Fuße der Treppe erwartete uns eine Frau mit braunem Haar, das in einem unordentlichen Dutt zusammengefasst war. So stellte ich mir eine Bibliothekarin vor. Selbst die Lesebrille, die an einem Kettchen um ihren Hals hing, war vorhanden.

Sie zeigte uns ein freundliches Lächeln. „Guten Morgen. Mein Name ist Pandora, und ich begleite euch heute durch den Tag. Ich zeige euch die Unterrichtsräume und stehe euch für Fragen zur Verfügung. Für dieses Jahr bin ich eure Ansprechperson. Wer etwas braucht, kommt zu mir."

Sie führte uns durch einen sehr langen, breiten Korridor - die ganze Akademie schien aus riesigen Korridoren zu bestehen - zu einer Reihe von grauen Steintüren mit eingravierten Sternen.

„In diesem Saal finden die Vorlesungen zur Geschichte der Götter statt. Es ist ein sehr wichtiges Fach, denn ihr müsst alles über die Götter und Göttinnen wissen, um euch auf eure Prüfung am Ende des Jahres vorzubereiten."

Ein blondes Mädchen hob die Hand.

Pandora lächelte sie an. „Ja?"

„Sind die Prüfungen so schlimm, wie man sagt? Ich habe gehört, dass ein Junge im Unterricht mit Zeus gestorben ist."

Andere in der Gruppe sahen sich nervös um.

Pandora antwortete mit einem verhaltenen Lächeln. „Gerüchten Glauben zu schenken, bringt dich nicht weiter.“ Sie wies auf die Türen. „Viel Spaß beim Unterricht, bis nachher.“

Die Türen schwangen auf, und wir betraten den dunklen Raum dahinter.

War sonst noch jemandem aufgefallen, dass Pandora der Frage ausgewichen war?

Anscheinend. Denn meine Mitschüler waren damit beschäftigt die sich bewegenden Sterne an der Decke des Zimmers zu bestaunen.

Eine Plattform erhob sich in der Mitte des Raums, um die fünfzig Tische samt Stühlen platziert worden waren. Meine Mitschüler rempelten sich gegenseitig an, um einen der vorderen Plätze zu besetzen. Wohingegen ich einen Sitzplatz auswählte, der weit vom Rednerpult entfernt war. Georgina folgte mir nach hinten. Als ich hinter meinen Schreibtisch schlüpfte, überraschte Jasmine mich angenehm, indem sie den Platz vor mir einnahm. Wir lächelten einander zu.

Eine Tür schwang auf und eine Frau trat ein. Vermutlich Hera, unsere Professorin. Sie betrat das Podium. Ein bodenlanges Kleid in einem dunklen Blau umschmeichelte ihre Gestalt, während sie ihr Haar mithilfe einer Blumenranke wie einen Turban um ihren Kopf trug. Juwelen funkelten an ihrem Hals, an ihren Ohrläppchen und den Fingern. Sie riss die Hände in die Luft.

„Sowohl der Kosmos selbst als auch alles, was sich darin befindet, wurde von Uranus und Gaia, dem Himmel und der Erde, erschaffen.“ Zwischen ihren Händen glomm Licht auf. Sie umkreiste es mit ihren Handflächen, bis sich ein fester blauer Ball gebildet hatte, den sie dann an die Decke warf. Die Kugel hüpfte von einem Stern zum nächsten, dann zum übernächsten, immerfort und setzte jeden Stern in Bewegung, bis sich eine spiralförmige Masse aus Sternen und Licht über unseren Köpfen bewegte.

Ein Raunen ging durch den Raum, als die Sterne auseinanderstoben, um ihre Position im Universum einzunehmen. Ein einzelner Stern wuchs um das Zehnfache seiner ursprünglichen Größe zu einem Globus heran. Land und Wasser entstanden, während er sich um seine eigene Achse drehte. Die Erde.

„Der Himmel und die Erde brachten zwölf große, ungestüme und unbarmherzige Titanen hervor. Okeanos ...“

Das donnernde Geräusch einer Brandung erfüllte den Raum. Ein blauer Strudel sprudelte aus dem Boden. Die Schüler, die ihre Plätze ganz in der Nähe hatten, sprangen schreiend auf. Es wirkte so real, dass ich die Wassertropfen förmlich auf meiner Haut spürte. Das Wasser wirbelte durch den Raum, bis es sich in ein gigantisches Ungeheuer mit acht Strudelarmen verwandelte.

„... beherrschte alle Meere, Ozeane, Seen und Flüsse. Er besaß die Macht, Schiffe zu zerstören und alles zu ertränken, das ihn berührte. Hyperion, der aus der Sonne geformt wurde ...“

Von der Decke rieselte eine Feuersbrunst hinunter, die sich zu einer männlichen Gestalt mit übergroßen Flügeln formierte. Mit jedem seiner Flügelschläge strömte eine Hitzewelle durch den Raum. Er hob die Arme, die zwei Feuersäulen ähnelten, und schoss Feuerbälle in alle Richtungen ab. Ein Feuerball sauste direkt auf meinen Kopf zu und ich duckte mich unter ihm hinweg. Die Hitze brannte förmlich auf meiner Haut, während das Feuer an mir vorbeiflog und an der Steinmauer zerbarst.

„... versengte alles auf seinem Weg ...“

In der nächsten Stunde lernten wir von Hera alle zwölf Titanen kennen und erfuhren alles darüber, wie monströs und zerstörerisch sie gewesen waren. Danach erzählte sie uns vom Tartaros, der stinkenden, dunklen, eiskalten Einöde, in der sie gefangen gehalten wurden – an einem Ort, der sich weit unterhalb der Unterwelt befand – und wie wichtig es für die Götter war, dafür zu sorgen, dass die Titanen dort blieben.

„Deswegen bilden wir euch aus." Ihre Stimme schwoll zu einem Crescendo an. „Ihr werdet die Armee der Götter bilden, um an unserer Seite zu kämpfen, falls unsere Feinde auf die Erde gelangen sollten."

Mir lief ein Schauer über den Rücken, als ich darüber nachdachte, welche Folgen es mit sich brächte, wenn einer der Titanen aus seinem Gefängnis entkäme.

Nach dem Geschichtsunterricht lief Jasmine auf mich zu.

„Das war verrückt, was?"

Ich nickte. „Ja, geradezu surreal."

Georgina gesellte sich zu uns. „Das alles ist so real wie du und ich."

Ich stellte die beiden Mädchen einander vor. Zu dritt folgten wir den anderen Rekruten. Als Nächstes stand „Schwert und Schild" auf dem Plan. Der Unterricht würde hinter dem Hauptgebäude auf einer offenen Wiese stattfinden. Nachdem wir uns in einem Halbkreis aufgestellt hatten, stürmten drei Kerle das Feld, brüllten und stießen markerschütternde Kampfschreie aus. Jeder von ihnen trug einen langen Speer mit einer pfeilartigen Spitze und einen runden Schild. Ich nahm an, dass einer von ihnen Ares, der Gott des Krieges, sein musste.

Zwei der Männer, die schwarze Militärkluft trugen, griffen den dritten Mann an, der älter wirkte und in rote Nylonshorts sowie ein weißes Tanktop gekleidet war. Sein Haar war kurzgeschoren, ähnlich, wie man es sich bei einem General vorstellen würde. Plötzlich erkannte ich ihn. Er war der Mann von gestern Abend im Flur. Er musste Ares sein.

Er tänzelte über das Feld und parierte die Schläge der anderen Männer, wobei er mich an meinen alten Sportlehrer erinnerte, der gerne Völkerball gespielt hatte. Ich hätte schwören können, dass das seine Lieblingsbeschäftigung war. Wahrscheinlich schlief er sogar mit dem Völkerball in der Hand, wie ein Kind mit seinem kleinen Kuscheltier.

Die Vorstellung brachte mich zum Kichern. Ich schlug mir die Hand vor den Mund, um es zu unterdrücken, aber es war zu spät. Der Laut hatte meine Kehle bereits verlassen und ein paar Mitschüler, die um mich herum gestanden hatten, traten einen Schritt von mir zurück.

Ares schnitt mit seiner Hand durch die Luft und die beiden anderen Männer unterbrachen ihren Kampf umgehend. Beide standen stramm. Ares drehte sich um und starrte mich an.

Er zeigte direkt auf mich. „Tritt vor, Rekrutin."

„Ich?"

„Hierher. Sofort!"

Ich ließ die Gruppe hinter mir und betrat das Feld. Entsetzen zeichnete sich sowohl auf Georginas als auch auf Jasmines Gesichtszügen ab, während das dunkelhaarige Mädchen, das, wie ich im Geschichtsunterricht erfuhren hatte, Revana hieß, unverhohlen grinste.

Ares schleuderte mir seinen Schild entgegen. Gerade noch rechtzeitig hob ich meinen Arm, um ihn aufzufangen, bevor er mich am Kopf treffen konnte. Er wog schwer, und ich hatte Mühe, mein Gleichgewicht zu halten. Ares stieß mit seinem Speer nach mir.

„Halte deine Deckung aufrecht!"

Ich hob den Schild in dem Moment, in dem die Speerspitze mein Gesicht zu durchbohren drohte. Der Speer prallte am Metall ab. „Was um Hades willen?“

Seinen nächsten Stoß lenkte er auf meine Beine. Es gelang mir, die große Metallplatte rechtzeitig nach unten zu schieben, und das Klirren von Metall auf Metall hallte in meinem ganzen Körper wider. Mein Arm zitterte, sodass ich nahe dran war, den Schild fallen zu lassen.

„Findest du das auch lustig?“, schrie er mich an.

„Nein!“, rief ich.

Er senkte seinen Speer und trat einen Schritt zurück, um sich an die Gruppe zu wenden. „Krieg ist nicht lustig.“ Er klopfte mit dem Speer auf den Boden. „In meinem Unterricht wird nicht gelacht. Habt ihr das verstanden?“

„Ja“, murmelten einige.

„Ich habe gesagt, habt ihr das verstanden?“

„Ja, Sir!“

Er kam zu mir zurück und riss mir den Schild aus den Händen. „Zurück in die Reihe.“

Mit gesenktem Kopf trottete ich zurück zur Gruppe und stellte mich neben Georgina und Jasmine. Jasmine lehnte sich zu mir. „Geht es dir gut?“

Ich ließ meinen Arm kreisen und rieb mir über die schmerzende Schulter, dann nickte ich. „Ich werde es überleben.“

„Stellt euch in zwei Reihen auf.“ Ares deutete mit seiner Hand an, wo wir uns aufstellen sollten. „Ihr werdet lernen, wie man einen Schild richtig benutzt.“

Wir setzten uns in Bewegung. Ich wollte mich neben Georgina und Jasmine aufstellen, wurde aber herumgeschubst, bis ich mich in eine Schlange quetschte und mich zufällig neben

Lucian wiederfand. Perfekt. Dieser Tag wurde von Minute zu Minute immer schlimmer. Ich hörte förmlich die Witze, die er auf meine Kosten riss.

Er beugte sich zu mir. „Nicht schlecht, Blue."

Ich vermied es, ihn anzusehen und richtete meinen Blick schnurstracks nach vorn. „Oh ja, ich bin eine wahre Heldin. Ich werde diese Meute im Handumdrehen zu verteidigen wissen."

„Hey, ich weiß, dass es nicht einfach ist, den Schild hochzuhalten."

Als ich mich zu ihm umdrehte, bemerkte ich die lange, dünne Narbe entlang seiner Kieferpartie.

Er strich mit dem Daumen darüber, dann zwinkerte er mir zu, und ich konnte nicht verhindern, dass sich ein Lächeln auf mein Gesicht stahl.

Ein Schatten fiel auf mich herab.

„Ich habe dich gewarnt, dass ich in meinem Unterricht kein Lachen dulde." Ares starrte mich finster an. Feine Linien durchzogen sein grantiges Gesicht.

Ich wusste nicht, was mich überkam. Aber wie von selbst sagte ich: „Ich habe nicht gelacht. Ich habe gelächelt."

Er trat so nah an mich heran, dass ich den Kopf in den Nacken legen musste, um ihn anzusehen. Er war so nah, dass ich ihn riechen konnte.

„Du solltest deine Einstellung überdenken, oder ich reiße dir dieses dumme Piercing aus der Nase."

Die Intensität seines Zorns ließ mich aufschrecken. Das Gefühl, das er auf meiner Haut erzeugte, war mir zuwider.

„Die nächste Lektion wird dir dabei helfen. Begib dich in die Mitte des Feldes und fang mit Liegestützen an. Du wirst sie so lange machen, bis ich dir sage, dass du aufhören sollst. Hast du gehört, Rekrutin?"

„Ja, Sir."

Revana, die sich in unmittelbarer Nähe befand, begann zu kichern.

Ares wirbelte herum und blickte Revana an. „Du wirst dich ihr anschließen."

Auf dem Feld ließ ich mich auf meine Hände und Knie fallen. Revana folgte mir und wäre mir fast auf die Hand getreten, als sie sich neben mir aufstellte. Als wir beide unseren ersten Liegestütz machten, starrte sie mich finster an.

„Du gehörst nicht hierher", murmelte sie plötzlich. „Sobald ich herausgefunden habe, wie du dich hier reinschmuggeln konntest, bringe ich dich zu Zeus."

Kapitel 6

Lucian

Meine bisherige Ausbildung verblasste im Vergleich zu der Realität in der Akademie und dem, was wir dort durchmachen mussten.

Als ich zum Nahkampfunterricht, der anders als der Kampf mit Waffen, in der Turnhalle stattfand und von Herakles, einem Berg von einem Mann, unterrichtet wurde, schwand meine Zuversicht. Dies würde kein einfacher Kurs werden.

Mein ganzes Leben lang hatte ich für die Aufnahme in die Armee der Götter trainiert. Für meine Eltern war es etwas Unvermeidbares, da bereits mein älterer Bruder Owen vier Jahre zuvor an seinem achtzehnten Geburtstag die Einladung überreicht bekommen hatte. Seit dem Tag seiner Abreise hatte ich nichts mehr von ihm gesehen oder gehört. Rekruten waren von der Außenwelt abgeschnitten. Insgeheim hatte ich gehofft, dass ich hier auf ihn treffen würde. Aber diese Hoffnung hatte sich zerschlagen, als ich erfuhr, dass die Rekruten, die ihre Abschlussprüfungen mit Bravour meisterten, in den Olymp aufstiegen. Es wäre möglich, dass wir uns dort wiedersehen würden, wenn ich es schaffte, die Ausbildung erfolgreich zu beenden.

Seit meinem sechsten Lebensjahr hatte mein Vater mich im Bogenschießen, Tiefseetauchen und Nahkampf unterrichtet. Seit meiner Geburt hatten meine Eltern Ares Opfergaben dargebracht. Sie hegten die Hoffnung, ich würde Teil seines

Bataillons werden. Genau wie mein Bruder. Zumindest nahm ich an, dass er sich Ares angeschlossen hatte.

„Stellt euch in einer Reihe auf“, brüllte Herakles und seine Stimme hallte von den dunklen Holzböden und getäfelten Wänden wider.

Innerhalb von Sekunden hatten wir eine Reihe gebildet und warteten auf Anweisungen. Mein Freund Diego hatte einen Platz neben mir gefunden. Revana stieß ein anderes Mädchen zur Seite, um sich auf der anderen Seite neben mir zu positionieren. Das Mädchen setzte ihre Ellenbogen für meinen Geschmack zu oft ein, was mir definitiv missfiel. Vielleicht würde ihr aber genau diese Eigenschaft dabei helfen, die Ausbildung zu überstehen.

Zwischen Blue und mir befanden sich etwa zehn andere Rekruten. Ich hatte keine Ahnung, was ich von dem Mädchen halten sollte. Sie war so auffallend anders, dass es wirkte, als wäre sie hier fehl am Platz. Ein roter Faden zog sich durch alle ihre Handlungen: die Suche nach dem Eingang am falschen Pier, der Sprung aus dem Portal und ihr Beinah-Ertrinkungstod, bis hin zu ihrem Umgang mit Ares.

Sie schien nicht wirklich hierherzugehören.

Aber sie faszinierte mich, das stand fest.

„Wir beginnen den Unterricht damit, die richtige Körperhaltung einzustudieren. Ihr müsst erkennen, wo euer Schwerpunkt liegt. Wer das mit Perfektion beherrscht, wird niemals aus dem Gleichgewicht geraten – egal was passiert.“ Herkales stellte sich vor uns auf, zog sein linkes Bein nach vorne; die Zehen gerade, die Fersen leicht nach außen gewölbt. Ein stückweit ging er in die Knie und legte die Hände flach auf seine Brust, wobei seine Ellenbogen eine gerade Linie bildeten.

„Aus dieser Position heraus kann ich jede Bewegung vollführen.“ *Prellstoß. Aufwärtshaken. Ellenbogen. Fußdrehung mit Rückwärtskick. Ursprungshaltung.* Herakles hatte die Bewegungen so schnell ausgeführt, dass ich ihnen mit bloßem Auge kaum folgen konnte.

Neben mir schnappte Diego nach Luft. „Verdammt. Mir ist noch nie jemand begegnet, der sich so schnell bewegt.“

„In dieser Haltung bin ich ein unbeweglicher Fels, nichts wird mich umwerfen.“

Aus den hintersten Ecken des Raums rollten zwei Roboterattrappen aus Holz von jeweils etwa zwei Meter Höhe auf Herakles zu. Beide waren mit langen Stäben bewaffnet. Einer der beiden positionierte sich vor Herakles, hob seine Arme, holte mit dem Stab aus und ließ ihn mit aller Kraft auf sein Ziel hinabsausen.

Herakles hob den Arm, den er eng am Körper gehalten hatte; der Stab traf ihn an der Schulter und zerbrach in zwei Teile. Das knackende Geräusch des berstenden Holzes hallte von sämtlichen Oberflächen wider.

Er grinste und sein ganzes Verhalten änderte sich, als der zweite Stab ihn an der anderen Schulter traf und das Holz durch die Wucht des Aufpralls in Stücke barst. Er richtete sich auf und klopfte die Holzspäne von seiner Kleidung. „Ha!“ Er stemmte die Faust in die Luft. „Nichts bringt mich aus dem Gleichgewicht. Jetzt seid ihr dran.“

Ein Kichern drang an meine Ohren. Ohne hinzusehen, wusste ich, dass es von Melanie kam.

„Sie wollen uns ernsthaft mit Holzstäben niederschlagen?“ Sie hatte die Hände in die Hüften gestemmt und wirkte entrüstet. Ihre Lippen waren vor Abscheu geschürzt.

Herakles schüttelte den Kopf. „Natürlich nicht. Es ist euer erster Tag. Das nehme ich ab der vierten Woche in Angriff."

Einige Lacher erklangen aus der Reihe.

„Nehmt eure Positionen ein."

Ich streckte mein linkes Bein nach vorne und drehte meine Ferse leicht nach außen. So wie ich es seit meinem sechsten Lebensjahr einstudiert hatte. Der Rest von uns folgte seinen Anweisungen, während Herakles die Reihe abschritt und unsere Bemühungen überwachte. Einigen der anderen erklärte er etwas oder korrigierte ihre Haltung. Als er sich auf meiner Höhe befand, hielt er inne. Sein Blick glitt über mich, bevor er mir einen harten Stoß verpasste.

Ich stolperte ein paar Schritte rückwärts, behielt die Haltung aber bei.

Er nickte. „Gut. Tritt vor, Rekrut."

Das tat ich.

„Name?"

„Lucian Perro."

Herakles' Augen verengten sich. „Du hast einen Bruder."

„Ja, Owen." Mein Herz machte einen kleinen Sprung, denn ich war mir sicher, dass Owen einen gewissen Eindruck hinterlassen haben musste. Er sollte sich in diesem Fach gut geschlagen haben.

„Geh die Reihe durch und bring die anderen Rekruten aus dem Gleichgewicht." Herakles ließ den Blick über den Rest Gruppe schweifen. „Eure Aufgabe besteht darin, euch nicht umwerfen zu lassen." Er deutete auf das andere Ende des Raumes, wo ein zierliches blondes Mädchen stand. „Fang an!"

Ich baute mich vor der besagten Rekrutin auf. Angst trübte ihren Blick, und ich fühlte mich schuldig, weil ich würde tun müssen, was mir aufgetragen worden war. Es brauchte nicht viel, um sie auf ihren Hintern fallen zu lassen.

Einer nach dem anderen fiel in der Reihe um. Die Wenigsten blieben auf ihren Füßen, die meisten gingen zu Boden. Diego hoffte wohl, ich würde ihn verschonen. Das tat ich nicht. Nach einem harten Stoß verlor er das Gleichgewicht. Revana blieb auf den Beinen, auch nach einem weiteren harten Stoß aus einem anderen Winkel. Sie grinste mich triumphierend an.

Als ich Blue erreichte, sah sie aus, als wäre sie schon jetzt bereit, in den Krieg zu ziehen. Der grimmige Ausdruck in ihren Augen überraschte mich.

Es wirkte so, als wollte sie sich unbedingt beweisen.

„Bist du bereit?"

„Gib alles." Sie reckte trotzig das Kinn.

Ich stieß sie gegen die Schulter. Zu meiner und wohl auch ihrer eigenen Überraschung bewegte sie sich kaum. Also nahm ich Anlauf.

„Mach dich besser bereit", warnte ich sie.

Ich sammelte meine Kraft und lief, so schnell ich konnte gegen Blue an.

Doch sie wich mir aus. Überrascht darüber, wie schnell sie sich bewegen konnte, und dass sie sich überhaupt bewegt hatte, stürzte ich ins Nichts und fiel ins Gras.

Fassungslos starrte ich sie an. Sie zuckte mit den Schultern und bot mir ihre Hand an, um mir aufzuhelfen. „Der Professor wollte, dass ich mich von dir nicht umwerfen lasse. Also habe ich nur die Anweisungen befolgt."

Ich ergriff ihre Hand und ließ mir auf die Beine helfen. Ein Prickeln breitete sich auf meiner Handfläche aus. Als hätte ich mich verbrannt, ließ ich ihre Hand los und rieb sie an meiner Hose ab. Meine Haut prickelte noch immer.

„Oh, das gefällt mir.“ Klatschend trat Herakles zu uns herüber. „Name?“

„Melanie Richmond.“

„Melanie, die Dunkle. Ich liebe es.“ Er sah den Rest der Gruppe an. „Also gut, bildet Zweiergruppen. Ihr übt jetzt Zweikampf.“ Er zeigte auf mich und Melanie. „Herzlichen Glückwunsch, ihr beide seid jetzt Partner.“

Als er sich entfernte, starrten wir einander an.

„Ich werde euch zeigen, wie man einen Faustschlag, einen Querschlag und einen Aufwärtshaken richtig einsetzt. Drei grundlegende Kampfstile. Einer aus jeder Gruppe holt sich jetzt ein paar Schutzpads von der Wand, dann fangen wir an.“

Ich sah Blue an und sie seufzte. „Ich werde sie holen gehen.“ Sie lief zur gegenüberliegenden Wand, schnappte sich die rechteckigen Schutzmatten und kehrte zu mir zurück.

Ich nahm sie ihr ab. „Du zuerst.“ Ich schob meine Hände in die Halterungen und hob sie schützend vor meinen Körper.

„Nehmt eure Positionen ein“, befahl Herakles. „Faustschlag, Aufwärtshaken, Faustschlag.“ Er demonstrierte die Bewegungsabfolge, indem er mit seinen riesigen Fäusten auf die Pads einschlug, die eine der hölzernen Roboterattrappen hochhielt. Überraschenderweise hielt der Roboter seinem Ansturm stand.

Blue brachte sich in Position und schlug auf das Pad ein, bevor sie mit der Linken zum Querschlag ausholte, um dasselbe mit ihrer Rechten zu wiederholen. Ihre Schläge waren solide. Mir gefiel, dass sie sich nicht zurückzuhalten schien.

Ich nickte ihr zu. „Nicht schlecht, Blue.“

„Danke.“

Erneut und erneut prügelte sie auf das Pad ein und legte Kraft in jeden einzelnen Schlag. Ich spürte ihre Fäuste durch die Polster hindurch an meinen Handflächen. Es war beeindruckend.

„Wechseln!“, wies Herakles uns an.

Ich zog die Pads aus und reichte sie ihr. Sie zog sie über und hob sie als Schutz vor ihren Körper. Nun war es an mir die Bewegungsabfolgen auszuführen. Dieses Mal hielt ich mich zurück. Was mir allerdings einen angewiderten Blick einbrachte.

„Ich bin nicht zerbrechlich. Los, mehr Einsatz, Rekrut“, rief Blue.

„Bist du sicher?“

Sie schüttelte den Kopf. „Dein Ego sitzt jetzt schon im Olymp, nicht wahr?“

Ich zuckte mit den Schultern. „Das trifft vermutlich auf jeden hier zu.“

Ihre Lippen zuckten.

Ich nahm wieder Haltung an und schlug mit voller Wucht zu. Ihr Arm kippte ein wenig zurück, aber sie schob ihn auf die Ausgangsposition zurück, sodass ich mit dem Training fortfahren konnte. Und das tat ich. Ohne zu zögern schlug ich auf die Pads ein. Immer und immer wieder.

Als Herakles mich zum Aufhören aufforderte, lief mir der Schweiß übers Gesicht und den Rücken hinunter. Blue erging es nicht anders.

„Sieht aus, als hätten wir unser Dreamteam gefunden.“ Herakles grinste uns beide an. „Weiter so, Rekruten!“ Er schlug mir wohlwollend auf die Schulter, was mich rückwärts stolpern ließ. Blues Kichern drang an mein Ohr.

„Lachst du mich aus?“ Ich warf ihr einen prüfenden Blick zu.

„Nein, natürlich nicht“, sagte sie und zwinkerte mir zu.

Ich lachte. Vielleicht hatte ich mich geirrt.

Sie schien doch hierher zu gehören.

Kapitel 7

Melanie

Es herrschte eine Mischung aus Aufregung und Nervosität unter uns, als wir über eine große Steintreppe in den tiefsten und dunkelsten Teil des Gebäudes hinabstiegen.

Alle waren begeistert, mit Hephaistos den Metallurgieunterricht zu beginnen. Alle außer mir. Ich wollte einfach nur zurück in mein Zimmer und mich unter meiner Decke verkriechen. Ein Tag voller peinlicher Patzer lag hinter mir und ich zog es vor, nicht noch einen weiteren hinzuzufügen.

Das Bogenschießen mit der Göttin Artemis am Morgen war beschämend verlaufen. Sprachlos hatte ich ihre Vorführung verfolgt: Makellos und anmutig war sie über das Übungsfeld gesprintet und hatte dabei drei Pfeile auf ein bewegliches Ziel abgeschossen. Ich hatte es ihr nachmachen wollen.

Allerdings stellte sich recht schnell heraus, dass mein Talent im Umgang mit dem Bogen nicht vorhanden war. Im Training verfehlte ich selbst die unbewegten Ziele. Schlimmer noch, meine Pfeile erreichten diese nicht einmal, sondern flogen kraftlos zu Boden. Die ersten Fehlversuche wären zu verkraften gewesen. Aber selbst nach einer Stunde unermüdlicher Arbeit landeten meine Pfeile im Gras, während nahezu die gesamte Klasse das Ziel traf. Jasmine glänzte, indem sie voll ins Schwarze traf, wofür sie sich ein Lob von Artemis einheimste.

Das grausame Gekicher und die abschätzigen Blicke von Revana und ihren Freundinnen hatten mir die Tränen in die Augen schießen lassen. Eisern hatte ich sie zurückgehalten, weil ich ihnen nicht zeigen wollte, wie tief sie mich damit verletzt hatten.

Und jetzt strömten wir also die Treppe hinunter, als Jasmine mich in die Seite stupste. Sie ahnte wohl, wie aufgebracht ich war. „Nächstes Mal bekommst du das auch hin. Sicher erwartet niemand von dir, dass du in allen Disziplinen am Anfang des Studienjahres perfekt bist."

„So wie du, meinst du?"

„Ich schätze, Bogenschießen ist einfach mein Ding." Sie zuckte mit den Schultern. „Jedenfalls hast du dich im Nahkampf mehr als wacker geschlagen. Und du hast Herakles dazu gebracht zu klatschen. Nach dem, was ich gehört habe, ist er nicht leicht zu beeindrucken."

„Ich hatte einen guten Partner", antwortete ich und entdeckte Lucian auf der Treppe vor mir. Er war von seiner gewohnten Clique umgeben: Diego, Revana und ein paar anderen Leuten, die ich nicht kannte. Weshalb er sich gerade diese Freunde ausgesucht hatte, wusste ich nicht. Außer ihm war der Rest der Gruppe gemein. Als würden sie mir Recht geben wollen, fingen sie über irgendetwas lautstark an zu lachen. Vermutlich machten sie sich wieder über irgendjemanden lustig. Abrupt wandte Lucian den Kopf und sah mich direkt an. Mein Bauch krampfte sich zusammen und ich schaute weg, doch das seltsame Gefühl, das sein Blick in mir ausgelöst hatte, begleitete mich immer noch.

Ich spähte die lange, gewundene Treppe hinunter. Es fühlte sich an, als wären wir schon eine Ewigkeit unterwegs. „Wie viele Etagen geht es in die Tiefe?"

„Es heißt, dass sich die Schmiede tief im Erdinneren befindet", erklärte Georgina, die bisher kein Wort gesagt hatte.

Jasmine und ich glucksten.

„Im Erdinneren?“ Ich warf meiner Mitbewohnerin einen Blick zu. „Ernsthaft?“

Sie zuckte mit den Schultern.

Mia, die das Zimmer ein Stockwerk unter uns bewohnte, schloss zu uns auf. „Du hast das Bogenschießen voll drauf, Jasmine.“

„Danke.“ Sie neigte den Kopf ein wenig, als würde sie sich dafür schämen.

Schon eilte Mia weiter und überholte uns, um sich einige Treppenstufen vor uns einzureihen. Mein Blick flog zwischen den beiden hin und her.

Ich stupste Jasmine an. „Was läuft da zwischen euch?“

„Nichts.“ Sie runzelte die Stirn.

„Sah aber nicht nach nichts aus.“

„Oh, so wie bei dir und Lucian?“

Bevor ich protestieren konnte, erreichten wir das Treppenende. Gefühlt mussten wir uns fünf bis sechs Stockwerke tief unterhalb des Akademiegebäudes befinden.

Anschließend folgten wir Pandora durch einen langen Korridor, der eher einem Bergtunnel ähnelte. Die Wände und die Decke trugen keinen Putz und bestanden aus rauem Gestein. Mit jedem weiteren Schritt erhitzte sich die Luft um uns herum. Schweiß perlte über Georginas Stirn. Ein grelles orangefarbenes Licht flackerte in der Ferne auf. Als wir uns dem Klassenzimmer von Hephaistos näherten, ließen die Geräusche von donnernden Maschinen den Raum erbeben. Kleinere Steine lösten sich aus dem Grund und rieselten auf uns herunter.

Ein einvernehmliches Raunen erklang, als der enge Tunnel in einen weitläufigen, höhlenartigen Raum mündete. Halb Texas hätte hier drin Platz gefunden, vielleicht sogar noch ein Stück von Oklahoma. Steintreppen führten zu Brücken, die sich über

Flüsse aus geschmolzenem Metall ergossen und einzelne, kreisförmig angeordnete Plattformen miteinander verbanden. Hinter der größten Plattform heizten Blasebälge die Flammen in einer Schmiede an, deren Öffnung dem Maul eines schwarzen Drachens nachempfunden war.

Ein Mann trat auf der nächstgelegenen Plattform aus Nebel- und Dampfschwaden heraus. „Willkommen in meiner Schmiede."

Jasmine ergriff meine Hand. „Mir gefällt es hier nicht."

„Mach dir keine Sorgen. Was kann uns schon passieren?"

„Eine ganze Menge", warf Georgina ein. „Wir könnten zum Beispiel vom Blasebalg umgepustet oder von einem der Schmiedehämmer platt gemacht werden oder aber von einer der Brücken ins flüssige Metall hinunter purzeln. Soll ich weitermachen?"

Ich warf Georgina einen bösen Blick zu. „Danke. Das will ich mir lieber nicht vorstellen."

Dicht aneinandergepresst bewegten wir uns vorsichtig durch Hephaistos Reich, bis wir vor den gigantischen Öfen stehen blieben. Daneben waren Arbeitstische aufgereiht, die aus massiven Steinblöcken bestanden. An jedem Ende dieser Tische stand eine Feuerschale bereit. Ein Sortiment an Werkzeugen, darunter Hämmer, Eisenstangen und Metallfeilen in allen erdenklichen Größen war darauf ausgebreitet. Außerdem wartete eine beängstigende Anzahl an robusten Ambossen auf ihren Einsatz.

Wir nahmen vor den Tischen Aufstellung, während sich der Professor vor dem Schmiedeofen aufbaute. Erst jetzt riskierte ich einen Blick auf den Gott. Er war nicht angenehm anzusehen. Sein unförmiges Gesicht wirkte furchteinflößend und eine Narbe zog sich über seine Kopfhaut. Die ganze Klasse schlotterte vor Furcht.

„Bei mir lernt ihr die Kunst des Schmiedens“, donnerte er über das Rumpeln der Maschinen hinweg. „Jeder von euch wird am Ende des Studienjahres mit einem Schild hier rausgehen. Geschmiedet aus härtestem Stahl, geformt mithilfe der besten Werkzeuge, geschaffen durch eure eigenen Hände, wird er euch treu dienen; im Unterricht und in der Schlacht. Am Ende eurer Ausbildung wird das Wappen eures Bataillons die Vorderseite zieren und eure Zugehörigkeit bezeugen. Ihr werdet ihn mit Stolz tragen.“

„Cool“, warf einer der männlichen Rekruten ein.

Hephaistos Blick schoss in seine Richtung. „Kommen wir zur ersten Lektion: Spaßvögel überleben hier in der Regel nicht lange. Hier werden weder irgendwelche Dummheiten noch Unfug getrieben.“

Diego, der sich vor einem der anderen Tische positioniert hatte, gluckste leise.

Blitzschnell griff Hephaistos nach dem Speer, der vor ihm lag und schleuderte ihn direkt auf unseren Mitschüler. „Zuhören! Ich werde mich nicht wiederholen.“

Diego duckte sich rechtzeitig weg, und der Speer blieb mit einem lauten Klirren in einem der Steinpfeiler in seinem Rücken stecken.

„Lasst uns beginnen. Unter euren Tischen liegen Handschuhe aus Leder. Wenn ihr eure Finger behalten wollt, streift sie euch über, denn ohne ein Paar funktionierender Hände seid ihr für uns wertlos.“

Während der nächsten fünfundvierzig Minuten brachte Hephaistos uns bei, wie man Metall erhitzte und in Form brachte. Gruppenweise duften wir, bewaffnet mit einer

Eisenzange und einem Metallblech, an die Schmiede herantreten und unser Handwerkszeug ins Feuer halten, bis es biegsam wurde. Danach musste man es nur noch auf einem der Ambosse zurechtklopfen. So die Theorie. Die Praxis gestaltete sich wie so oft, viel komplexer. So oft ich auch hämmerte und klopfte – es wollte mir einfach nicht gelingen. Das Ergebnis meiner Arbeit war dürftig. Wie schon beim Bogenschießen schien ich völlig zu versagen. Und mit jedem danebengegangenen Schlag wuchs meine Angst, dass schon bald die Götter in mir den Fremdkörper erkennen würden, der ich nun einmal war und mich hochkant hinauswerfen würden.

Schweiß tropfte mir von der Stirn, als ich das glühende Ende eines Metallstücks bearbeitete, das sich einfach um nichts in der Welt biegen wollte.

„Was tust du da?“ Hephaistos ragte vor mir auf.

„Ich befolge die Anweisungen.“

„Bist du blind, törichtes Mädchen? Du machst alles falsch.“ Er entriss mir Hammer und Eisenzange und positionierte das Blech auf dem Amboss. Drei kräftige Schläge und das Metall zerbrach zu zwei Hälften. Mit einem finsteren Blick reichte er mir die Werkzeuge zurück. „Versuch es nochmal.“

Ich hielt mein Metallstück unter die Flammen und sah zu, wie es sich erhitzte, bis das verräterische orangefarbene Glühen entstand. Plötzlich fielen mir an einer der wenigen Wände einige Regale mit unzähligen Gegenständen darauf auf. Hephaistos selbst musste sie hergestellt haben: Schwerter, Dolche, Dreschflegel, eine Keule und sogar … Schattenboxen.

Schattenboxen! Natürlich hier wurden sie hergestellt. Ich fragte mich, ob wenn ich herausfinden konnte, wie sie hergestellt wurden, ich irgendwie sicherstellen könnte, dass niemand beweisen konnte, dass ich nie eine bekommen hatte. Vielleicht könnte ich nach dem Unterricht ...

„Um Hades willen, Mädchen! Das Metall tropft gleich ins Feuer!“

Ich zog das Metallstück so hastig aus den Flammen, dass ich es beinahe fallengelassen hätte. Als ich an den anderen Rekruten vorbeiging, um zu meinem Amboss zu gelangen, grinste mich Revana böse an. „Versagerin!“

Es kostete mich meine ganze Willenskraft, die Eisenzange nicht zu nehmen und sie ihr in den Allerwertesten zu rammen.

„Los, Mädchen, beweg dich.“

Ich stolperte zu meinem Amboss und hämmerte auf das Metallstück ein. Scheinbar hatte ich den Dreh jetzt raus, denn tatsächlich gab das Material unter meinen Bemühungen nach und ließ sich so formen, wie ich es haben wollte. Stolz und Erleichterung vermischten sich in meiner Brust, als ich Hephaistos einen triumphierenden Blick zuwarf.

Er runzelte die Stirn. „Ich bin nicht deine Mutter, Mädchen. Von mir darfst du kein Lob erwarten.“

„Meine Mutter ist tot“, flüsterte ich leise.

Hephaistos' Augenbrauen wanderten nach oben, aber er erwiderte nichts, sondern marschierte zu seinem nächsten Opfer … ähm … Schüler.

Nachdem der Gott uns zur Genüge schikaniert hatte, erklärte er den Unterricht für beendet. Zusammen mit dem Rest der Klasse trottete ich über die schier nicht enden wollende Wendeltreppe zurück. Kaum oben angekommen, stob die Gruppe auseinander.

„Auf in den Speisesaal“, verkündete Jasmine. „Ich habe gehört, dass es heute Pizza geben soll.“

Plötzlich kam mir eine wilde Idee. Wild und verrückt. Aber alles, was ich in den letzten Tagen getan hatte, war wild und verrückt gewesen. Und wenn ich mich auf der Akademie der Götter durchsetzen wollte, durfte ich keine zahme Maus sein.

„Geht ruhig vor. Ich brauche noch etwas aus meinem Zimmer“, sagte ich.

Jasmines Blick wurde lauernd. Einen Augenblick lang hatte ich das Gefühl, dass sie sich mir anschließen wollte, doch scheinbar hatte ich mich geirrt. „Okay, bis gleich.“ Sie wandte sich ab und entfernte sich in Begleitung von Georgina und ein paar anderen Mädchen.

Nachdem sich das Foyer geleert hatte, schlich ich die Treppe wieder hinunter. Ich wollte mir die Schattenboxen genauer ansehen und die Art und Weise, wie sie gefertigt worden waren. Mein Schicksal an der Akademie könnte davon abhängen.

Als ich den Eingang zur Schmiede erreichte, blieb ich stehen und spähte in die Dunkelheit hinein, um mich zu vergewissern, dass Hephaistos verschwunden war oder sich zumindest dorthin zurückgezogen hatte, wo er mich nicht sehen konnte. Eine Weile harrte ich unbeweglich aus, doch als er sich auch nach fünf Minuten nicht blicken ließ, wagte ich mich über die Brücke.

Ich war so sehr auf mein Ziel fixiert, dass ich einen herumliegenden Stein übersah und über ihn stolperte. Ich verlor das Gleichgewicht. Panisch ruderte ich mit meinen Armen, während der Fluss aus geschmolzenem Metall mir immer näher kam. Mein Herz klopfte wild in meiner Brust. Ich betete zu allen Göttern, die ich kannte. Mir blieb nur eine Wahl. Ich musste irgendwie versuchen, auf die andere Seite zu springen. Also stieß mich ab und anstatt meinen Fall zu stoppen zu versuchen, beschleunigte ich ihn noch.

Haarscharf landete ich auf der Plattform auf der anderen Seite und schrammte mir die Knie auf. Es dauerte einige Sekunden, bis sich meine Atmung normalisiert hatte.

Fassungslos blickte ich zurück. Ich war beinahe 5 Meter gesprungen. Ohne Anlauf.

Aber wie?

Mir blieb keine Zeit darüber nachzudenken, ich musste zusehen, dass ich meine Mission erfüllte und wieder verschwand, bevor ich entlarvt wurde.

So schnell ich konnte, ging ich zu der Wand mit den Schattenboxen.

Meine Fingerkuppen prickelten, weil ich mich danach sehnte, die Schattenboxen zu berühren. Sie waren wunderschön. Ich streckte meine Hand nach einer Schattenbox aus, doch hielt inne, als ich spürte, dass ich nicht länger allein war. Langsam drehte ich mich um. Hephaistos stand vor mir.

„Was machst du hier?“

„Ich ... ich wollte mir die Schattenboxen ansehen. Sie sind so schön.“

Seine Züge wurden ein wenig weicher. „Du fragst dich wahrscheinlich, wie jemand, der so grotesk aussieht, etwas so Großartiges erschaffen kann.“

„Nein, ich ...“

„Das ist die Frage, die mir die ganze Zeit durch den Kopf geht.“ Er nahm eine der Boxen in die Hand. „Das ist mein ganz persönlicher Fluch.“

„Hast du alle Schattenboxen selbst gemacht?“

Er nickte. „Ja, jede Einzelne von ihnen. Auch die, die du bekommen hast.“

„Wie funktioniert der Mechanismus?“

Nach einem kurzen Moment des Zögerns öffnete er eine der Boxen und ließ mich einen Blick hineinwerfen. „Nach dem Öffnen der Box erscheint eine Schriftrolle. Auf der Schriftrolle befindet sich eine Einladung und in der Box ist ein Rätsel eingraviert, das du lösen musst, um das Portal zur Akademie zu finden.“ Er klappte die Schachtel zu. „Aber das weißt du alles schon, schließlich bist du hier.“

Natürlich sollte ich behutsam vorgehen, um mich nicht zu verraten, aber ich musste die Wahrheit erfahren. „Kann der Mechanismus überlistet werden? Könnte jemand … die Einladung eines anderen Menschen dafür nutzen, um auf die Akademie zu kommen?“

Er schnaubte. „Auf keinen Fall. Das wäre unmöglich. Die Box antwortet nur dem vorgesehenen Empfänger. Nicht einmal ein Gott könnte die Magie der Box brechen.“

Ich knabberte an meiner Lippe. Meine Erleichterung war so groß, dass mir die Tränen in die Augen stiegen.

„Außerdem öffnet sich das Portal nur für diejenigen, die auf die Akademie gehören. Ein einfacher Mensch würde es niemals finden.“

Dankbar nickte ich ihm zu. Mit Mühe hielt ich die Freudentränen zurück, weil ich offensichtlich doch hierher gehörte. Die Götter hatten mich erwählt. Mich, Melanie Richmond, die Unruhestifterin. Sie wollten, dass ich mich ihnen anschloss. Ich und nicht Callie Demos, die doch der Inbegriff an griechischer Folgsamkeit war.

Der Gott stellte die Box ins Regal zurück.

„Hab Dank, Hephaistos, Sir.“ Ich konnte nicht verhindern, dass ein Lächeln über mein Gesicht huschte, während ich mich umdrehte.

„Ich habe deinen Sprung vorhin gesehen.“

Ich erstarrte in der Bewegung. Was sollte ich ihm antworten? Langsam drehte ich mich zurück.

„Beinahe fünf Meter." Er rieb seine Knollennase. „Beeindruckend." Er winkte abweisend mit seiner fleischigen Hand. „Jetzt verschwinde aus meiner Schmiede. Solltest du noch einmal uneingeladen hier erscheinen, lasse ich dich rausschmeißen."

Meine Beine drohten unter mir nachzugeben, als ich die Brücke passierte, doch jetzt gab ich mehr acht. Dennoch pochte mein Herz wild in meiner Brust, als ich die Treppe hinaufstieg. Erregung erfasste jede Faser meines Körpers und ließ sie singen. Vielleicht war ich doch nicht die Außenseiterin, für die ich mich selbst gehalten hatte.

Mit einem Luftsprung ließ ich die letzte Treppenstufe hinter mir und machte mich auf den Weg zum Speisesaal.

Ich hatte plötzlich Lust auf Pizza.

Doch als ich um die nächste Ecke bog, legte sich eine Hand auf meinen Mund, und ich wurde gegen eine Wand gedrückt.

Instinktiv schlug ich um mich und biss so fest zu, wie ich konnte.

„Autsch, Blue! Das tat weh!"

Kapitel 8

Melanie

Mein Herz pochte immer noch wild in meiner Brust, als ich in Lucians Gesicht blickte. Ich atmete tief durch, um mich zu beruhigen. Mit seiner Aktion hatte er meinen Verteidigungsinstinkt in Gang gesetzt und zu meinem – oder, besser gesagt, zu seinem – Leidwesen, war ich eine Kämpferin.

Er ließ mich los.

„Was sollte das?"

Mir fiel der rote Abdruck auf seiner Handfläche auf. Dort, wo sich meine Zähne in ihn hineingegraben hatten. Er zuckte mit den Schultern. „Keine Ahnung. Du bist hier herumgeschlichen, also dachte ich, es wäre eine lustige Idee, dich zu überraschen."

„Dann hast du das eindeutig verdient." Ich deutete auf seine Hand.

Seine Augen verengten sich. „Was wolltest du hier eigentlich?"

„Nichts."

„Warst du noch einmal in der Schmiede?" Er spähte um die Ecke.

„Nein, war ich nicht." Ich setzte mich in Bewegung und schlug die Richtung zum Speisesaal ein. Wenn ich Glück hatte, wäre unser Gespräch damit beendet. Aber die Götter zeigten mir gegenüber heute kein Erbarmen. Lucian schloss zu mir auf.

Mein Magen knurrte einvernehmlich und erinnerte mich daran, dass ich seit dem Frühstück, das aus Haferflocken und einem Apfel bestanden hatte, nichts mehr zu mir genommen hatte.

„Weißt du, ich kann dich nicht lösen, Blue."

„Ich wusste nicht, dass ich eine mathematische Gleichung bin."

Er lachte. „Genau das meine ich: diese mürrische Einstellung."

Ich zog eine Augenbraue hoch. „Bist du vielleicht einfach nicht gewöhnt mit Mädchen zu reden, die dir nicht jedes Wort nachplappern. Oder in Ohnmacht fallen, wenn sie deinen trainierten Bizeps zu Gesicht bekommen?"

Er beugte seinen Arm. „Nun, der ist ja auch ziemlich beeindruckend."

Dem konnte ich leider nicht widersprechen und ich hasste die Tatsache, dass auch ich darauf reagierte. Meine Handflächen prickelten, weil ich mich danach sehnte, seine harten Muskelstränge zu berühren. Natürlich würde ich ihn das niemals wissen lassen.

Als wir den Speisesaal betraten, konnte ich gar nicht erwarten, mich zu Jasmine und Georgina zu gesellen und mir meine Pizza schmecken zu lassen. Lucian bedeutete Gefahr. Unsere Körper berührten sich zwar nicht, aber das Verlangen in mir war unverkennbar da und wuchs mit jeder Sekunde, die ich in seiner Nähe verbrachte.

Als würde er ahnen, welchen Kampf ich im Stillen mit mir selbst ausfocht, lehnte er sich zu mir. Das Funkeln in seinen Augen machte mir Sorgen. „Du siehst aus, als würdest du gleich Reißaus nehmen."

Ich leckte mir über die Lippen. „Ich habe einfach Hunger. Das ist alles."

„Könnte es sein, dass ich dich nervös mache?"

Unsere Blicke trafen sich. Goldene Punkte tanzten im Grün seiner Augen.

„Nein. Warum solltest du?"

Sein Blick wanderte über mein Gesicht und verweilte länger auf meinem Mund, als nötig gewesen wäre. „Wir sehen uns im Unterricht, Blue." Mit diesen Worten wandte er sich ab und spazierte quer durch den Speisesaal zu seinen Freunden, die bereits in unsere Richtung starrten. Ich konnte Revanas Stimme förmlich hören, wie sie Lucian einen abfälligen Kommentar über mich an den Kopf warf.

Ich schüttelte den Gedanken ab und setzte meinen Weg zu Jasmine und Georgina fort. Beide sahen mich mit hochgezogenen Augenbrauen an. Ich nahm Platz und schnappte mir das Pizzastück, dass sie für mich mitgenommen hatten.

„Was wollte er denn?", fragte Jasmine.

„Nichts", antwortete ich.

Sie sah mich an. „Weißt du, ich glaube, wir beide haben eine sehr unterschiedliche Definition von nichts."

Ich schob mir die Pizza in den Mund, womit ich klar zu verstehen geben wollte, dass ich an der Fortsetzung des Gesprächs über Lucian kein Interesse hatte. In Wahrheit wollte ich nicht einmal an ihn denken. Es gab da etwas zwischen uns, das mir suspekt war und das mir eine Höllenangst einjagte. Eine Energie, die jedes Mal Funken schlug, wenn er sich mir näherte. Das lenkte mich ab und ich konnte es mir nicht leisten, abgelenkt zu sein.

Nicht wenn ich überleben wollte.

* * *

Der Elementarunterricht war die Stunde, auf die alle Rekruten am meisten gewartet hatten. Uns würde sich nicht nur die Gelegenheit bieten, die fünf Elemente der Erde zu beherrschen, sondern auch die Chance, den Göttervater selbst zu beeindrucken: den mächtigen Zeus. Jeder, den ich kannte, träumte davon, eine Affinität zu Blitzen zu besitzen und in seinem Bataillon aufgenommen zu werden. Alle außer Georgina.

Sie war nur einer Göttin zugetan und das war Demeter. Das war ihr Thema Nummer eins. Sie sprach von nichts anderem, als wir den Innenhof überquerten und uns zu den weitläufigen Anlagen begaben, die hinter dem Hauptgebäude errichtet worden waren.

„Wusstet ihr, dass Demeter die Landwirtschaft erfunden hat? Ohne sie wären wir nicht einmal in der Lage, uns selbst zu ernähren. Dann wären wir immer noch sowas wie Neandertaler, die Mammuts jagen müssen, wenn sie etwas essen wollen."

Ich lernte auf dem kurzen Weg so viel über Demeter, dass mir bereits der Kopf schwirrte, als wir die Anlage erreichten. Erneut schwangen die Türen wie von einer unsichtbaren Hand betätigt, auf und wir traten ein. Ein luftiger, schier nicht endenwollender Raum begrüßte uns. Der Raum war in einzelne Ebenen unterteilt, die durch Metalltreppen miteinander verbunden waren. In jedem der Bereiche hatte jeweils eine Gottheit Aufstellung genommen.

Zeus hatte die oberste Ebene bezogen, drei Metallstäbe waren hinter seinem Rücken angebracht, während Hephaistos es sich auf einer der niedrigeren Ebenen neben einer Feuerstelle bequem gemacht hatte.

Georgina griff nach meinem Arm. „Da ist Demeter." Sie musste wohl die Göttin mit der wilden Lockenmähne meinen, die auf einem Felsen saß, einen hauchdünnen Rock und eine Wickelbluse trug. Ihre Füße waren nackt.

Auf der untersten aller Ebenen thronte Poseidon nahe eines kleinen Wasserbeckens. Er und Zeus hätten Zwillingsbrüder sein können, der einzige Unterschied lag in ihrer Frisur. Poseidon trug seine dunkelbraunen Locken kurz geschnitten. Mit seinem robusten Körperbau war er eine äußerst imposante Erscheinung und sehr attraktiv.

„Wer das wohl ist?“ Mit einer Geste wies ich auf einen Bereich, der in Dunkelheit gehüllt war. In der Dunkelheit schien sich ein Schatten zu bewegen.

Jasmine runzelte die Stirn. „Wo?“

Ich deutete auf den Bereich. „Auf der Ebene bewegt sich etwas.“

„Das bildest du dir nur ein, Mel. Da ist niemand.“

Ich fixierte die undurchdringliche Schwärze und zuckte zusammen, als ich einem Paar Augen begegnete, die meinen Blick direkt erwiderten. Ein Schauer rieselte meinen Rücken herunter.

„Willkommen Rekruten!“ Zeus streckte seine Arme aus. „Heute arbeiten wir mit fünf Elementen: Wasser, Feuer, Erde, Schatten und natürlich mit Blitzen.“ Aus seinen Fingerspitzen sprühten weiße Funken.

Schatten? Mein Blick wanderte zu der dunklen Ebene herunter. Jetzt konnte ich den Mann mit seinem langen, schwarzen Haar und blassen Augen ganz deutlich erkennen. Sein viktorianischer Kleidungsstil ähnelte dem eines Vampirs. Er grinste mich an. Eine Gänsehaut kroch über meine Arme.

„Teilt euch in fünf Gruppen zu acht oder neun Teilnehmern auf.“

Natürlich bildeten Jasmine, Georgina und ich ein Team. Mia und Ren schlossen sich uns ebenfalls an. Als mein Blick auf Lucian fiel, hatte ich das Gefühl, dass auch er sich uns anschließen wollte, doch der Moment verflog und er gesellte sich zu Diego, Revana, Isobel und einigen anderen Rekruten, deren Namen ich mir noch nicht gemerkt hatte. Unser Team war mit Hella, Jasmines Mitbewohnerin und ihren Freunden, Marek und Quinn vollzählig.

Zeus wies jedem Team das Element zu, mit dem es beginnen sollte. „Wasser“, verkündete er und deutete auf unsere Gruppe.

Als wir uns um den Pool versammelt hatten, zappelte Ren herum wie ein Kind zu Weihnachten.

„Wasser ist Leben.“ Poseidon deutete auf den Pool. „Unser Körper besteht aus Wasser, siebzig Prozent der Erde sind damit bedeckt, und ohne dieses Element würde keine Nahrung wachsen.“ Während seine Hand über der Wasseroberfläche schwebte, bildete sich ein Strudel; so wie im Gezeitenbecken, durch das wir in die Akademie gelangt waren. Der Strudel wuchs heran, bis er Poseidons Hand berührte. Er drehte seine Handfläche nach oben und ließ die herumwirbelnde Wassersäule darauf tanzen.

„Allerdings vermag es nicht nur zu geben, sondern auch zu nehmen.“ Durch die Bewegung seiner Hand verwandelte sich die schmale Wasserhose in einen riesigen Wirbelsturm, der sich bedrohlich über uns erhob. „In den Ozeanen und Meeren dieser Erde können tausend Meter hohe Wellen erstehen und Städte und Dörfer unter sich begraben.“ Poseidon bildete eine Faust und das Wasser schwappte ins Becken zurück, über den Rand hinaus und bespritzte unsere Beine. „Wer das Wasser kontrolliert, kontrolliert das Leben selbst.“

Nach und nach bedachte er jeden von uns mit seinem Blick. „Wer will es zuerst versuchen?“

Rens Hand schoss wie eine Rakete in die Höhe. „Ich, ich, Sir!“

Die nächste halbe Stunde verbrachten wir damit, das Wasser mit unseren Händen zu manipulieren. Nur Ren und Marek gelang es auf Anhieb. Beide waren dazu in der Lage, kleine Wirbelstürme zu erzeugen, wohingegen ich kaum ein Plätschern hervorbrachte.

Als nächstes war Feuer dran.

„Ich werde euch keine rührselige Geschichte über die Macht des Feuers auftischen“, brummte Hephaistos. „Es spricht für sich selbst.“ Er schnippte mit den Fingern über der Feuerstelle, und die Flammen zündelten hoch.

Ich trat näher heran, um meine von der Wasserlektion nasse Kleidung trocknen zu lassen.

„Wer Feuer kontrollieren kann, kann mit seiner Hilfe ganze Städte dem Erdboden gleichmachen und seine Feinde zu Asche verbrennen lassen.“ Die Flammen glühten in seinen Augen auf.

Jasmines Augen weiteten sich, als ein Ruck durch ihren Körper ging und sie erzitterte.

„Allerdings kann es auch Wärme und Trost spenden oder sogar heilen.“ Er legte seine Hand auf ihre Schulter, und sie entspannte sich sichtlich. Ein schüchternes Lächeln huschte über ihre Züge. „Zuerst werdet ihr lernen, das Feuer zu kontrollieren, danach bringe ich euch bei, es zu erzeugen. Streckt eure Hände den Flammen entgegen und ruft sie zu euch.“

Ich hob meine Hand in Richtung des Feuers. Es verströmte Hitze, sodass meine Handfläche sofort warm wurde. Ein wenig erinnerte es mich an das Gefühl, das sich bei der Berührung der Schattenbox in mir ausgebreitet hatte. Ich konzentrierte mich auf die Flammen und sah ihnen beim Tanzen zu. Lächelnd stellte ich mir vor, mich ihrem Tanz anzuschließen.

„Mel“, hauchte Jasmine neben mir. „Bei allen Göttern.“

Stirnrunzelnd drehte ich mich zu ihr um. „Was?“

„Deine Hand!“

Ich blickte auf meine Hand herunter. Die Flammen hatten sie vollständig umschlossen. Mein Herz schlug mir bis zum Hals. Ich brannte! Aber ich hatte nicht das Gefühl, dass ich verbrennen würde. Ich empfand kein Unbehagen, nur eine warme, beruhigende Hitze, die über meiner Haut schwebte.

„Wow!“ Ich bewegte meine Hand hin und her, und die Flammen ahmten die Bewegung nach. „Wie cool ist das?“

„Ziemlich cool.“ Erstaunen schwang in Jasmines Stimme mit.

Hephaistos schenkte mir ein kurzes Nicken. Vermutlich war es das höchste Lob, das ich von ihm erwarten durfte.

Allerdings schaffte es selbst diese kleine Geste, mich aufzumuntern.

Als wir die nächste Ebene - den Garten – betraten, stand Georgina ganz offiziell kurz davor, auszuflippen.

„Die Erde kontrollieren zu können ist *wirklich* cool.“ Demeter kletterte von dem Felsen herunter und setzte sich im Schneidersitz auf die Wiese, auf der wir standen. Sie gab uns allen ein Zeichen, ihrem Beispiel zu folgen. „Es ermöglicht uns Lebensmittel anzubauen und buchstäblich Berge zu versetzen.“ Demeter platzierte ihre Hand flach auf dem Boden und schloss die Augen. Eine Ranke schob sich durch das Gras. Die Ranke drehte sich in der Luft und wickelte sich dann um Georginas Arm.

Georginas Augen weiteten sich vor Schreck. Dann erschlaffte Georgina und sackte zu Boden.

Demeter runzelte die Stirn und musterte Georgina gleichgültig. „Habe ich sie gerade umgebracht?“

„Nein“, sagte ich. „Sie ist nur ohnmächtig geworden.“ Ich rüttelte Georginas Schulter, bis sie die Augen aufschlug.

Mit einem breiten Lächeln im Gesicht setzte sie sich vorsichtig auf. „Das war fantastisch.“

Die Mitglieder des Teams lachten erleichtert auf.

Demeter gluckste. „Wie heißt du?“

„Georgina“, gab diese zur Antwort.

„Nun, Georgina, ich glaube, du wirst meine Lieblingsschülerin werden. Die Ranke hat dich nicht umsonst ausgewählt.“

Erneut drohten ihre Beine unter Georgina nachzugeben, sodass ich sie stützen musste.

Während des gesamten Unterrichts ließ Demeter uns die Erde und das Gras berühren, um ein Gefühl dafür zu bekommen, über ihren Aufbau nachzudenken und sich vorzustellen, wie etwas darauf wuchs und gedieh. Am Ende der Stunde schafften Jasmine und Quinn es, einen Stein zum Rollen zu bringen, ohne ihn zu berühren, während Georgina zur Freude von Demeter und der anderen Teammitglieder eine Blume in ihrer Hand wachsen ließ. Es bestand kein Zweifel, zu welchem Bataillon Georgina gehören würde.

Unsere nächste Etappe bildete die Ebene der Schatten. In dem Moment, in dem ich in die Dunkelheit trat, die den Raum umhüllte, begann mein Körper zu vibrieren. Es war ein seltsames Gefühl, so als ob ich eine menschliche Stimmgabel wäre.

„Ich bin Erebus.“ Aus dem dunkelsten Teil des Raumes trat eine Gestalt in unser Blickfeld. Aus der Nähe ähnelte Erebus einem Vampir, was vermutlich seinen blassen, fast durchscheinenden Augen zu verdanken war. Je länger ich ihn jedoch anstarrte, desto ätherischer erschien er mir. In der Tat wies sein Körper keine feste Form auf. Viel mehr war er eine wabernde Masse, die hin und her wogte. Erebus verschmolz buchstäblich mit den Schatten.

„In meinem Unterricht werdet ihr lernen, Licht und Dunkelheit zu manipulieren. Wer beides beherrscht, kann mit den Elementen verschmelzen, unsichtbar werden.“ Er zerstob zu Schatten. „Und an einer anderen Stelle wieder auftauchen.“ Seine Stimme erklang hinter meinem Rücken, und ich drehte mich auf dem Absatz um. Er stand mir direkt gegenüber.

„Ich werde euch beibringen, wie ihr das Licht brechen und es um euren Körper biegen könnt. Es ist eine Art Verkleidung, in der man sich bewegen kann, ohne gesehen zu werden.“ Er ruderte mit seinen Armen. Die Bewegungsabfolge war dabei so schnell, dass es so aussah, als würde er die Luft in Scheiben schneiden. Wieder und wieder, bis er sich in ihr auflöste. „Der Schlüssel liegt in der Schnelligkeit. Los, jetzt seid ihr dran.“

Während ich mich im Kreis bewegte, ließ ich meine Arme vor- und zurückschnellen. So schnell, wie es mir möglich war, riss ich meine Arme nach oben, dann herunter. Ich war dermaßen auf meine Aufgabe konzentriert, dass ich Ren nicht kommen sah, bis er in mich hineinrannte.

„Pass doch auf!“, fuhr ich ihn an.

Ren erstarrte. „Melanie?“

„Wer denn sonst?“

Sein Kopf ruckte nach rechts, dann nach links herum. „Wo bist du?“

Ich runzelte die Stirn. „Vor deinen Augen.“

Sein Blick traf mein Gesicht und huschte weiter, als wäre er immer noch auf der Suche nach mir. „Ich kann dich nicht sehen.“

Verdammt! Hatte ich es wirklich geschafft, das Licht zu manipulieren?

„Weißt du, du bist wunderschön."

Ruckartig drehte ich mich zu der Stimme in meinem Rücken um. Erebus war mit gefalteten Händen hinter mir aufgetaucht.

Er trat einen Schritt näher und musterte mich prüfend. Das gefiel mir nicht. Ganz und gar nicht. Ich fühlte mich verletzlich und ihm ausgeliefert.

„Du hast Schatten in dir." Er hob seine Hand und bewegte sie vor mir. Sein Fleisch zerbarst und setzte sich wieder zusammen. So als bestünde er aus Pixeln, die auseinanderstoben und sich wieder zusammensetzten. „Ich kann sie spüren. Deshalb ist es dir gelungen, das Licht so einfach zu manipulieren."

„Was mache ich, um wieder sichtbar zu werden?"

„Nicht bewegen."

„Ich bewege mich doch gar nicht. Ich stehe hier bloß."

Er drückte zwei Finger auf meine Stirn. „Hör auf, dich in deiner Vorstellung zu bewegen."

Ich war mir nicht ganz sicher, was er meinte, aber ich konzentrierte mich darauf, meinen Körper zu beruhigen, einen Teil nach dem anderen. Bei meinen Zehen fing ich an und arbeitete mich Stück für Stück bis zu meinem Kopf vor. Als ich schließlich einen langgezogenen, tiefen Atemzug nahm, fühlte ich mich wieder ganz.

„Hey!" Ren machte große Augen. „Du bist einfach aus dem Nichts aufgetaucht."

Jasmine und Georgina kamen auf mich zugeeilt. „Das war so cool. Du bist einfach so verschwunden!"

Lächelnd nahm ich ihre Glückwünsche entgegen. Auch der Rest des Teams versammelte sich um mich herum und jeder von ihnen sicherte mir zu, eine tolle Leistung vollbracht zu haben.

Niemandem sonst gelang das, was ich scheinbar mit Leichtigkeit erreicht hatte. Stolz rang mit Besorgnis in meiner Brust. Erebus Worte hallten in meinen Ohren nach und machten mir eine Heidenangst. Von Schatten erfüllt zu sein, war nicht gerade mein Wunsch.

Zeus und seine Ebene bildete die letzte Station für uns. Jasmine war völlig aus dem Häuschen vom Göttervater selbst unterrichtet zu werden. Einmal hatte sie mir verraten, dass sie darauf hoffte, Zeus' Bataillon zugeteilt zu werden. Das konnte ich mir bei ihr durchaus vorstellen; sie war stark und kühn - zwei Eigenschaften, die ihr dabei helfen dürften, Blitze zu manipulieren.

Zeus wies uns an, uns um eine Art Blitzableiter zu versammeln.

„Ein Blitz ist nichts anderes als Energie“, verkündete er, umgeben von drei Stäben. „Sie liegt in der Luft, überall um uns herum, zu jeder Zeit.“ Er klatschte in die Hände. Das Geräusch war furchteinflößend. „Reibt eure Hände aneinander“, sagte er und tat genau das. „Durch die Reibung wird eine elektrische Ladung erzeugt.“

Ich konnte spüren, wie sich die Hitze zwischen meinen Händen aufstaute. Meine Finger begannen zu kribbeln. Ich runzelte die Stirn. War es richtig, was ich gerade spüren konnte? Sollte das so sein?

Während Zeus seine Hände unermüdlich weiterrieb, schritt er um die Gruppe herum und blieb vor mir stehen. Seine Handflächen öffneten sich, bevor er sie auf meinen Kopf legte. „Wir haben jetzt statische Elektrizität erzeugt“, sagte Zeus. „Ich will sie euch zeigen.“

Ein Prickeln rauschte durch meinen Körper hindurch und ich spürte, mehr als dass ich es sah, dass mir die Haare förmlich zu Berge standen. Meine blauen Strähnen standen in alle Richtungen ab. Jasmine und Georgina begannen zu lachen, nachdem Zeus mich in einen menschlichen Troll verwandelt hatte.

Ein amüsiertes Schmunzeln stahl sich auf meine Lippen, als ich mir vorstellte, wie das aussehen musste.

Doch plötzlich fühlte sich etwas falsch an. Das Kribbeln in meinem Kopf nahm zu. Es kitzelte nicht mehr, sondern begann zu stechen. Tausend Nadelstiche, die schärfer und stärker wurden, bis sie mir Schmerzen bereiteten.

Jasmine wurde aschfahl im Gesicht. Georgina wich mit weit aufgerissenen Augen einen Schritt zurück.

„Was? Was ist los?“, fragte ich panisch.

Der Geruch von verbrannten Haaren stieg in meine Nase. Mein Kopf sprühte Funken.

„Es wird sie umbringen!“ Jasmines Stimme hallte dumpf in meinen Ohren.

Dann senkte sich Dunkelheit über mich und riss alles mit sich mit.

Kapitel 9

Melanie

Der Duft von gebratenem Speck kitzelte meine Nase, und ich öffnete blinzelnd meine Augen. Ich lag in meinem Bett mit dem Gesicht zur Wand. Als ich mich umdrehte, erblickte ich Georgina und Jasmine. Während Georgina auf ihrem Bett lümmelte, hatte es Jasmine sich auf dem Schreibtischstuhl bequem gemacht. Die beiden stopften sich Pommes in den Mund und hielten jeweils einen Cheeseburger in ihren Händen. Mein Magen knurrte.

„Juhu, endlich bist du wach." Georgina steckte sich eine weitere Pommes in den Mund und kaute genüsslich darauf herum.

„Was ist geschehen?" Langsam setzte ich mich auf, aber mein Kopf schmerzte so furchtbar, dass ich mich wieder ein Stück weit in die Kissen sinken ließ.

„Du warst fast vier Stunden lang weg." Jasmine half mir, mich aufzusetzen. Sie schüttelte die Kissen auf und schob sie hinter meinen Rücken. „Die Heiler haben dich untersucht, aber es hieß, du könntest dich hier oben in deinem Zimmer ausruhen, statt auf der Krankenstation zu bleiben."

Georgina packte einen weiteren Burger aus. „Hast du Hunger? Willst du etwas essen?"

„Ja, gern." Ich war am Verhungern. Als sie mir den Burger reichte, griff ich danach und biss kräftig hinein. Nachdem ich ihn in Windeseile verputzt hatte, wandte ich meine Aufmerksamkeit erneut meinen Freundinnen zu und griff mir einige von

Georginas Pommes. „Ihr habt mir meine Frage nicht beantwortet. Was ist denn vorgefallen? Ich erinnere mich nur noch daran, dass wir uns mit Zeus im Elementarunterricht befanden ...“

„Du bist gestorben.“ Georgina sprang von ihrem Bett auf, legte einen Arm um mich und drückte mich fest an sich.

Ich verschluckte mich an einer Pommes.

Jasmine warf Georgina einen vorwurfsvollen Blick zu. „Wir hatten doch die Anweisung, es ihr nicht sofort zu sagen.“

„Ich weiß, tut mir leid.“

Ich löste mich von Georgina, sprang aus dem Bett und baute mich vor meinen Freundinnen auf. „Was meint ihr damit, ich wäre gestorben?“

„Dein Herz hat aufgehört zu schlagen, weil die Menge an Elektrizität, die durch deinen Körper geflossen ist, vermutlich zu hoch war.“ Jasmine zuckte bei ihren eigenen Worten zusammen. „Aber Zeus hat es mit einem kleinen Fingerschnipsen wieder in Gang gebracht.“ Sie stieß mich in die Brust.

„Nun, es hat zwei Anläufe gebraucht“, fügte Georgina hinzu. „Und dann hat es noch ein paar Sekunden gedauert, bis du wieder geatmet hast.“

Sprachlos starrte ich sie an. Was sollte man auch sagen, nachdem man gestorben und von einem Gott wiederbelebt worden war?

„Wow“, erschien mir nicht ausreichend.

„Ich muss an die Luft.“ Entschlossen marschierte ich zur Tür.

„Sollen wir dich begleiten?“ Georgina wollte mir folgen.

„Nein. Ein kurzer Spaziergang ist alles, was ich brauche.“

„Okay.“ Jasmine klopfte mir auf die Schulter. „Wir bleiben hier, falls du nachher reden willst.“

Ich ließ das Zimmer hinter mir zurück und ging, ohne ein wirkliches Ziel zu haben, den Flur entlang. Die Luft im Gebäude fühlte sich stickig und drückend an. Zum Glück begegnete ich niemandem, als ich das Foyer durchquerte und durch die Eingangstür hinausschlüpfte.

Kaum war ich draußen, atmete ich tief ein, hielt die Luft an und ließ sie nach einer kurzen Weile wieder entweichen. Diesen Vorgang wiederholte ich einige Male, bis der Schwindel aus meinem Kopf verschwunden war. Der Drang, mich zu bewegen, wurde übermächtig. Da ich mich auf dem Gelände nicht besonders gut auskannte, grübelte ich darüber nach, wo ich Abgeschiedenheit finden könnte, und entschied mich für das Labyrinth, das sich an der Westseite der Akademie befand. Also folgte ich dem gepflasterten Weg, der sich um das Hauptgebäude herum schlängelte.

Bevor ich um die nächste Ecke biegen konnte, hörte ich eine Stimme, die blechern und mechanisch klang.

„Die Meteorologen von Pecunia können das seltsame Wetterphänomen nicht einordnen. In einigen Gebieten kam es zu unterschiedlich starkem Regen, Wind und Hagel. Es wurde von riesigen Wellen und sogar von starken seismischen Aktivitäten berichtet."

Neugierig spähte ich um die Ecke und erblickte Demeter, die an der Wand lehnte, sich ein Video auf ihrem Handy anschaute und an einer Zigarette zog. Grasgeruch lag in der Luft. Als sie mich entdeckte, drückte sie schnell eine Taste auf dem Bildschirm und steckte das Telefon ein.

„Oh, hey." Sie lächelte und Rauch entwich aus ihrem Mund. „Du bist Melanie, richtig?"

Ich nickte. „Ja."

Sie deutete auf den Joint in ihrer Hand. „Du hast doch nichts dagegen, oder? Im Gebäude ist Rauchen verboten." Sie zuckte mit den Schultern. „Regeln sind manchmal Mist."

Ich schüttelte den Kopf. „Nein, mir macht das nichts aus."

„Gut." Sie nahm einen weiteren Zug. „Alles klar bei dir? Du hast uns allen einen ziemlichen Schrecken eingejagt." Sie gluckste. „Ich glaube nicht, dass die anderen Rekruten schon einmal jemanden haben sterben sehen."

Ich rieb mir die Brust; sie brannte noch immer an der Stelle, an der Zeus mir einen Schlag versetzt hatte. Ob die Haut an der Stelle verbrannt war? Aus Angst, was ich unter meinem Hemd entdecken könnte, hatte ich noch nicht nachgesehen. „Ich fühle mich ... okay, denke ich."

„In ein paar Tagen wirst du wieder wie neu sein."

„Sehr gut." Ich deutete auf ihre Tasche. „Hast du dir gerade die Nachrichten gesehen?"

Demeter verzog das Gesicht. „Handys sind hier eigentlich verboten. Aber ich hasse es, nicht zu wissen, was in der Welt vor sich geht."

„Was wurde über Pecunia berichtet? Da komme ich her."

„Ah, kein Grund zur Sorge. Da hat es einen kleinen Regenschauer gegeben." Sie klopfte mir auf die Schulter.

„Oh, gut." Doch mein Instinkt sagte mir, dass mehr dahintersteckte.

Sie nahm einen weiteren Zug und sah mich direkt an. „Du bist anders als die anderen, weißt du?"

„Wie meinst du das?"

„Deine Aura. Sie ist einzigartig. Anders."

War das jetzt gut oder schlecht? Ich wollte keine Außenseiterin sein. Ich wollte nicht *anders als die anderen* sein und doch war Demeter bereits die zweite, die mir etwas in der Art sagte.

„So zu sein wie alle anderen nervt. Du solltest deine Andersartigkeit akzeptieren. Das wird dir helfen zu überleben.“

Als ich meinen Mund öffnete, um ihr eine gute Nacht zu wünschen und mich von ihr zu verabschieden, bog eine weitere Gestalt um die Ecke. Dionysos, der sich offensichtlich kaum auf den Beinen halten konnte, torkelte auf uns zu. Sein Grinsen reichte von Ohr zu Ohr, als er uns erblickte.

„Heeeeeeeeyyyyy.“ Dionysos legte seinen Arm um Demeters Schultern. „Was machst du denn hier draußen, Demi?“

„Eine rauchen und mich mit Melanie unterhalten.“

Er drehte sich zu mir. „Hallo, Melanie.“ Er lallte die Konsonanten in meinem Namen. „Deine Aura ist komisch. Sie ist schwarz.“

„Sie ist heute gestorben.“

Er verdrehte die Augen. „Eeeecht? Wie wundervoll! Wie war es?“

„Ähm, ich kann mich nicht wirklich daran erinnern.“

Dionysos verzog das Gesicht. „Schade. Ich hätte gern mehr darüber erfahren.“ Er presste Demeter an seinen Körper. „Lass uns feiern. Ich habe den tollsten Fusel hergestellt.“

„Das letzte Mal, als ich deinen Schnaps getrunken habe, hatte ich zwei Wochen lang Ausschlag.“

„Nein, diesmal ist er mir wirklich gelungen. Vertrau mir. Gut die Hälfte davon habe ich verkostet und mir geht’s gut.“

Demeter warf mir einen Blick zu. „Ich bringe ihn nach Hause, damit er seinen Rausch ausschlafen kann. Du solltest zusehen, dass du vor der Ausgangssperre in deinem Zimmer bist. Oh, und ich wüsste zu schätzen, wenn du unsere Begegnung für dich behalten könntest.“

„Klar, kein Problem. Gute Nacht.“

Ich drehte den beiden gerade den Rücken zu, als der Gott des Weines und der Illusion meinen Arm ergriff.

„Willst du uns nicht Gesellschaft leisten, Goldstück?“

Demeter zog ihn mit sich fort. „Nein, *will* sie nicht. Sie ist eine Rekrutin im ersten Lehrjahr und muss zurück auf ihr Zimmer.“

Er nickte. „Riiiiiiiiichtig. Hab' ich gewusst.“

Beim Gehen warf mir Dionysos einen Blick über seine Schulter zu. „Jetzt weiß ich, was es mit dir auf sich hat. Deine Tattoos tanzen.“

„Du siehst bloß doppelt, Dion.“ Demeter scheuchte mich mit einem Wink davon, während sie Dionysos zum hinteren Teil der Akademie zerrte.

Mein Magen krampfte sich zusammen, doch ich nahm die Beine in die Hand und rannte zum Haupteingang zurück. Die Art und Weise, wie Dionysos mich angesehen hatte, bereitete mir Unbehagen. Er hatte etwas Merkwürdiges an mir entdeckt. Sowohl Demeter als auch Dionysos war etwas an meiner Aura aufgefallen. Auch wenn ich nicht viel über das Thema wusste, so war es mir doch klar, dass jeder eine Aura besaß. Sie konnte aus verschiedenen Farben bestehen und Unterschiedliches bedeuten.

Rot stand für Liebe und Mitgefühl, aber manchmal auch für Wut. Gelb zeugte von Optimismus und Intelligenz, Grün für Gleichgewicht, Natur oder Weiß für Ehrlichkeit und Reinheit. Aber Schwarz? Schwarz war nicht einmal eine richtige Farbe und erst recht keine, die man in seiner Aura haben wollte. Schwarz könnte vieles bedeuten: Trauer, gesundheitliche Probleme. Oder Tod. Schwarz war die Farbe der Schatten, der Dunkelheit und des ewigen Abgrunds.

Ich ließ den Haupteingang hinter mir und rannte die Steintreppe hinauf, über den langen Korridor entlang und hinunter zu den Schlafsälen. Die Lichter, die an den Wänden angebracht wurden, flackerten als ich an ihnen vorbeiging und wurden hinter mir zunehmend schwächer. Sowohl der Boden als auch ein Teil der Wände, der sich zusehends vergrößerte, lag inzwischen in völliger Dunkelheit. Ein Flüstern drang zu mir aus den Schatten.

Ich hielt inne und spähte in die dunklen Ecken. „Findest du das witzig, Erebus? Du vergeudest deine Zeit." Ein Schauer rann mir über den Rücken.

Eine Gestalt flimmerte in den Schatten. Jemand bewegte sich in der Dunkelheit. Ich trat einen Schritt näher. „Ich kann dich sehen. Du machst mir keine Angst."

Ein weiteres Flüstern erklang in meinen Ohren und ließ meinen Nacken prickeln. Ich drehte mich um, doch da war niemand. Noch immer war ich allein auf dem Flur. Aber ich spürte ganz deutlich, dass ich nicht allein war. Jemand oder etwas beobachtete mich.

Instinktiv fühlte ich, dass das Gefahr bedeutete, dass ich weglaufen musste, aber ein anderer Teil in mir, sehnte sich danach, mich von der Dunkelheit verschlingen zu lassen.

Mit verengten Augen starrte ich in die Dunkelheit und bemerkte plötzlich ein Gesicht, das sich aus der schwarzen Flüssigkeit formte. Es war ein nettes Gesicht. Ein einladendes Gesicht. Ich lächelte zurück.

Mein Fuß bewegte sich nach vorn, ganz von allein. Nur noch ein Stück. Ich hob mein Bein und …

„Mel?"

Ich spürte einen Ruck an meiner Hand.

„Es herrscht gleich Nachtruhe. Ich habe dich gesucht. Komm besser ins Zimmer.“

Auf einmal war der Bann gebrochen und ich folgte Georgina, die mich in unser Zimmer führte. Bevor ich durch die Tür trat, warf ich einen letzten Blick auf den Korridor hinaus. Eine Gestalt stand dort, von Dunkelheit umhüllt und lächelte mir zu.

Kapitel 10

Melanie

Die nächsten Wochen flogen nur so dahin.

Seit meinem Unfall im Elementarunterricht und dem seltsamen Vorfall auf dem Korridor fühlte ich mich anders. Etwas hatte sich in mir verändert, und ich war mir nicht sicher, was genau es war. Allerdings fühlte ich den Unterschied, den die anderen mit ihren Augen sehen konnten. Der Unterricht fiel mir plötzlich leicht.

Beim Bogenschießen verfehlte ich kein einziges Ziel mehr. Oft traf ich direkt ins Schwarze, was Revana vor Wut schäumen und Artemis in Begeisterung ausbrechen ließ. Ständig brachte Revana ihre Abneigung gegen mich zum Ausdruck, weil mir anscheinend alles besser gelang als ihr.

Außerdem hatte ich begonnen, mich ernsthaft mit Metallurgie auseinanderzusetzen. Es half, dass ich eine Affinität zum Feuer entwickelt hatte, bevor ich an dem Stromschlag starb und wiedererweckt wurde. Der Schild, den ich im Unterricht geschmiedet hatte, stach zwischen den Werken der anderen positiv hervor. Hephaistos höchstpersönlich hatte sich sogar zu einem Lob in Form von ein paar Grunzern und einem kräftigen Klaps auf den Rücken, der mich fast aus den Latschen kippen ließ, herabgelassen.

Das Training mit Speer und Schild erwies sich immer noch als schwierig, allerdings nur deshalb, weil Ares es auf mich abgesehen hatte. Der Gott versuchte seine Schadenfreude gar nicht erst zu verbergen, wenn mir mal etwas nicht richtig gelang.

Allerdings war ich inzwischen gut trainiert, sodass es mir leichter fiel, den Schild zu halten. Beim Speer gestaltete es sich etwas komplexer, doch auch darin übte ich mich Tag für Tag.

Selbst beim Nahkampf wurde ich besser. Und Nahkampf machte mir und Lucian so viel Spaß, dass wir uns einige Male nach Unterrichtsschluss trafen, um zu trainieren.

Die spärliche Freizeit verbrachte ich zusammen mit Georgina und Jasmine entweder in unserem Zimmer, im Speisesaal oder beim Kartenspiel im Gemeinschaftsraum der Akademie. Das eine oder andere Mal tauchte Dionysos auf und zwang uns, seinen neuen Liedern zu lauschen. An diesen Abenden vergaß ich meine Sorgen, bis ich Dionysos seltsame Blicke auf mir spürte und mich zwangsläufig fragte, ob er noch immer meine Tattoos tanzen sah und er diese schwarze Aura um mich herum erblickte. Aus Furcht vor seiner Antwort traute ich mich nicht, ihn darauf anzusprechen.

Auf dem Weg zum Saal der Aphrodite gähnte ich ausgiebig. Es hieß, die Göttin würde ihre goldene Behausung niemals verlassen. Aber ich wusste, dass das eine Lüge war, weil ich sie in der Nacht meiner Ankunft mit Ares auf dem Korridor erwischt hatte.

„Schläfst du immer noch so schlecht?“ Georgina warf mir einen besorgten Blick zu.

„Mir fehlt nichts. Ich war bloß früher wach, als mir lieb wäre.“

Sie sah nicht überzeugt aus.

Den fünften Tag in Folge riss mich etwas um drei Uhr in der Nacht aus meinem Schlaf. Zunächst vermutete ich, dass es schlechte Träume waren, doch ich konnte mich an keinen einzigen von ihnen erinnern. Lediglich das Gefühl des unheilvollen Schreckens blieb zurück, was es mir unmöglich machte, danach wieder einzuschlafen. So lag ich wach und starrte an die Decke, bis es Zeit wurde, aufzustehen. Manchmal wandelte ich durch die langen Flure der Akademie und hatte es mir zum Spaß gemacht, mich während der Sperrstunden von den Flurwächtern nicht erwischen zu lassen. Pandora war es einmal fast gelungen, doch ich hatte mich gerade noch rechtzeitig in die Duschräume der Mädchen gerettet.

Und heute? Heute würden wir zum ersten Mal den Saal der Aphrodite betreten.

„Was denkst du, was wir bei ihr machen müssen?", fragte Georgina.

Ich zuckte mit den Schultern. „Wir werden es gleich erfahren." Es lag mir auf der Zunge, sie darauf hinzuweisen, dass Revana und Lucian, die letzte Woche von Eros und Psyche zu einer privaten Dinnerparty in Aphrodites Gemächern eingeladen worden waren, eine bessere Antwort geben könnten, verkniff es mir aber.

Aphrodite musste in meiner Vorstellung als Göttin der Liebe und der Schönheit geradezu pompös leben. Die Realität übertraf meine Erwartungen. Gold, Juwelen und Luxus, wohin man auch sah, begrüßten uns.

Der Boden war ein Labyrinth aus goldenen, roten und schwarzen Kacheln, die eine optische Täuschung aus übereinandergestapelten Kisten erzeugten. Er war auf Hochglanz poliert, sodass ich mein Spiegelbild darin erkennen konnte. Ein mit Gold geprägtes Gewölbe, das mit Fresken in Rot und Gold überzogen war, zierte die Decke und war mit Fresken, die Aphrodite und Eros ihren Sohn zeigten, bemalt.

Gemeinsam betraten wir den angrenzenden Raum, der zum Glück weniger üppig dekoriert worden war. Fünfzig Stühle standen dort um eine erhöhte Kanzel angeordnet. Der Raum erinnerte mich an einen Tempel. Den Tempel der Aphrodite.

Wir wurden angewiesen Platz zu nehmen. Jasmine, Georgina und ich blieben zusammen. Als die Türen aufschwangen, rauschte Aphrodite mit gerecktem Kinn herein, gefolgt von drei Grazien, die ihre schwere, goldene Schleppe sowie einen schwarzen Lederkoffer trugen.

Ein einvernehmliches Raunen ging durch den Raum, als sie die Kanzel betrat. Die Jungs starrten sie mit offenen Mündern an und wer konnte es ihnen verdenken? Die Göttin war atemberaubend schön. So schön, dass ich den Blick abwenden musste.

Aphrodite wartete, bis die meisten es geschafft hatten, ihre Münder zu schließen, dann sprach sie: „Transformation umschreibt den Akt der Verwandlung. Eine Raupe wird zu einem Schmetterling. Einer Kaulquappe zu einem Frosch.“ Sie ließ den Blick über uns gleiten. „Ich werde euch lehren, eure äußerliche Form so zu verändern, dass ihr euch in eine beliebige Person verwandeln könnt. Es ist eine meisterhafte Fähigkeit, die notwendig ist, um seine Feinde zu täuschen oder sich sogar unter sie zu mischen.“ Bei diesen Worten sah sie mich direkt an.

In den nächsten zwei Stunden zeigte Aphrodite uns, wie wir die Form unserer Gesichter verändern konnten, was der erste Schritt zur Verwandlung war. Zuerst fiel es mir schwer, zu glauben, dass das möglich wäre, was sie allerdings sofort widerlegte, indem sie es uns vormachte. Ihre blühende Schönheit schwand und zurückblieb eine alte, knorrige und buckelige Hexe.

Mithilfe ihrer Assistentinnen, bei denen es sich um Aglaia, Euphrosyne und Thalia handelte, gaben wir alles, um unsere Gesichtsform zu verändern. Georginas, Jasmines und meine eigenen Versuche wurden von Gelächter begleitet. Georgina besaß die größte Begabung von uns dreien und schaffte es, ihr Gesicht so zu verwandeln, dass es der Farbe und Form einer Tomate ähnelte, während ich lediglich die Nase langzog und mit Pinocchio verglichen wurde. Die Menge prustete los und grölte, Lucian eingeschlossen.

Aphrodite klatschte in die Hände. „Los, los, Rekruten. Für heute sind wir fertig.“ Dann fiel ihr Blick erneut auf mich. „Melanie, bleibst du bitte kurz?“

Georgina und Jasmine warfen mir irritierte Blicke zu, entfernten sich jedoch, ohne Fragen zu stellen. Ich zuckte mit den Schultern und begab mich zu der Göttin. „Habe ich etwas falsch gemacht?“

Sie schenkte mir ein Lächeln, das ihre Augen nicht erreichte. Ein Schauer rieselte mir über den Rücken. „Im Gegenteil, ich habe nur Gutes über dich gehört.“

Meine Züge entglitten mir kurz. „Wirklich?“

„Oh ja, du hast in der Akademie für Aufsehen gesorgt.“

Sie bezog sich wahrscheinlich auf den Vorfall im Elementarunterricht. Trotzdem war ich überrascht, dass Aphrodite meinen Namen überhaupt kannte.

„Mein Ehemann spricht von nichts anderem als dir.“

Überrascht riss ich die Augen auf. Hephaistos sollte mich erwähnt haben? Dann sicherlich nicht positiv, das stand so gut wie fest. Vielleicht hatte sie von ihrem Liebhaber Ares gehört, was für eine Nervensäge ich war.

„Also. Solltest du mal jemanden zum Reden brauchen, kannst du auf mich zählen. Für dich werde ich immer ein offenes Ohr haben.“ Sie musterte mich von Kopf bis Fuß. „Es muss hier schwer für dich sein, bei all der … Andersartigkeit, die dich umgibt.“

Meinte sie meine seltsame Aura, meine blaue Haarfarbe oder die Piercings und Tattoos?

„Ich weiß das zu schätzen. Danke." Was wollte sie von mir hören? Natürlich dachte ich nicht eine Sekunde ernsthaft darüber nach, mich ihr anzuvertrauen.

Sie legte ihre Hand auf meinen Arm, und ich spürte ein Kribbeln auf meiner Haut. „Ich war entsetzt, als ich hörte, was bei deiner Elementarschulung geschehen ist. Zeus' Blitze können gefährlich sein. Immer wieder habe ich ihn davor gewarnt, die Jungspunde so früh in ihrer Ausbildung dieser Gefahr auszusetzen. Und sieh nur, wohin es geführt hat." Ihre Hand blieb auf meinem Arm liegen. „Erinnerst du dich daran, was du gefühlt hast? Was du getan hast, um zu überleben? Hat dir jemand geholfen?"

Ich runzelte die Stirn. „Zeus hat mich wiederbelebt."

„Ich hörte etwas anderes. Zeus gab zu, es versucht zu haben, doch es schlug fehl."

Der Drang, mich aus ihren Klauen zu befreien, wurde beinahe übermächtig. Hitze strömte durch meinen Körper. Ich fühlte mich wie beschwipst.

Ihr Duft nach Wildblumen drang in meine Nase. Ein seltsamer Glanz schlich sich in ihren Blick.

„Erinnere dich! Wer hat dir geholfen? Hast du Stimmen gehört?"

Ich schüttelte den Kopf. Ihre Worte klangen wie ein Wiegenlied in meinen Ohren, das mich in den Schlaf wiegen sollte. Mich zur Unterwerfung verführen.

Kämpf dagegen an. Du musst dich wehren!

Es war das gleiche Flüstern, die gleiche Stimme, die ich schon kannte. Aus den Schatten. Aus meinen Träumen.

Ihr Griff wurde fester, sie schlang die Hand um meinen Arm wie eine Schlange, die sich um ihre Beute wand. „Sag mir, was du weißt. Sag es mir ...“

Mit letzter Kraft stieß ich mich von ihr ab und stolperte zurück. Mein Herz hämmerte wild in meiner Brust. Panisch musterte ich ihr Gesicht. Ich hatte erwartet, dass sie wütend sein würde. Verärgert oder genervt, doch niemals hätte ich mit dem müden Lächeln gerechnet, zu dem sich ihre wohlgeformten Lippen verzogen.

„Du solltest gehen. Deine Freunde werden dich vermissen.“ Ihr Lächeln wurde breiter, verwandelte sich in ein dämonisches Grinsen und entblößte scharfe, spitze Zähne. „Los. Verschwinde.“ Sie scheuchte mich mit einem Wink fort, als wäre nichts geschehen.

Ohne ein weiteres Wort drehte ich mich auf dem Absatz um und rannte, so schnell mich meine Beine trugen. Die großen, schweren goldenen Türen schlugen hinter mir zu, sobald ich draußen war.

Was immer Aphrodite mir gerade von sich gezeigt hatte; es machte mir Angst.

Kapitel 11

Melanie

Undurchdringliche Schwärze umgab mich.

Ich hatte das Gefühl, ich würde schweben. Kleine Lichtpunkte tanzten vor meinen Augen; erst da wurde ich mir dessen bewusst, dass ich mich wieder in dem spiralförmigen Portal unter Wasser befand. Meine Lunge brannte. Noch ein paar Minuten länger und ich würde sterben.

Ich blickte an dem Portal vorbei auf die dunklen Gewässer dahinter und sah eine Gestalt im Wasser schweben. Sie beobachtete mich. Ich streckte die Hand nach ihr aus und flehte um Hilfe. Plötzlich konnte ich nicht mehr schwimmen. Ich hatte keine Ahnung, warum ich mich schon wieder in diesem Portal aufhielt, aber ich würde sterben, wenn ich nicht herauskäme.

Meine Finger stießen gegen den Rand des herumwirbelnden Trichters und griffen nach der Gestalt, die nur wenige Zentimeter von mir entfernt war. Ich zappelte und versuchte, irgendetwas zu fassen zu bekommen. „Hilf mir!“ Ich schrie aus Leibeskräften, doch Wasser strömte in meinen Mund und jetzt drohte ich daran zu ersticken.

Abrupt griff eine Hand nach mir und zog mich aus dem Wasser.

Japsend schnappte ich nach Luft und hustete. Ein Flüstern drang in meine Ohren. Ein dunkles Flüstern.

Ich schlug um mich, als könnte ich die Stimme dadurch aus meinem Kopf verjagen. „Aufhören! Sofort!“

Hände, warm und tröstend, legten sich um mein Gesicht. „Mel! Es ist alles in Ordnung. Hörst du? Du bist in Sicherheit. Melanie, ich bin's, Georgina."

Ich saß in meinem Bett, in meinem Zimmer. Georgina hielt mich fest und sprach sanft auf mich ein, um mich aus dem Alptraum in die Realität zurückzuholen.

Vorsichtig streichelte sie mir über den Kopf und den Rücken. „Alles gut. Ich bin bei dir. Du bist nicht allein."

Ich nickte und konzentrierte mich darauf, tief ein- und wieder auszuatmen. Nur langsam beruhigte sich mein Herzschlag wieder, während mein Herz wie ein Vorschlaghammer gegen meinen Brustkorb donnerte.

„War es wieder derselbe Traum?", fragte sie.

Ich nickte.

In den letzten neun Tagen hatte ich jede Nacht denselben schrecklichen Traum geträumt. Es hatte unmittelbar nach dem Vorfall mit Aphrodite begonnen. Es war fast so, als ob sie etwas in mir ausgelöst hätte. Als hätte sie etwas tief in mir drin zum Leben erweckt, was dort geschlummert hatte, und dieses Etwas jagte mir eine Heidenangst ein.

Ich brauchte eine ganze Weile, bis ich mich gänzlich beruhigt hatte. Nachdem wir uns kurz frisch gemacht und angezogen hatten, machten wir uns auf den Weg in den Speisesaal. Jasmine holte uns ein, Entsetzten breitete sich auf ihren Zügen aus, als sie mich erblickte.

„Bei Zeus, Melanie. Geht es dir gut? Du bist so blass heute."

Ich warf ihr einen Blick zu. *Blass* war mein zweiter Vorname.

„Naja, blasser als sonst. Kalkweiß trifft es wohl besser", stotterte sie.

„Sie schläft schlecht“, antwortete Georgina, während sie Haferflocken in eine Schüssel lud, die sie mir anschließend reichte.

Beladen mit dem Frühstück nahmen wir unsere üblichen Plätze an einem langgezogenen Tisch in Beschlag. Mia gesellte sich zu uns. Mir entging nicht, welche Wirkung ihr Erscheinen auf Jasmine hatte, deren Gesicht erstrahlte.

„Immer noch dieselben Alpträume?“, wollte Jasmine wissen.

„Ja, immer noch dieselben. Ich bin im Portal gefangen und in dem Moment, in dem ich glaube, zu ertrinken, zieht mich jemand, den ich nicht sehen kann, heraus.“ Ich schob die Haferflocken von einer Seite auf die andere. Ich hatte keinen Hunger.

„Vielleicht ist es nur die Anspannung, die dich verrückt macht“, mutmaßte Jasmine. „Schließlich hast du deine Ankunft in der Akademie doch so ähnlich erlebt, nicht wahr? Hat dich nicht Lucian im letzten Moment aus dem Trichter gezogen?“

Ich nickte, während ich meinen Blick auf der Suche nach Lucian durch den Raum schweifen ließ. Er hatte sich zwei Tische weiter zwischen seine Freunde gesetzt und lachte unbeschwert. Unsere Blicke trafen sich. Sein Mund verzog sich zu einem spitzbübischen Grinsen, das mein Herz in Aufruhr brachte.

„Vermutlich hast du nur Angst vor Poseidons Unterrichtsstunde. Wäre doch möglich?“ Mia zuckte mit den Schultern.

Georgina nickte. „Ich wette, das ist es. Du hast mir mal erzählt, du würdest dir wünschen, diesen Teil der Ausbildung bereits abgeschlossen zu haben, weil Wasser einfach nicht dein Element ist.“

„Ja, vermutlich habt ihr recht.“ Ich schenkte meinen Freundinnen ein Lächeln. Auch wenn sie mit ihren Vermutungen total daneben lagen, meinten sie es gut. Doch es war nicht Stress, der versuchte, sich wie ein Wurm in meinen Verstand zu graben; es war etwas weit Besorgniserregenderes. Etwas Unheimliches.

Im Elementarunterricht herrschte eine Mischung aus Aufregung und Beklemmung. Nach dem Unterricht mit den anderen Elementen sollten wir bei Poseidon eine Zwischenprüfung im Wasser ablegen. Trotz meiner Versuche, es zu leugnen, war ich vor der Prüfung sehr nervös. Ich war wirklich nicht besonders gut im Umgang mit Wasser. Nach sechs Unterrichtseinheiten war ich lediglich in der Lage, einen winzigen Strudel im Wasser zu erzeugen, während meine Mitschüler wie Ren, Marek und sogar Lucian Wellen erzeugen konnten, die bis zur sechs Meter hohen Decke gingen. Aber bei der heutigen Zwischenprüfung ging es nicht darum, Wasserhosen und Wellen zu erschaffen, sondern so lange wie möglich unter Wasser die Luft anzuhalten und so viele Steine vom Beckenboden aufzulesen wie möglich. Die Aufgabe hörte sich ganz einfach an, doch wie alles im Leben hatte auch diese Prüfung einen Haken und der bestand in der Wasserbestie, die Poseidon auf uns loslassen wollte und von der wir uns während unserer Mission nicht erwischen lassen durften.

Viel Spaß bei Poseidons Poolparty.

Die Gedanken an die bevorstehende Aufgabe lenkten mich derart ab, dass ich mit einem Feuerball beinahe Hellas Hose in Brand gesetzt hätte. Hephaistos eilte mit einem Eimer Wasser herbei und löschte ihn, bevor mein Werk größeren Schaden anrichten konnte.

„Es tut mir leid.“ Zerknirscht trat ich an meine Mitschülerin heran, meine Hände standen immer noch in Flammen.

„Schon gut.“ Sie trat einen Schritt zurück.

Aber ich konnte an ihrem Gesicht erkennen, dass es alles andere als gut war, und jetzt hatte sie Angst vor mir. Wer könnte es ihr auch verübeln? Schließlich war ich es, die sich ihr genähert und mit brennenden Händen vor ihr herumgefuchtelt hatte.

„Was ist bloß los mit dir, Mädchen?“, fragte Hephaistos knurrend und übergoss mich mit dem Rest des Wassers, um das Feuer auf meinen Händen zu löschen. „Du musst dich konzentrieren, sonst verletzt du noch jemanden.“

Die Konzentrationsschwäche verfolgte mich bis auf die Schattenebene, als ich durch eine bestimmte Bewegungsabfolge mit dem Licht und mit den Schatten verschmolz, danach weiter auf die Blitzebene, auf der mir gestattet worden war, die Blitzableiter zu berühren, um nicht noch einen Blitzschlag zu erhalten, und später in die Gärten von Demeter, in denen wir uns im Anbauen von Reben übten.

Meine Gedanken schweiften immer wieder ab, was es mir unmöglich machte, dem Unterricht zu folgen. Meinen Professoren und Mitschülers entging das nicht.

Natürlich konnte ich nicht in jedem Element hervorragend sein und wusste, dass weder Erde noch Pflanzen wirklich meine Gebiete waren, doch ich saß am Ende der Stunde als Einzige mit leeren Händen da. Während die anderen zumindest Blumen zum Blühen brachten, und Georgina bereits Obst und Gemüse anbaute, hatte ich absolut nichts vorzuweisen.

Immerhin konnte ich so einen Blick auf die Leistung der anderen werfen. Meine Mitschüler waren gerade dabei, Ranken um Demeters Beine wachsen zu lassen. Jasmines Ranke schaffte es nicht nur bis auf das Bein der Göttin, sondern band sich auch noch als Schleife drum herum und hinderte sie am Gehen, was uns alle zum Lachen brachte.

Gelächter wehte auch von der Gruppe zu uns herüber, die auf der Feuerebene trainierte. Revana und Isobel steckten die Köpfe zusammen, blickten in meine Richtung und kicherten. Revana erwiderte meinen Blick ganz offen und grinste mich breit an.

Wie konnte jemand so von Hass zerfressen sein? Sie hatte es nicht nur auf mich abgesehen, sondern lästerte auch hinter dem Rücken ihrer Freunde über diese. Einmal hatte ich mit anhören müssen, wie sie und Diego zusammen über Isobel hergezogen waren.

Wut brodelte in mir, während sie meinen Blick gefangen hielt und schwoll mit jeder Sekunde immer weiter an. Ich biss die Zähne zusammen und drückte meine Hände in die Erde. Es musste doch jemanden geben, der ihr Einhalt gebieten konnte. Mit ihren hinterhältigen Bemerkungen, verächtlichen Blicken und ihrer herablassenden Art erinnerte sie mich an Callie.

In diesem Moment wünschte ich mir nichts sehnlicher, als Revana das blöde Grinsen aus dem Gesicht zu wischen und dem Mund, der fähig war, die schlimmsten Grausamkeiten von sich zu geben, Knebel aufzuerlegen. Das Bild war in meiner Vorstellung so lebendig, dass sich ein zufriedenes Lächeln auf meine Lippen stahl.

Jemand rüttelte mich an der Schulter. „Melanie! Komm zu dir!“

Ich schüttelte den roten Nebel ab, der sich vor meine Augen gelegt hatte und blickte Demeter ins Gesicht. „Was? Was ist geschehen?“

„Lass Revana los.“

Verwirrt runzelte ich die Stirn und ließ den Blick zur Feuerebene gleiten. Ein Keuchen entfuhr mir.

Ranken wanden sich um Revanas Kopf, verdeckten ihr Gesicht und verstopften ihren Mund. Jede ihrer Bewegungen sorgte dafür, dass sich die Schlingpflanzen noch fester um sie zusammenzogen. Mein Blick flog zu ihrem Ursprung. Entsetzen überkam mich, als ich feststellte, dass die Ranken aus der Erde zu meinen Füßen sprießten. Ich sprang auf die Beine, was zur Folge hatte, dass sich die Pflanzen um Revana lockerten. Isobel half ihrer Freundin dabei, sie sich vom Körper zu reißen.

Als Revana sich endlich wieder frei bewegen konnte, rannte sie sofort auf mich zu. „Du Schlange!"

Ihren ersten Schlag sah ich kommen und wich ihm aus, dann griff Demeter ein.

„Das reicht."

„Sie hat versucht, mich zu töten!"

Demeter verzog das Gesicht. „Ich bin sicher, dass das nicht stimmt. Es war ein Unfall, nicht wahr, Melanie?"

Ich nickte.

Zeus spähte von oben auf uns herab. „Alles in Ordnung da unten?"

„Ja, nur ein kleines Missgeschick." Demeter hob ihren Daumen. „Kein Grund zur Sorge."

„Ist das eine Angelegenheit, die wir heute Abend im Ratssaal besprechen sollten?" Er verengte seine Augen und sah mich direkt an.

Demeter schüttelte den Kopf. „Nein, ich glaube nicht, dass das nötig ist." Sie warf einen Blick auf Revana. „Niemand wurde verletzt. Stimmt's?"

Revana starrte mich wütend an, schüttelte aber den Kopf.

„Siehst du, alles in Ordnung bei uns."

„Kehrt zum Training zurück." Zeus drehte sich um und bedeutete seinen Schülern, mit dem Unterricht fortzufahren.

Revana folgte Isobel zur Feuerebene zurück. Alle anderen fuhren mit ihren Tätigkeiten fort. Doch Demeter legte eine Hand auf meine Schulter.

„Woher kam das?"

Ich schüttelte den Kopf. „Ich weiß es nicht. Ich saß einfach nur da."

„Etwas muss geschehen sein."

„Ich war wütend, glaube ich."

Sie nickte. „Ich muss gestehen, das war unheimlich, aber auch beeindruckend." Die Göttin zwinkerte mir zu und klopfte mir auf die Schulter. „Gut gemacht."

Dann kam der Moment, den ich mit Grauen herbeigesehnt hatte. Nachdem wir unsere Unterrichtseinheiten beendet hatten, versammelten sich alle Erstsemester für die Prüfung um den Pool und warteten auf weitere Anweisungen von Poseidon. Sämtliche Götter waren als Zuschauer anwesend.

Meine Nerven lagen blank, und ich konnte nicht aufhören zu zappeln.

„Das Ziel dieser Übung" - Poseidon stolzierte gemächlich an uns vorbei und verteilte kleine Netzbeutel - „besteht darin, unter Wasser zu bleiben und so viele Steine wie möglich zu sammeln. Das klingt einfach und das wäre es vermutlich. Gäbe es nicht … mein bezauberndes Haustier Charybdis, von dem ihr euch nicht erwischen lassen solltet." Er deutete auf das Wasser.

Ein circa ein Meter langes, schlangenähnliches Wesen bahnte sich seinen Weg durch das Wasser. Ich hatte noch nie einen Charybdis in natura gesehen, aber es hieß, sie besäßen neun Augen, die ein rundes, mit messerscharfen Zähnen besetztes Maul umkreisten. Ich schluckte die Galle hinunter, die in meiner Kehle aufstieg.

„Keine Sorge, der Biss eines Charybdis-Babys ist nicht tödlich, aber er kratzt ein bisschen.“ Poseidon grinste. „Wer es schafft, zwanzig oder mehr Steine zu sammeln, gewinnt die Gunst der Götter und darf ein üppiges Abendessen in Zeus' Großem Saal mit mir und Zeus selbst genießen.“

Die Gesichter meiner Mitschüler hellten sich auf. Meines nicht, weil ich kein Lächeln zustande brachte.

„Auf drei geht’s los! Eins. Zwei. Drei …“

Einer nach dem anderen stürzten die Rekruten sich in den Pool. Völlig versteinert blickte ich auf sie hinab und beobachtete sie dabei, wie sie immer tiefer hinabsackten. Bilder und Empfindungen aus meinen Träumen hielten mich gefangen. Ich konnte nicht. Meine Beine weigerten sich zu springen.

„Los, Mädchen.“ Poseidon gab mir von hinten einen Schubs, sodass ich ins kühle Nass purzelte.

Das Wasser umschloss meinen Körper und drang in meine Nase und Ohren ein. Ich öffnete die Augen und gewöhnte mich an die veränderte Umgebung. Vor mir sammelte Jasmine bereits einige Steine und legte sie in ihren Netzbeutel. Sie hob den Daumen nach oben und deutete auf den steinigen Grund. Ich nickte ihr zu, strampelte mit den Beinen und tauchte immer tiefer hinab, bis ich den Boden erreichte.

Eine Handvoll landete gerade in meinem Netz, als eine Bewegung in meinem Augenwinkel meine Aufmerksamkeit erregte. Es war zu spät, um auszuweichen. Revanas Faust donnerte in mein Gesicht und traf mich an der Nase. Mein Blut färbte das Wasser rot.

Sie setzte zu einem zweiten Schlag an, als Lucian dazwischenging. Er schüttelte den Kopf und scheuchte sie davon. Sie folgte seiner Anweisung, allerdings nur widerwillig.

Als sie verschwunden war, wirbelte Lucian zu mir herum und gab mir einen Daumen hoch.

Ich spiegelte seine Bewegung, um ihm zu zeigen, dass mir nichts fehlte. Mit einem Lächeln auf den Lippen sammelte er ein paar Steine ein und steckte sie in meine Tasche, was ich mit einem Kopfschütteln quittierte, mich aber dennoch insgeheim zum Lächeln brachte.

Doch das Lächeln verging mir augenblicklich, als ich den Charybdis direkt auf uns zusteuern sah. Er musste von meinem Blut angezogen worden sein.

Ich musterte die vieläugige Bestie. Sie bewegte sich viel schneller, als ich erwartet hätte. Ich blickte zu Lucian, doch er schien unter Wasser nicht so recht zu wissen, was er tun sollte.

Meine Alpträume kamen mir wieder in den Sinn. Das war der Augenblick, vor dem ich mich gefürchtet hatte. Tod unter Wasser. Tod durch Wasser.

Ich wollte wegschwimmen, aber die Bestie würde mich binnen weniger Sekunden einholen. Mir blieb also nur eine Wahl.

Mit einer abrupten Bewegung stieß ich Lucian zur Seite. Dann stieß ich mich voller Kraft vom Boden ab und nutzte den Schwung, um meine Faust dem Biest direkt unter das Maul zu rammen. Eine Gänsehaut breitete sich über meinen Körper aus, als meine Haut auf die glitschige, fleischige Masse traf. Ich zitterte und hatte Angst, was jetzt folgen würde.

Doch auch die Bestie schien sich jetzt zu fürchten. Vermutlich hatte sie nicht mit so viel Widerstand gerechnet.

Der Charybdis sah mich aus all seinen neun Augen an, dann drehte er ab und verschwand.

Lucian blickte mich mit offenem Mund an. Ich bedeutete ihm, seinen Mund zu schließen. Er antwortete mir mit einem Nicken.

Gemeinsam setzten wir unsere Steinsuche fort. Nur noch fünf unserer Mitschüler blieben neben uns im Wasser. Ren, Marek, Revana und zwei andere, deren Namen ich nicht kannte.

Nach einer weiteren Minute begann meine Lunge zu brennen. Revana hatte mich ihrem Wutanfall abgelenkt, doch jetzt prasselten die Erinnerungen wieder auf mich ein: das Portal, der Luftmangel.

Lucian musste meine aufsteigende Panik bemerkt haben, denn er schwamm an mich heran und griff nach meiner Hand. Seine Nähe half mir dabei, mich zu beruhigen.

Eine Minute später waren wir nur noch zu viert unter Wasser. Revana blickte sich immer wieder nach uns um und ich konnte die Wut in ihrem Gesicht deutlich erkennen. Sie rang mit sich, kämpfte gegen den Sauerstoffmangel an und hob schließlich ihre Hand und zeigte mir den Mittelfinger, bevor sie sich abstieß und an die Oberfläche schwamm.

Auch ich fühlte die Luft aus meinen Lungen schwinden. Mir schwirrte der Kopf. Schwarze Punkte tanzten vor meinen Augen. Das Wasser rauschte in meinen Ohren.

Hab keine Angst. Erneut hörte ich dieses Flüstern. Du wirst nicht ertrinken. Das werde ich nicht zulassen.

Ich wusste nicht, wer zu mir sprach, aber ich lauschte der Stimme. Lucian löste sich von mir und strampelte an die Oberfläche. Marek und das andere Mädchen aus seiner Gruppe folgten ihm. Nur noch Ren und ich waren jetzt übrig. Er schwamm zu mir und lächelte mich an.

Seite an Seite schwammen wir umher, bis meine Lungen zu bersten drohten. Ren hingegen sah aus, als würde er noch ewig im Wasser bleiben können. Was war er – ein Fisch? In seinen Adern floss eindeutig Poseidons Blut.

Dass Ren gewinnen würde, stand für uns alle fest. Also gab ich mich mit einem guten Gefühl im Bauch geschlagen und tauchte auf.

Dann sah ich den Charybdis vor mir.

Kapitel 12

Lucian

Ich lief am Beckenrand entlang und zwang mich dazu, abzuwarten.

Warum war ich so früh aufgetaucht? Ich hätte länger im Wasser bleiben und auf Blue achtgeben müssen. Jetzt war ich gezwungen zuzusehen wie der Charybdis durch das Wasser auf Melanie und Ren zuraste.

„Sie können auf sich selbst aufpassen“, teilte Poseidon mir mit, weil er meine Verzweiflung spüren musste.

Sämtliche Augen waren auf den Pool gerichtet. Gespannt hielten wir den Atem an und warteten ab, was passieren würde. Georgina und Jasmine klammerten sich panisch aneinander. Revana hingegen freute sich über die Möglichkeit, ihre erbittertste Konkurrentin loszuwerden.

Mein Herz klopfte wild in meiner Brust, während mein Blick stur auf das Wasser gerichtet war. Der Charybdis bewegte sich hundertmal schneller im Wasser als der schnellste Schwertfisch. Gleich wäre er bei den beiden angekommen, er erreichte sie und ...

Mit einem Knall flog der Charybdis aus dem Becken und vor Poseidons Füße. Die kleine Kreatur sah unverletzt aus, war aber sichtlich empört darüber, irgendwie aus dem Pool geworfen worden zu sein.

Lachend hob Poseidon die Seeschnecke auf und tätschelte ihren Kopf. Wenige Augenblicke später tauchten Melanie und Ren unter großem Jubel und Beifall aus dem Wasser auf.

„Gut gemacht, ihr beide seid die Gewinner des Wettbewerbs."

Ich half Ren aus dem Wasser und dann Melanie. Sie zitterte wie Espenlaub, also wickelte ich ihr mein Badetuch um die Schultern. Aus ihrer Nase tropfte noch immer Blut.

Mit einem Handtuchzipfel tupfte sie ihr Gesicht ab. „Danke."

„Tut es weh?"

„Nein. Sie schlägt zu wie ein Mädchen."

Ich lachte und heimste mir einen bösen Blick von Revana ein, die sich in unserer Nähe mit Isobel unterhielt.

„Ihr hättet sie sehen sollen." Begeisterung und Euphorie schwangen in Rens Tonfall mit, während er Poseidon und die anderen, die sich um ihn versammelt hatten, darüber aufklärte, was im Wasser vorgefallen war. „Sie hat das Ding einfach wie eine Rakete durch das Wasser geschleudert. So etwas habe ich noch nie gesehen." Er gluckste.

„So cool war es nun auch wieder nicht." Melanie rubbelte sich mit dem Handtuch die Haare ab. „Ich hatte vor allem Angst."

„Oh, doch und ob!" Grinsend klopfte Ren ihr auf die Schulter. „Du bist knallhart."

Ihre Wangen erröteten ein wenig, aber stillschweigend stimmte ich meinem Freund zu. Melanie war eine harte Nuss.

„Er hat recht, Blue." Während der Rest unserer Mitschüler sich verstreute und aus der Schwimmhalle hinausströmte, beugte ich mich tiefer zu ihr. „Du bist echt krass."

Sie öffnete den Mund, um etwas zu erwidern, doch ihre Freundinnen fielen ihr just in diesem Moment um dem Hals. „Gott sei Dank geht es dir gut. Wir dachten schon, das Vieh würde euch verletzten."

„Wir sehen uns, Blue." Mit diesen Worten wandte ich mich ab, überließ sie ihren überschwänglichen Freundinnen und schloss mich Diego, Jonah und Trevin an, die Ren gerade mit Komplimenten übergossen.

„Ich gratuliere dir, Mann! Du bist ein verdammter Fisch.“ Ich klopfte ihm freundschaftlich auf die Schulter.

Zurück im Wohnheim legte ich die Schulkluft ab, duschte ausgiebig und legte mir saubere Klamotten zurecht. Der Speisesaal rief nach mir. Einerseits trieb mich der Hunger dorthin, andererseits wollte ich Melanie sehen.

„Unglaublich, was diese Schlange sich heute geleistet hat.“ Diego schmierte sich Gel ins Haar. „Revana hätte ihr den Hintern versohlen sollen.“

„Sprich nicht so über sie.“ Ich zog mir das T-Shirt über den Kopf.

Diego grinste. „Warum setzt du dich für sie ein? Revana ist doch deine Freundin.“

„Das ist sie auch, aber manchmal kommt der Bumerang eben zurück.“

„Was soll das bedeuten?“

„Das sie nicht immer ein netter Mensch ist.“ Ich nahm auf der Bettkante Platz und zog meine Schuhe über.

„Nettigkeit wird überbewertet“, warf Diego ein. „Damit kommst du hier nicht weiter.“ Er sah mich stirnrunzelnd an. „Seit wann bist du überhaupt nett zu Mädchen wie Melanie?“

Ich zuckte mit den Schultern. „Sie ist anders. Ich mag sie.“

„Ich würde sie auch mögen, wenn sie mich ...“ Er bewegte seine Hüften unanständig.

„Sei kein Arsch.“

Ich ließ ihn stehen und ging allein hinaus. Diego und ich waren schon vor der Akademie Freunde gewesen, ebenso wie Revana. Wir stammten alle aus gläubigen Familien und hatten unsere Ausbildung schon in jungen Jahren begonnen. In unseren

Familien war es Tradition, dass jede Generation einen Rekruten für die Armee der Götter stellte. In meiner Familie war es mein Bruder Owen gewesen. Diegos Onkel, der in Argentinien gelebt hatte, war vor dreißig Jahren einberufen worden. Die Schirmherrschaft von Revanas Familie war sogar noch älter - ihr Großvater mütterlicherseits hatte die Einladung nur wenige Monate nach der Geburt ihrer Mutter erhalten. Im Grunde genommen war ich mit ihnen aufgewachsen, doch langsam verstand ich, dass sie nicht immer gute Menschen waren.

Ich betrat den Speisesaal, holte mir etwas zu essen und setzte mich an einen Tisch in der Nähe des Haupteingangs. So wollte ich sicherstellen, dass ich Melanie nicht verpasste. Bald gesellten sich Diego und die anderen zu mir.

„Warum sitzt du hier?“ Revana stellte ihr Tablett neben dem meinen ab.

„Tapetenwechsel.“ Ich riss den Blick von der Tür und heftete ihn auf meinen Teller, während ich mir etwas von meinem Essen in den Mund schaufelte.

Isobel klaubte eine Pommes von Diegos Tablett. „Wie unfair, dass Poseidon Ren und Melanie als Sieger ausgerufen hat. Nur Ren hat verdient gewonnen.“

„Sie hat bestimmt geschummelt“, verkündete Revana. „Bisher hatte ich nicht den Eindruck, dass sie mit Wasser besonders gut umgehen kann. Vorher hat sie nicht einmal einen Strudel richtig hinbekommen.“

Schnaubend schüttelte ich den Kopf. „Sie hat nicht geschummelt.“

Revana zog hochmütig die Augenbrauen nach oben. „Woher willst du das wissen?“

„Weil ich sie da unten beobachtet habe und sie einfach besser war als wir anderen. Mich eingeschlossen.“

„Hey, habt ihr die Nachrichten über Kios und Pecunia gehört?“, fragte Trevin. „Angeblich soll es dort ein extrem heftiges Erdbeben gegeben haben.“

„Woher willst du das wissen?“ Jonah runzelte die Stirn. Sein Tonfall verriet seine Sorge.

„Stammst du von dort?“, wollte ich wissen.

„Ganz aus der Nähe. Aus der Nachbarstadt Histria.“

„Es ist jemandem gelungen, ein Handy einzuschmuggeln“, antwortete Trevin. „Es läuft auf allen Kanälen.“

„Klingt für mich wie ein böses Gerücht. Niemand brächte es zustande, ein Handy hineinzuschmuggeln. Niemals“, sagte Isobel. „Die funktionieren alle nicht mehr. Außerdem würde man es uns sagen, wenn so etwas dort passiert, wo wir herkommen.“ Sie ließ ihren Blick über uns wandern. „Oder etwa nicht?“

„Natürlich würden sie das.“ Revana tätschelte Isobels Hand.

Als Georgina und Jasmine den Speisesaal betraten, erhob ich mich. „Bin gleich wieder da.“

„Wohin willst du?“, rief Revana mir nach.

Ich gab ihr keine Antwort und blieb nicht stehen, bis ich an den Tisch herantrat, den Melanies Freundinnen sich ausgesucht hatten. Beide waren überrascht, als ich mich zu ihnen setzte.

„Was willst du hier?“, fragte Jasmine.

„Wo ist Blue?“

Georginas Augenbrauen schossen in die Höhe. „In ihrem Zimmer. Sie ruht sich aus. Die ganze Sache im Pool hat sie sehr mitgenommen.“

„Was willst du von ihr?“ Jasmine warf mir einen spitzen Blick zu, was ich ihr nicht verübeln konnte. Ich war in den letzten Monaten nicht gerade der freundlichste Mensch zu ihr gewesen.

„Nichts. Ich wollte nur sehen, ob es ihr gut geht.“

„Es geht ihr gut.“ Jasmine widmete sich wieder ihrem Essen und wandte sich Mia zu, die am gleichen Tisch einen Platz gefunden hatte.

Nun, damit war das Gespräch wohl beendet.

Doch ich war noch nicht bereit mich wieder zu Diego und den anderen zu setzen. Der Wunsch, Melanie zu sehen, wurde größer. Ich zwängte mich an der Schlange vor der Essensausgabe vorbei, ließ ein paar Schoko-Cupcakes mitgehen und verließ den Speisesaal. Mein Weg führte mich in den Teil des Wohnheims, in dem die Mädchen untergebracht waren.

Noch hatte ich mir keinen Plan zurechtgelegt, wie ich an den Flurwächtern vorbeikommen wollte, aber mir würde schon etwas einfallen. Was konnte schon schief gehen?

Ich nahm die Treppe nach oben und spähte um die Ecke. Der Korridor, der zu den Schlafräumen der Mädchen führte, war leer. Allerdings wusste ich, dass dieser Teil des Wohnheims überwacht wurde. Sollte ich mich in den Schatten auflösen, um die Wache zu passieren? Natürlich war ich noch lange nicht so perfekt darin wie Melanie, doch ich hatte einiges dazugelernt.

Der Plan war gut, doch er stellte mich vor die nächste Herausforderung: zu viel Licht, zu wenig Schatten.

Auf der Suche nach Abhilfe ließ ich den Blick über den Korridor schweifen und entdeckte einen kleinen Kieselstein, den jemand auf seiner Schuhsohle hereingetragen haben musste. Er hatte genau die richtige Größe für meine Zwecke. Ich rieb ihn zwischen Daumen und Zeigefinger, zielte und warf. Das Wurfgeschoss zischte durch den Raum und traf sein Ziel. Eine Lampe zerbrach und erlosch. Schatten krochen über den Boden und breiteten sich aus. Genau das, was ich jetzt brauchte.

Ich stob auseinander und verband mich mit den Schatten. Niemand, der nicht genau hinsah, würde erkennen, dass ich mich geräuschlos über den Korridor bewegte. Ich mied das Licht und suchte nach Melanies Zimmer.

Irgendwann hatte Georgina einmal erwähnt, dass sie und Melanie das letzte Zimmer auf dem Korridor bewohnten, also schlich ich mich dorthin. Rechts oder links? Die Tür des einen Zimmers stand offen, also entschied ich mich für das andere. Ein Streifen Licht drang unter der Tür in den Korridor. Metal-Musik ertönte aus dem Zimmer. Wäre ich vorher nicht schon sicher gewesen, dass ich Melanie hinter der Tür vorfinden würde, wüsste ich es jetzt mit Sicherheit.

Etwas nervös klopfte ich an.

Die Tür schwang auf und Melanie erschien mit einer finsteren Miene im Türrahmen. „Was?“ Dann weiteten sich ihre Augen.

Ich bot ihr die Schoko-Cupcakes an. „Ich komme mit Geschenken.“

Sie spähte in den Korridor. „Was machst du hier?“

„Ich wollte nach dir sehen und dafür sorgen, dass du etwas isst.“

Sie verengte die Augen. „Dir ist klar, dass der Mädchentrakt für Jungs verboten ist, oder?“

Ich zuckte mit den Schultern. „Darf ich reinkommen?“

Melanie nahm mir die Cupcakes ab und trat zur Seite. Melanies Zimmer sah genauso aus wie meines. Kein Plüsch, kein Kitsch. Obwohl sie natürlich auch nicht der Typ für rosa Tapeten war.

Ich zog den Boden ihrem Bett vor und hockte mich im Schneidersitz dorthin. Melanie machte es mir nach, indem sie sich mir gegenüber niederließ. Mit spitzen Fingern löste sie die Verpackung ihres Cupcakes und nahm einen ordentlichen Bissen. Etwas Zuckerguss blieb auf ihrer Nasenspitze kleben und ich kniff meine Lippen zu einem dünnen Strich zusammen, um nicht zu lachen.

„Was?“ Misstrauen lag in ihrem Blick.

Ich deutete auf ihre Nase und wischte den Zuckerguss weg, danach packte ich meinen Cupcake aus und wir aßen schweigend auf. Es war kein störendes, unangenehmes Schweigen, im Gegenteil. Die Stille fühlte sich natürlich an und ich war froh, nicht reden zu müssen. Nachdem Melanie aufgegessen hatte, leckte sie sich die Finger ab.

„Das hat gut getan, danke.“ Sie schenkte mir ein kleines Lächeln.

Ich warf Melanie einen verstohlenen Blick zu. Sie war so anders als die Mädchen, mit denen ich sonst abhing. Sie war eine Rebellin.

Ich berührte eines ihrer schwarzen Tattoos, das sich um ihren Arm schlängelte. „Welche Bedeutung hat es?“

„Woher willst du wissen, dass es etwas bedeutet?“

„Weil ich dich für jemanden halte, der niemals etwas Bedeutungsloses tun würde.“

„Die Schlange steht für Wiedergeburt, ein neues Erwachen. Dieses Tattoo soll mich daran erinnern, dass ich alles sein kann, was ich will.“

„Sagt das Mädchen, das in einer geheimnisvollen Metallbox die Einladung erhielt, der Armee der Götter beizutreten“, sagte ich glucksend.

„Hey, ich bin freiwillig hier. Niemand hat mich dazu gezwungen. Schließlich ist eine Einladung genau das, nicht wahr? Eine Einladung. Jedem bleibt es selbst überlassen, ob er ihr folgen will oder nicht.“

Ich runzelte die Stirn. So hatte ich das bisher noch nicht gesehen. Ich war nie auf die Idee gekommen, dass ich hätte ablehnen können.

„Und dieses hier?“ Ich zeigte auf ein anderes Tattoo.

„Es sind zwei ineinander verschlungene Raben. Sie stehen für meine Eltern, die gestorben sind, als ich noch klein war. Durch einen Unfall.“

„Oh, das tut mir leid.“

Sie zuckte mit den Schultern. „Muss es nicht. Es ist schon lange her. Ich muss drei oder vier gewesen sein. Damals kam ich in ein Waisenhaus. Erst später erfuhr Sophia, die entfremdete Schwester meiner Mutter von meiner Existenz und adoptierte mich. Damals war ich dreizehn.“

„Das muss schwer für dich gewesen sein.“

„Es liegt in der Vergangenheit. Ich konzentriere mich auf die Gegenwart und die Zukunft.“ Mit ihren Händen strich sie über die anderen Tattoos, die ihre Unterarme zierten. „Die Totenköpfe hier ... naja, ich fand sie einfach cool.“

„Das sind sie auch.“ Ich lächelte sie an. „Was hielt deine Adoptivmutter von den Tattoos?“

„Sie hatte nichts dagegen, wenn du das meinst. Es war die Familie Demos, die damit ein Problem hatte.“

Der Name kam mir bekannt vor. „Die Familie Demos'?“

„Sophia hat für sie gearbeitet. Wir lebten auf ihrem Anwesen.“

„Sie haben eine Tochter namens ... Callie, richtig?“

Sie starrte mich an. „Ja. Ihr kennt euch?“

Ich zuckte mit den Schultern. „Ein wenig. Mein Vater kennt Mr. Demos.“

Sie schüttelte den Kopf. „Wow. Wir könnten uns sogar schon einmal auf einer der Partys der Familie über den Weg gelaufen sein."

„Das glaube ich nicht. Ich hätte mich bestimmt an dich erinnert."

Röte überzog ihre Wangen. Der Drang, sie an mich zu ziehen und zu küssen, breitete sich wie ein Lauffeuer in mir aus.

Ich schob diese verstörenden Gedanken beiseite, als mir etwas anderes einfiel.

„Die Demos leben in Pecunia, nicht wahr?"

Sie nickte, ihre Stirn legte sich in Falten. „Warum fragst du?"

„Vermutlich hat es nichts zu bedeuten. Außerdem will ich dich nicht beunruhigen."

Sie verzog das Gesicht. „Das hast du jetzt bereits. Also los, raus mit der Sprache."

„Es geht das Gerücht um, dass es in Pecunia ein extrem schweres Erdbeben gegeben haben soll."

Melanie wurde plötzlich aschfahl im Gesicht.

Kapitel 13

Melanie

„Es ist bloß ein Gerücht. Ich würde da nicht zu viel drauf geben."

Ich sprang auf die Füße, während mein Verstand ratterte. Sämtliche Gedanken wichen in den Hintergrund. War Sophia wohl auf? Ging es ihr gut? War sie in Sicherheit? Wer würde sich um sie kümmern, sollte ihr etwas zustoßen? „Erzähl mir alles. Jedes Detail. Was genau hast du gehört?"

„Trevin hat es von jemandem gehört, der ein Handy eingeschmuggelt haben soll. Die Nachrichten sollen voll davon gewesen sein, dass Pecunia, New-Athen und Kios von einem Erdbeben heimgesucht worden waren." Er kräuselte die Stirn. „Aber ich bin mir sicher, dass das nicht stimmen kann."

„Das wäre ein großer Zufall, findest du nicht?" Mein Herz raste. Ich wusste nicht, was ich tun sollte, aber irgendetwas musste ich tun. Es musste eine Möglichkeit geben, die Informationen zu verifizieren.

Demeter. Sie hatte ein Handy und die Nachrichten gehört.

„Komm." Ich schlüpfte in meine Stiefel und riss die Tür auf.

„Wohin?"

„Ich will herausfinden, was an dieser Geschichte dran ist." Ohne seine Antwort abzuwarten, verließ ich die Schule. Er folgte mir, auch wenn es ihm nicht zu gefallen schien.

Demeter hielt sich an genau der gleichen Stelle auf, an der ich sie beim letzten Mal getroffen hatte. Sie lehnte an der Wand und rauchte Gras.

Sie schüttelte den Kopf, als sie Lucian und mich entdeckte. „Bald wird mein Geheimnis kein Geheimnis mehr sein“, klagte sie.

„Kann ich dein Handy benutzen?“, fragte ich.

Sie zog eine Schnute. „Wofür?“

„Ich will die Nachrichten lesen.“

Ihr Gesicht veränderte sich; mir entging nicht, wie ihre Mundwinkel leicht absackten. Sie wusste, worum es mir ging.

„Stimmt es?“, fragte ich sie direkt.

Sie zuckte mit den Schultern. „Ich weiß nicht, was du meinst.“

„Doch das tust du.“

Ich spürte, wie Lucian sich neben mir anspannte. Er hielt mich wahrscheinlich für verrückt, weil ich es mir herausnahm, so mit einer Göttin zu sprechen. Aber was blieb mir anderes übrig?

Angespannt wartete ich auf ihre Reaktion.

Seufzend griff Demeter in ihre Hosentasche und holte ihr Handy heraus. Sie reichte es mir.

Meine Finger flogen über das Display und schon bald hatte ich das Gesicht eines Reporters im Bild. Ich drückte auf Play und ließ das Video laufen.

„Die Schäden hier in Pecunia sind verheerend. Noch nie hat es eine gewaltigere Zerstörung gegeben …“

Der Kameramann schwenkte seine Kamera. Zerstörte Gebäude gerieten in den Fokus. Auf einem Grundstück war lediglich die Hälfte einer Betonmauer intakt geblieben; das Wohngebäude lag in Schutt und Asche. Funken sprühten aus einer beschädigten Stromleitung. Im Hintergrund war Straßenschild zu sehen - Homer Avenue. Ich kannte diese Straße. Sie befand sich in unmittelbarer Nähe des Demos-Anwesens. Callie und ich waren schon unzählige Male an dem

Schild vorbeigelaufen, um im nahe gelegenen Café Cappuccino zu trinken.

Lucian legte seine Hand auf meinen Arm; er stand hinter mir und sah sich das Video über meine Schulter an. „Geht es dir gut, Blue?"

Eine plötzliche Kälte erfasste mein Inneres.

„Wann ist das passiert?", wollte ich von Demeter wissen.

„Gestern."

„Warum hast du es mir nicht gesagt?"

Sie erwiderte meinen Blick. „Was hätte das für einen Sinn gemacht? Du kannst nichts dagegen tun. Das hätte dich bei deiner Ausbildung nur behindert."

Grob drückte ich ihr das Handy in die Hand, ohne Rücksicht darauf zu nehmen, dass sie ein mächtiges Wesen war. „Wie komme ich hier raus?"

Sie schüttelte den Kopf. „Gar nicht."

„Es muss einen Weg geben."

„Wenn du die Akademie verlässt, wirst du sofort von der Schule verwiesen, dein Gedächtnis wird ausgelöscht und du wirst nie wieder nach Hause zurückkehren können. Du wirst zu den Verlorenen gehören."

Meine Gesichtszüge entglitten mir. „Wenn der Reporter recht hat, habe ich ohnehin kein Zuhause mehr."

„Blue ... sie hat recht." Lucian legte mir seine Hand auf die Schulter. „Da ist nichts, dass ..."

Ich löste mich von ihm. „Sophia hat niemanden, außer mir." Mir stiegen Tränen in die Augen, doch ich hielt sie zurück. Schwäche war etwas, das ich mir jetzt nicht leisten konnte.

Demeter stieß sich von der Wand ab und packte mich an den Oberarmen. „Hör mir zu, Melanie. Es gibt nichts, das du für sie tun könntest. Bleib hier und schließ deine Ausbildung ab. Das ist wichtiger, als du es dir vorstellen kannst.“

Sie starrte mich eine Weile an, seufzte, ließ ihre Hände fallen und trat einen Schritt zurück. Ihr Blick wanderte zu Lucian. „Bring deine Freundin zur Vernunft.“ Sie griff hinter ihr Ohr, zog einen weiteren Joint heraus und zündete ihn an. „An eurer Stelle würde ich mich beeilen, um vor der Ausgangssperre eure Zimmer zu erreichen.“ Mit diesen Worten drehte sie uns den Rücken zu und zog sich Richtung Labyrinth zurück.

„Komm, lass uns zurückgehen“, sagte Lucian.

Als ich nicht sofort reagierte, bugsierte er mich zum Hauptgebäude. Ich ließ ihn gewähren, bis wir auf der Steintreppe, die zu den Schlafsälen führte, stehenblieben. Seine Hand fühlte sich warm in meiner an; die Berührung seiner Haut beruhigte mich.

Lucian drehte mich zu sich herum. „Ich kann dir vielleicht helfen.“

„Wie?“

„Möglicherweise kenne ich einen Weg hier raus. Allerdings will ich, dass du dir der Konsequenzen bewusst bist.“

„Ich muss mich sichergehen, dass es Sophia gut geht. Ich muss. Sie hat so viel für mich geopfert. Ich kann sie jetzt nicht im Stich zu lassen.“

Er nickte. „Ich habe gehört, dass es unter der Akademie ein unterirdisches Tunnelsystem gibt, das zum Festland führt.“

Ich horchte auf. „Wie gelange ich dorthin?“

„Der Eingang muss irgendwo im Schmiedeofen sein.“

Ich runzelte die Stirn. „Du meinst in Hephaistos' Höhle?“

„Im Maul des Drachen.“

„Man muss dafür durchs Feuer gehen?“

Er nickte. „Ja.“

„Das wird ja immer besser.“ Ich fuhr mir über das Gesicht. „Und du glaubst das? Ich will nicht alles riskieren, um mich bloß in Brand zu stecken.“

„Dionysos hat es einmal erwähnt.“

Ich verzog das Gesicht. „Dionysos ...“

„Er erwähnte es eines Abends, als er mit ein paar Jungs aus unserem Wohnheim abhing. Er erzählte, dass er so verschwindet, um seine menschlichen Freundinnen zu besuchen.“

Ich schüttelte den Kopf.

„Hey, ich würde es dir nicht vorschlagen, wenn ich denken würde, dass es nicht funktioniert. Denk dran, dass auch die Götter hier gefangen sind. Natürlich werden sie geheime Wege nach draußen kennen.“

Das ergab Sinn. Aber ich musste sichergehen.

„In Ordnung, aber ich muss selbst mit ihm reden. Ich muss genau wissen, wie ich hier rauskomme. Weißt du, wo ich ihn finden kann?“

Lucians Mundwinkel sackten herab. „Ich habe keine Ahnung. Er ist nicht ...“

Plötzlich ertönte Musik aus dem Korridor, der zum Foyer führte.

Als wir das Foyer betraten, wurden wir mit dem lautesten, herzzerreißendsten Bass bombardiert. Tränen traten mir in die Augen. Dionysos rollte auf einem von Hephaistos' Servierrobotern auf uns zu. Er hockte darauf wie ein verrückter Geier mit einem Irokesenschnitt und schwarzem Eyeliner, der quer über sein Gesicht verlief.

„Lucian!“ Verrückt lachend umrundete er uns. „Melanie!“

Um die Musik zu übertönen, hob ich meine Stimme: „Kann ich kurz mit dir reden?“

„Was?“, brüllte er über die Musik hinweg und hielt sich die Hand ans Ohr.

„Könntest du bitte die Musik leiser stellen, damit wir uns unterhalten können?“

„Sicher.“ Er schnippte mit den Fingern und die Musik erstarb. „Worüber willst du reden?“

Ich holte tief Luft.

„Es gibt einen Weg, um aus der Akademie hinauszukommen?“

Sein Blick huschte zu Lucian. „Ich dachte, wir wären Brüder. Das habe ich dir im Vertrauen erzählt.“

„Es ist wichtig. Ich musste es ihr erzählen.“ Solidarisch legte mir Lucian seine Hand auf die Schulter.

„Du weißt, dass du die Schule nicht verlassen darfst?“

„Ich weiß.“

Eine Weile betrachtete er mich schweigend, rieb sich die Nase und zuckte dann gleichgültig mit den Schultern. „Gut, ich werde es dir verraten. Aber wenn du rausfliegst, will ich deine Stiefel haben.“ Er deutete auf meine Füße. „Sie sind toll.“ Er griff in seine Jackentasche und holte ein kleines, dunkelviolettes Glasfläschchen heraus. Er reichte es mir. „Das wirst du brauchen.“

Nachdem Dionysos mir den Weg verraten hatte, schmuggelte ich Lucian erneut in mein Schlafzimmer. Jasmine und Georgina fielen mir um den Hals, sobald wir den Raum betraten. Offensichtlich hatten sie auf mich gewartet.

„Was ist geschehen, Mel?“, fragte Jasmine.

Ich zerrte meinen Rucksack unter dem Bett hervor und stopfte meine Sachen hinein. „Es gibt etwas, das ich erledigen muss.“

„Was? Warum?“ Georgina riss mir den Rucksack aus den Händen.

„Es gibt etwas, das ich tun muss."

„Wenn du gehst, wirst du von der Akademie verwiesen."

„Das muss ich riskieren." Ich streckte meine Hand nach dem Rucksack aus, sie zögerte, doch dann reichte sie ihn mir zurück.

„Geht es um die Erdbeben?", fragte Jasmine.

Offensichtlich hatten andere bereits davon gehört. Ich nickte ihr zu.

Jasmine straffte die Schultern. „Dann werde ich dich begleiten."

Ich starrte sie fassungslos an. „Nein, das wirst du nicht. Diesem Risiko setzte ich dich nicht aus ..."

„Meine Familie lebt in New Athens." Sie schluckte, weil sie nicht aussprechen wollte, was wir alle fürchteten. „Ich muss wissen, ob es ihnen gut geht."

„Gib mir die Adresse. Ich werde es für dich herausfinden. Es reicht, wenn eine von uns ihre Ausbildung opfert."

Doch Jasmine schüttelte den Kopf. „Ich muss es selbst sehen."

Georgina legte mir die Hand auf den Arm, mit dem ich den Rucksack hielt. „Wenn du weg willst, musst du deine Sachen zurücklassen. Nur mit wenig Gepäck hast du eine Chance. Außerdem sind noch alle wach. Es ist zu früh. Du solltest warten, bis alle schlafen. Geh um Mitternacht. Auf diese Weise blieben dir mindestens sechs Stunden Zeit, bis dein Fehlen bemerkt wird."

„Georgina hat recht," stimmte Lucian mit ein. „Ihr solltet warten. Jetzt wäre es zu gefährlich."

Mein Blick wanderte über meine Freunde und blieb an Jasmine hängen. Unsere Blicke trafen einander. „Also gut. Wir gehen um Mitternacht."

Jasmine biss sich auf die Lippe, verabschiedete sich rasch und huschte in ihr Zimmer, bevor die Ausgangssperre hereinbrach.

„Lucian. Du solltest jetzt auch gehen.“ Ich reichte ihm meine Hand. „Ich danke dir. Du warst ein guter Freund.“

„So schnell wirst du mich nicht wieder los“, sagte er. „Denn *ich* komme auch mit, keine Widerrede. Wir treffen uns am Fuß der Treppe vor dem Eingang zu Hephaistos' Schmiede.“

Ich schüttelte den Kopf. „Du hast schon genug getan, Lucian. Ich werde nicht zulassen, dass du wegen mir alles verlierst.“

„Ich habe nicht um deine Erlaubnis gebeten, Blue. Ich komme mit. Wir treffen uns um Mitternacht an der Treppe.“ Bevor ich etwas erwidern konnte, drehte er sich auf dem Absatz um und löste sich in den Schatten auf.

Seufzend sank ich auf mein Bett. Georgina nahm mir gegenüber auf der Bettkante ihres eigenen Bettes Platz. „Bist du dir sicher, dass du das nicht bereuen wirst?“

Ich schüttelte den Kopf. „Nein, das bin ich nicht. Aber ich muss es tun. Ich werde hier verrückt, wenn ich nicht weiß, was los ist. In Pecunia hat es noch nie so ein heftiges ein Erdbeben gegeben. Noch nie.“

„Denkst du, es ist irgendetwas Unnatürliches?“

Ich zuckte mit den Schultern. „Ich weiß es nicht, aber sollte Sophia etwas zugestoßen sein, und ich es hätte es irgendwie verhindern können, würde ich mir das niemals verzeihen.“

Georgina kaute gedankenverloren auf ihrem Daumennagel herum. „Glaubst du, ihr schafft es, hin und zurück, ohne entdeckt zu werden?“

„Wir werden es versuchen.“

Georgina sprang von ihrem Bett herunter, ließ sich zu Boden gleiten und zog ein Bündel unter ihrem Bett hervor. Sie reichte es mir.

Zum Vorschein kam eine kleine grüne Maße, ungefähr so groß wie ein Golfball. Ein seltsamer Geruch ging von ihr aus und kitzelte mich in der Nase. „Riecht nach Käse."

„Es ist ein Muntermacher. Es wirkt, als hättest du zehn Energydrinks getrunken; nur ohne den Zucker. Es wird dir Energie und Kraft geben, wenn du sie am meisten brauchst."

„Hast du das hergestellt?"

Sie nickte. „Demeter hat mir dabei geholfen. Sie meint, ich hätte ein echtes Händchen für solche Dinge."

„Du hast definitiv eine Begabung dafür, und ich danke dir sehr."

Ich packte den Klumpen ein und steckte ihn in meine Hosentasche.

Georgina zog mich in ihre Arme und drückte mich so fest, dass mir die Luft aus den Lungen entwich. „Sei bitte vorsichtig. Ich mache mir solche Sorgen."

„Ich komme schon klar, Gina."

Sie löste sich von mir und suchte meinen Blick. „Beim Prophezeiungsunterricht hatte ich eine Vision. Erst jetzt wird mir klar, dass es um dich ging."

„Was hast du gesehen?"

„Jasmine, Ren, Lucian und ich flohen durch das Labyrinth vor einer riesigen Schlange. Sie öffnete ihr Maul und zeigte uns ihre rasiermesserscharfen, schwarzen Giftzähne. Die Schlange war dabei, uns zu verschlingen."

Ich klopfte ihr auf die Schulter und grinste sie an. „Ich verspreche dir, mich nicht von einer Schlange fressen zu lassen."

„Nein, Melanie, ich bin mir ziemlich sicher, dass diese Schlange … du gewesen bist."

Kapitel 14

Melanie

Ich schlief nicht.

Stattdessen lag ich auf meinem Bett und plante meine nächsten Schritte. Georginas Worte ließen mir keinen Frieden. Ich als Schlange. Was hatte das zu bedeuten? Positiv war es jedenfalls nicht.

Um Mitternacht kämpfte ich mich auf die Beine und machte mich auf den Weg. Bevor ich das Zimmer verließ, vergewisserte ich mich, dass ich sowohl den Energieball als auch Dionysos Fläschchen eingepackt hatte. Mein Magen rebellierte, und ich war bis aufs Äußerste angespannt. Es wäre möglich, dass ich versagte. Und was würde dann aus Lucian und Jasmine werden. Würde ich sie ins Verderben treiben? Uns alle?

Georginas Flüstern durchbrach die Dunkelheit: „Viel Glück. Bleib am Leben."

„Ich werde es versuchen."

Ich spähte in den dunklen Korridor. Nichts war zu sehen. Normalerweise drehte Pandora ihre erste Runde um elf Uhr, die nächste würde um zwei Uhr in der Früh folgen. Demnach blieben mir gerade einmal zwei Stunden, um in die Schmiede zu gelangen und den Weg durch nach draußen zu finden. Hoffentlich schlummerte der Gott des Feuers bereits tief und fest und geisterte nicht noch immer in seiner Schmiede umher. Andernfalls wäre meine Mission vorbei, bevor sie angefangen hätte.

Ich blieb dicht an der Wand und löste mich in den dort wogenden Schatten auf. Als ich den Treppenabsatz erreicht hatte, lauschte ich in die Stille und wartete auf Jasmine. Kaum wahrnehmbare Schritte erklangen, dann tauchte Jasmine auf. Ich drückte ihre Hand, dann gingen wir weiter. Gemeinsam schlichen wir uns durch die Korridore zu der Treppe, die uns in die Schmiede führen würde.

Die Akademie lag im Tiefschlaf. Niemand war zu sehen, nichts Ungewöhnliches war zu hören. Lediglich das Ticken der großen Uhr über dem Haupteingang durchbrach die Stille. Auf leisen Sohlen schlichen wir um die Ecke und zur Treppe, die zu Hephaistos' Schmiede führte.

Im Treppenhaus war es nachtschwarz. Nicht die geringste Spur von Licht durchdrang die Dunkelheit. Die Chancen standen gut, dass wir auf der Wendeltreppe ausrutschten und uns die Knochen brechen würden. Wir brauchten eine Taschenlampe, doch wo sollten wir jetzt eine herbekommen?

Ich blickte auf meine Hände und presste sie zusammen. Anschließend rieb ich meine Handflächen aneinander.

„Was tust du denn da?“ Jasmine riss die Augen auf, Schweiß perlte über ihre Stirn.

„Licht!“ Ein sanftes Leuchten blühte zwischen meinen Händen auf. Ein kleiner Feuerball entstand, der genug Licht abgab, um unseren Weg fortsetzten zu können, ohne Knochenbrüche zu riskieren.

Jasmine lächelte und hob den Daumen nach oben. Langsam wagten wir uns vorwärts. Vorsichtig und darauf bedacht, keinen Lärm zu verursachen.

„Jetzt warten wir auf Lucian“, wies ich meine Begleiterin an, nachdem wir den Fuß der Treppe erreicht hatten.

Lucian ließ auf sich warten. Die Zeit verging quälend langsam, während mein Herz immer wilder pochte. Wo blieb er? War er aufgehalten worden? Steckte er in Schwierigkeiten? Oder war ich ihm doch nicht wichtig genug, um seine Ausbildung zu riskieren?

„Wir haben lang genug gewartet“, sagte ich irgendwann. „Vielleicht hat Lucian es sich anders überlegt. Lass uns weitergehen.“ Nach ein paar Metern erklangen Schritte hinter uns. Ein schwacher Lichtschein huschte über die Steinstufen, bis Lucian zum Vorschein kam. Allerdings war er nicht allein.

„Was will der denn hier?“, flüsterte ich verärgert.

Ren verzog das Gesicht. „Ich werde euch auch begleiten. Ich habe Familie in New Athens.“

Ich schüttelte den Kopf. „Nein. Ich will nicht verantwortlich sein, wenn ihr alle von der Schule fliegt.“

„Das bist du nicht. Ich bin durchaus in der Lage, eigene Entscheidungen zu treffen.“

Jasmine nickte. „Ich bin dafür.“

Sollte ich ihnen verraten, dass ich im Grunde gar nicht wusste, was ich tat? Dionysos hatte mir eine Wegbeschreibung und seinen seltsamen Drink mitgegeben, aber konnte ich ihm trauen? Wem konnte ich auf der Akademie überhaupt mein Vertrauen schenken? Die Götter waren unberechenbar und spielten gern ihre Spielchen mit uns Menschen. Würden wir aus dem Tunnelsystem, das uns an die Erdoberfläche bringen sollte, überhaupt jemals herausfinden? Ich schüttelte den Kopf und schob diesen Gedanken beiseite. „Von mir aus. Weiter.“

Trotz der Hitze in der Schmiede fror ich, als wir über die Brücke an den Rinnsalen mit geschmolzenem Metall vorbeieilten, das die alleinige Lichtquelle in der Schmiede bildete. Mein Blick flog über die Umgebung. Bisher war alles glatt gelaufen. Wir waren allein, niemand hatte uns entdeckt.

„Los, zu den Blasebälgen.“ Ich lotste die Gruppe über die Steinbrücke und die Steinstufen bis zur höchsten Ebene hinauf, ohne dabei den Rest des riesigen Gewölbes aus den Augen zu verlieren. Ein Klappern erweckte meine Aufmerksamkeit. Ich hielt inne und bedeutete den anderen, ebenfalls stehenzubleiben. Wir lauschten in die Stille. Da war es wieder, das Klirren von Metall auf Metall und dann Hephaistos leises Murmeln.

Jasmine starrte mich an und ich starrte zurück. Dann deutete sie auf einen Felsen, der in der Nähe aus dem Boden ragte. „Schnell, hinter den Felsen. Los!“

Ren, Lucian, Jasmine bewegten sich so lautlos wie möglich, bis sie sich hinter dem Felsen versteckt hatten. Ich folgte ihnen. Schwer atmend spähte ich aus meinem Versteck in den Raum.

Sobald Hephaistos die Brücke überquerte, würde er uns entdecken und wir wären verloren. Lucian musste das Gleiche gedacht haben, denn er nahm plötzlich mein Gesicht in beide Hände und drückte mir einen harten Kuss auf die Lippen, dann sprang er hinter dem Felsen hervor und über die Brücke direkt auf den Gott des Feuers zu. Meine Lippen prickelten von der Berührung seines Mundes und ich fuhr mit den Fingern über sie.

Ich wollte ihm folgen, doch Jasmine packte mich am Arm und riss mich zurück. Sie schüttelte den Kopf. Sie hatte Recht. Lucian hatte uns eine Chance verschafft. Die sollten wir nicht aufs Spiel setzen.

„Was machst du denn hier, Junge?“, donnerte Hephaistos.

„Ich habe eine Frage wegen der Herstellung unserer Schilde.“

„Es ist Mitternacht. Kann das nicht bis morgen warten?“

Erneut spähte ich um den Felsen herum und bekam gerade noch mit, wie Lucian Hephaistos von der Brücke zum hintersten

Winkel der Schmiede wegführte. Uns blieb nicht viel Zeit. Ich hob die Hand und bedeutete den anderen mir zu folgen.

So leise wir konnten, liefen wir die letzten Treppenstufen hinauf und zu den Blasebälgen. Die Hitze, die von dem Ofen aufstieg, versengte meine Haut und der beißende Gestank verbrannter Haare wehte mir in die Nase.

Ich atmete tief durch und breitete meine Hände über dem Feuer aus. Auch wenn ich mir nicht ganz sicher war, so vertraute ich doch darauf, dass es mich nicht verbrennen würde. Das Feuer und ich, wir hatten eine tiefe Verbindung.

Ich konzentrierte mich darauf, die Flammen zu löschen. Langsam versiegte das Feuer, bis nur noch rot glühende Kohlen übrig waren. Ich schnappte mir eine Eisenstange und schob sie zur Seite, um den Weg freizumachen. Wir mussten in den Schlund des Drachens kriechen. Das war die einzige Möglichkeit hier rauszukommen.

Ich legte die Stange zurück und kletterte als Erste in den Schmiedeofen. Die Hitze war fast unerträglich, aber ich ließ mich nicht beirren und bahnte mir den Weg tief in den Schacht. Ein Blick über meine Schulter bestätigte mir, dass Jasmine und Ren dicht hinter mir folgten.

Nun gab es kein Zurück mehr. In der Hoffnung, dass Dionysos kein Spielchen mit uns trieb, zwang ich mich durch den Schacht hindurch. Nach einigen Metern erschien eine Öffnung im Felsen. Das musste der Eingang sein, der in das Tunnelsystem führte. Erleichterung machte sich in mir breit.

Ich passierte die Öffnung und fand mich in einem Tunnel wieder, der hoch genug war, um darin stehen zu können.

„Was jetzt?“, wollte Jasmine wissen.

„Wir folgen dem Tunnel bis zur nächsten Abzweigung, danach halten wir uns rechts.“

„Hoffentlich war Dionysos nicht betrunken, als er dir die Beschreibung gegeben hat.“

Ich verzog mein Gesicht. „Natürlich nicht.“ Allerdings hatte er auch nicht wirklich nüchtern auf mich gewirkt. Als er mit der Beschreibung geendet hatte, konnte er sich kaum noch auf den Beinen halten.

Die Zeit lief uns davon, während wir durch den Tunnel sprinteten. In weniger als sechs Stunden mussten wir wieder zurück sein. Als wir die Abzweigung endlich erreichten, hielten wir uns rechts. Der Tunnel wurde immer schmaler. Ich war nicht klaustrophobisch veranlagt, dennoch hämmerte mein Herz wild in meiner Brust. Nach einer weiteren Viertelstunde standen wir knöcheltief im Wasser. Näherten wir uns dem Meer? Das Wasser stieg mit jedem Schritt immer weiter. Bald reichte es mir bis zu den Knien, dann bis zu der Hüfte.

„Das gefällt mir nicht, Mel.“ Jasmines Stimme bebte.

„Das wird schon gehen, Jas. Ren wird das Wasser verschwinden lassen, wenn es uns behindert.“ Ich warf ihm einen Blick über die Schulter zu. „Richtig?“

Seine Augen waren weit aufgerissen, und er sah nicht besonders zuversichtlich aus, als er mir mit einem „Richtig“ antwortete.

Als uns das Wasser bis zu den Hüften stand mündete der Tunnel in einer Höhle. Das Wasser blieb zurück, als würde es jemand mit unsichtbarer Hand im Tunnel festhalten. Nun mussten wir über einige Felsen klettern, um eine Tür zu erreichen. Zu unserer Rechten befand sich eine steile Wand.

„Zumindest sind wir aus dem Tunnel raus. Allerdings müssen wir da hoch.“ Ich deutete auf den nächsten Felsvorsprung, und begann sofort zu klettern. Die anderen folgten mir.

Jasmine keuchte auf, als ein Stein unter ihrer Hand nachgab, doch Ren packte sie am Arm und zog sie hoch. Meine Arme zitterten vor Anstrengung, als ich mich endlich auf einen Felsvorsprung hievte. Ich musterte die Stelle.

Direkt vor mir hatte jemand eine Holztür im Felsen angebracht.

Sie ließ sich problemlos öffnen, doch der Tunnel dahinter war so schmal, dass wir ihn im Gänsemarsch und auf Händen und Füßen zurücklegen mussten.

Als mein Blick nach oben wanderte, stellte ich fest, dass die Decke vollständig aus Holz bestand. Auch die Wände waren aus dem gleichen Material gefertigt worden. Moment mal. Das war keine Verkleidung. Ich streckte die Hand aus und fuhr mit den Fingerkuppen über das raue Material.

„Wir sind in einem Baum."

„Bist du dir sicher?" Jasmine blickte sich um.

Aus dem Augenwinkel sah ich eine Bewegung und drehte meinen Kopf. Ein winziges Etwas baute sich vor mir auf. Seine Haut war so rau wie Baumrinde, seine Augen so grün wie ein Blätterdach im Sommer. Aus dem kleinen Köpfchen ragten winzige Äste, die einem Hirschgeweih ähnelten.

„Du bist eine Dryade", stellte ich leise fest.

Das Wesen funkelte uns wütend an. „Wer seid ihr und was wollt ihr hier?" Seine Stimme klang wie trockenes Laub.

„Ich bin Melanie, das sind Jasmine und Ren. Wir sind Rekruten aus der Akademie und müssen nach New Athens und Pecunia."

„Nein."

Ich runzelte die Stirn. „Was soll das heißen, *„nein"*? Wir haben einen langen Weg zurückgelegt, um hierher zu gelangen."

„Nein. Geht zurück. Ich lasse euch nicht passieren. Es ist zu gefährlich.“

Frustriert klopfte ich meine Jackentasche ab. Etwas Hartes stach in meine Handfläche. Ich griff hinein und förderte das kleine Glasfläschchen heraus.

Ich hielt es der Dryade hin.

„Für dich von Dionysos.“

Mit einem hungrigen Blick riss mir das Wesen die Flasche aus der Hand. „Ah, Dionysos sei gesegnet. Ihr dürft passieren. Aber Vorsicht, es sind bösartige Kräfte am Werk.“ Die Dryade trat zur Seite und gab eine weitere Tür frei.

***

Ich kroch aus dem Baum hinaus, in was einmal ein Park gewesen sein musste. Es war dunkel, doch selbst im fahlen Licht des Mondes konnte ich die Verwüstung erkennen, die das Erdbeben angerichtet hatte. Nachdem ich mich auf die Füße gekämpft hatte, klopfte ich meine Hose ab und richtete mich auf.

Nur noch die große Eiche war mit dem Boden tief verwurzelt und wirkte unversehrt. Alle anderen Gewächse, die einst prächtig gewesen sein mussten, lagen entwurzelt oder gebrochen in allen Richtungen herum. Äste und Blätter säumten den Boden.

„Oh, gute Götter.“ Jasmine drehte sich um und betrachtete den Schaden.

„Kann einer von euch sagen, wo wir hier sind? Ich sehe nichts, was mir bekannt vorkäme.“ Mein Blick huschte auf der Suche nach einem Straßenschild umher.

„Das könnte der Pan Park sein. Ja, ich bin mir ziemlich sicher, dass wir uns hier im Pan Park befinden.“ Ren deutete nach links.

„Wenn wir diese Richtung nehmen, gelangen wir in die Hegemone Lane, die ins Zentrum von New Athens führt.“

„Ja, du hast recht.“ Jasmine folgte der Richtung, in die Ren gewiesen hatte, während wir hinter Jasmine hinterher trotteten.

Erst in der Stadt zeigte sich die vollständige Zerstörung. Es sah aus, als hätte eine Bombe eingeschlagen. Die Häuser und Gebäude lagen in Trümmern. Stromleitungen waren zerstört. Ohne Strom war die Stadt in Dunkelheit gehüllt. Keine Menschenseele kreuzte unseren Weg. Es fühlte sich so an, als wäre die Menschheit ausgestorben.

Bald darauf erreichten wir eine Wohnsiedlung. Das Schild war noch intakt. „Vista Heights“, prangte darauf.

„Oh, verflucht!“ Ren rannte los und wir schlossen dicht zu ihm auf. Vor einer Ruine blieb er stehen. Der Mond verschwand hinter einer Wolke, sodass ich Mühe hatte mehr als Umrisse zu erkennen.

Jasmine fand eine kaputte Taschenlampe. Sie fuchtelte an ihr herum und wenige Sekunden später leuchtete sie auf. Sie trat an Ren heran und hielt sie ihm hin.

„Danke.“ Ren nahm sie entgegen und richtete den Lichtstrahl auf etwas, das einst eine Eingangstür gewesen sein musste. In roter Farbe prangte ein „X“ darauf. Daneben war „EVAKUIERT 5“ aufgemalt.

Ren holte zischend Luft. „Ich nehme an, das heißt, sie haben sich retten können.“

Tröstend zog Jasmine ihn an sich und so verharrten sie für eine Weile.

Ich freute mich aufrichtig für Ren, doch wir mussten weiter. Uns blieben etwa fünf Stunden Zeit und Pecunia war mindestens eine Stunde entfernt. „Jasmine, wie weit ist es bis zu deinem Haus?“

Sie schüttelte den Kopf. „Ich kann es nicht genau sagen. Mit dem Auto wäre Vista Heights vielleicht 15 Minuten von mir entfernt gewesen. Zu Fuß? Sicher über eine Stunde.“

„Okay, dann sollten wir uns auf den Weg machen.“

Wir ließen das Viertel hinter uns. Auf dem Weg fanden wir ein Auto, das noch intakt zu sein schien. Es hatte ein paar Dellen, aber die Reifen waren in Ordnung. Der Schlüssel steckte noch im Zündschloss.

Nach einigen Versuchen sprang der Motor tatsächlich an. Erleichterung durchflutete mich, die allerdings nicht lange anhielt. Der Tank war fast leer. Wir konnten froh sein, wenn die Füllung bis Jasmines Wohnviertel reichte.

Zwanzig Minuten später hielt ich den Wagen vor einem Gebäudekomplex an, der nur noch zum Teil intakt war. Jasmine verließ den Wagen und rannte um das Haus herum. Der Schaden im hinteren Bereich war größer. Das halbe Gebäude lag in Trümmern.

Jasmine sank auf die Knie und vergrub ihr Gesicht in den Händen. Ihr Schluchzen drang an meine Ohren.

„Gib nicht auf, Jas. Deine Familie hat sich bestimmt retten können. Komm her.“ Ich schlang die Arme um sie und wiegte sie tröstend, während sie herzzerreißend schluchzte und weinte. Auch hier trugen einige der Türen ein aufgemaltes „X“.

„Jasmine?“ Eine ältere Frau mit krausem Haar bahnte sich ihren Weg durch die Trümmer. „Jasmine!“, rief sie diesmal lauter.

Jasmine sprang auf und rannte auf sie zu. „Lolly? Oh mein Gott, Lolly. Was ist hier passiert? Wo sind meine Eltern? Geht es ihnen gut?“ Erneut traten Tränen in Jasmines Augen und liefen ihr über das Gesicht.

„Beruhige dich, Mädchen. Deine Eltern haben überlebt“, sagte die Frau.

„Was machst du noch hier?“, fragte Jasmine.

„Ich bin auf dem Weg raus. Es gab einige Dinge, ohne die ich nicht aufbrechen konnte. Ein Wagen wartet am Ende der Straße auf mich.“

Jasmine sah in meine Richtung. „Wir sollten auch aufbrechen. Du kannst es sicher kaum noch abwarten, nach Hause zurückzukehren.“

Ich nickte ihr zu, hielt allerdings die Fremde auf, als sich diese von Jasmine verabschieden wollte. „Können Sie mir sagen, was hier vorgefallen ist?“

Ihr Gesicht sah gequält aus. „Ich habe schon geschlafen, als plötzlich alles um mich herum zu schwanken begann. Dann gingen die Sirenen los. Die Menschen strömten auf die Straßen. Ich habe Jasmines Eltern gesehen, als sie aus ihrer Wohnung gerannt sind und einige der anderen Nachbarn. Ich bin ihnen einfach gefolgt, habe sie allerdings im Chaos aus den Augen verloren.“ Sie presste sich die Hände auf die Ohren. „Die Schreie. So viele Menschen, die alles verloren haben. So viele sind von den Trümmern erschlagen worden. Eine Tragödie ist das.“ Sie musterte unsere Gruppe. „Das Militär sammelt die Überlebenden ein und bringt sie in Sicherheit. Ihr solltet mitkommen.“

„Das können wir nicht“, sagte Jasmine „Wir müssen weiter.“

Jasmine zog die Nachbarin vorsichtig in ihre Arme. „Pass auf dich auf, Lolly. Und solltest du meine Eltern wiedersehen, sag ihnen, dass ich nach ihnen gesucht habe und dass es mir gut geht.“

„Natürlich, Kindchen.“ Entschlossenheit legte sich auf Lollys Züge.

Jasmine schniefte.

Zum Abschied winkten wir Lolly zu, bis wir das Auto erreicht hatten, das kaum noch Sprit hatte. Als es seufzend und ächzend ansprang, lenkte ich es auf die demolierte Straße und schlug den Weg nach Pecunia ein.

Das Beben war so stark gewesen, dass es hier und da den Asphalt aufbrechen lassen hatte. Trümmer, umgestürzte Bäume, Stromleitungen und andere Autos, die achtlos stehen gelassen worden waren, säumten die Straßen und ich musste gewaltig achtgeben, um keinen Unfall zu verursachen.

„Priene", las ich laut von einem Schild, an dem wir vorbeifuhren. Das Auto ruckelte und mein Blick huschte zu der Kraftstoffanzeige. „Noch zehn Kilometer bis Pecunia. Leute uns geht das Benzin aus."

Als hätte es nur darauf gewartet, dass ich es laut ausspreche, kam der Wagen ächzend zum Stehen. Ich schlug mit der Faust gegen das Lenkrad. „Verdammter Mist!"

„Ich schätze, wir gehen zu Fuß." Ren stieg hinten aus dem Auto aus.

Verzweiflung ergriff mich. Wir würden es nicht schaffen. Es war unmöglich, in drei Stunden nach Pecunia und dann zurück zum Portal zu gelangen. Ich fragte mich, ob ich mir überhaupt die Mühe machen wollte, zurückzugehen. Sie konnten mich nicht ausschließen, wenn ich nicht da war, oder?

Aber ich wollte zurückkehren. Ich wollte meine Ausbildung abschließen und ein Halbgott werden. Ich wollte Georgina sehen. Und ich wollte unbedingt Lucian wiedersehen. Ich strich mir mit den Fingern über die Lippen und dachte an den Kuss, den er mir gegeben hatte.

Frustriert lehnte ich mich gegen das Lenkrad. Es musste doch einen Weg geben, schneller nach Pecunia zu kommen. Als ich mich nach vorne lehnte, wehte mir der Duft von altem Käse in die Nase.

Ich griff in meine Tasche und holte das grüne Bündel heraus. Georgina sagte, es sei, als würde man zehn Red Bulls trinken. Es war ein Muntermacher. Es musste einen Versuch wert sein. Ich wickelte es aus und drückte es in drei Kugeln. Ich reichte Jasmine eine davon.

Sie rümpfte die Nase. „Was ist das?“

„Georgina hat es gemacht. Es soll uns Energie und Kraft geben. Vielleicht können wir nach Pecunia rennen.“

„Schade, dass wir noch keinen Flugunterricht hatten. Wir hätten hinfliegen können.“ Sie öffnete ihren Mund und stopfte die grüne Maße hinein.

Ich stieg aus dem Auto aus, ging zu Ren hinüber und gab ihm sein Stück. Er steckte es in seinen Mund und kaute. Er schnitt eine Grimasse. „Das ist wirklich eklig.“

Ich aß das letzte Stück. Es war wirklich ekelhaft. Es schmeckte wie Dreck gemischt mit etwas getrocknetem Gras. Es war auch körnig, als ob es tatsächlich ein paar winzige Kieselsteine enthielt. Aber fast augenblicklich, nachdem ich es heruntergeschluckt hatte, spürte ich etwas in meinem Körper. Von meinem Magen aus breitete sich eine wohltuende Wärme aus. Sie drang in jeden einzelnen Muskel ein.

Ren grinste mich an. „Ich fühle mich ziemlich gut.“

Jasmine stieg aus dem Auto aus. „Habt ihr auch das Gefühl, ihr könntet einen Elefanten stemmen?“

Ich nickte. Ich bewegte meine Beine auf und ab; sie fühlten sich wirklich stark an. Voller Energie. „Ich denke, wir könnten wirklich nach Pecunia rennen.“

Und das taten wir. Wir liefen und liefe ohne zu ermüden. Wir waren so schnell, dass wir die 10 Kilometer in weit weniger als einer Stunde zurücklegten.

Wir waren nicht mal erschöpft, als wir in meiner Nachbarschaft zum Stehen kamen. Es war erstaunlich, was Georgina da geschaffen hatte.

Als wir uns dem Demos-Anwesen näherten, wurde mir allerdings mulmig zumute. Das gusseiserne Tor an der Vorderseite stand noch, aber es hing offen und wurde von einem einzigen Verschluss gehalten. Die schönen Bäume, die die Einfahrt gesäumt hatten, waren alle umgestürzt und lagen auf der Seite. Ich war zuversichtlich, dass das Haus noch einigermaßen intakt sein würde. Es war solide gebaut. Aber als wir den Hügel erklommen, sah ich, dass ich mich geirrt hatte.

Es war ein Trümmerhaufen. Keine einzige Wand stand mehr aufrecht. Es sah aus, als hätte ein Riese es mit seiner Faust zertrümmert. Mein Herz schlug mir bis zum Hals, als ich über das Gelände zur Hütte ging. *Ich bin sicher, dass sie mit dem Rest der Familie entkommen ist.* Dieser Gedanke drehte sich in meinem Kopf wie ein Karussell.

Ich hatte es so eilig, zu ihr zu kommen, dass ich beinahe losgerannt wäre, aber ich erstarrte, als ich Stimmen aus dem Garten hörte. Dann hörte ich einen Polizeifunk.

Ren und Jasmine kamen zu mir, und wir schlichen uns alle zu einer Hecke, die noch stand, damit wir sehen konnten, was dort los war. Wir sahen drei schwarz gekleidete Männer, die mit ihren Taschenlampen die Gegend absuchten.

Einer von ihnen ging zu dem Stein- und Holzhaufen hinüber, der einmal unsere Hütte gewesen sein musste, und warf sein Licht auf die Trümmer. Dann erstarb sein Licht ebenso wie mein Herz.

„Ich habe eine Leiche gefunden“, rief er.

Kapitel 15

Melanie

Meine Knie knickten ein, und ich wäre gefallen, wenn Jasmine und Ren mich nicht an den Armen festgehalten hätten.

Bevor ich einen zusammenhängenden Gedanken fassen konnte, drang ein lautes Stöhnen aus meiner Kehle.

„Neeein!“, stöhnte ich.

Mehrere Taschenlampen schwenkten sofort auf die Hecke zu, hinter der wir uns versteckten.

„Wer ist da?“, rief einer der Polizisten.

„Wir müssen gehen.“ Jasmine zog an meinem Arm, aber meine Beine funktionierten nicht. Ich wollte sie anflehen, mich einfach hier zu lassen. Aber sie hatte nicht vor, das zu tun. Stattdessen ergriff sie meine Hand und zog mich mit sich, während sie und Ren auf die Straße liefen.

Die Beamten nahmen die Verfolgung auf.

„Schnappt sie!“

Irgendwie zwang ich meine Beine, mir zu gehorchen. Wir sprinteten in Richtung des Haupttors und der Straße.

Da ich die Trümmer auf dem Boden falsch einschätzte, stolperte ich über ein Stück einer der ehemaligen Steinstatuen und fiel hart auf die Knie. Ich rappelte mich auf und entdeckte etwas Glänzendes in der Nähe meiner Hand. Ich griff danach. Es war ein Stück von einem Seil, einem goldenen Seil, das irgendwie magisch leuchtete. Ich steckte es in meine Tasche, während ich auf die Füße kletterte und weiterlief.

Georginas Energiekugel wirkte immer noch in meinem Körper und ich spürte, wie sie meine Muskeln anregte. Ich nahm an, dass es Jasmine und Ren genauso erging, denn es dauerte nicht lange, bis wir alle durch das Eisentor stürmten und die Straße hinunter sprinteten, während die Beamten hinter uns herliefen. Doch zu Fuß konnten sie uns nicht einholen.

Nachdem wir etwa zwanzig Minuten gelaufen waren, hielten wir an und machten eine Pause in der Nähe des zerstörten Einkaufszentrums, das ich in den Nachrichten gesehen hatte.

„Geht es dir gut?“ Jasmine legte ihre Hand auf meine Schulter.

Ich wusste nicht, was ich darauf antworten sollte. Mir ging es nicht gut, aber ich wusste, dass sie mich beide brauchten, wenn wir es zurück zur Akademie schaffen wollten. Im Moment hatte ich keine Zeit, das Geschehene zu verarbeiten. Also nickte ich. Wenn ich allein war, blieb immer noch Zeit, um zusammenzubrechen.

Ren hielt auf der Straße Wache. „Glaubt ihr, dass sie uns folgen werden?“

Wir erhielten unsere Antwort, als zwei gepanzerte Fahrzeuge die Straße entlangrauschten und ein riesiger Scheinwerfer die Gegend ausleuchtete. Wir duckten uns in eines der Geschäfte, von dem nur noch eine Wand stand.

„Verdammt noch mal. Was jetzt? Sie blockieren die Straße nach New Athens“, sagte Ren.

Ich wies auf eine andere Straße, die aus Pecunia herausführte. „Wir könnten nach Cala laufen. Das ist näher. Vielleicht ist das Portal noch offen.“

„Warum sollte es das sein?“, fragte Jasmine.

„Ich weiß es nicht, aber wir müssen etwas tun."

Rens Stirn legte sich in Falten, als ob er tief in Gedanken versunken wäre. „Selbst wenn es nicht offen ist, kann ich es vielleicht öffnen. Poseidon hat mir so etwas in der Richtung beigebracht."

Während die beiden Fahrzeuge langsam umherfuhren, hielten wir uns in den dunklen Schatten und konnten so aus dem Wohngebiet und auf die Hauptstraße gelangen. Auf dem Highway angekommen, rannten wir, so schnell wir konnten, und immer noch angetrieben von Georginas Superkräfte-Gebräu.

Wir erreichten Cala, als die Sonne den Horizont rosa färbte. Die Morgendämmerung kam schnell näher, und uns blieb nicht viel Zeit. Das Erste, was mir auffiel, als wir uns auf den Weg zum Pier machten, war, dass diese Stadt von dem Erdbeben scheinbar unberührt geblieben war. Es gab noch Strom, und alle Häuser und Gebäude waren unbeschädigt. Wenn man bedachte, dass Cala nur ein paar Meilen von Pecunia entfernt lag, schien es unmöglich, dass sie die Auswirkungen hier nicht in irgendeiner Weise gespürt hatten.

Der Hafen war ruhig. Nicht einmal die Wellen des Ozeans schienen Geräusche zu machen. Als ich am Ende von Pier neun stand und auf das Wasser hinausblickte, schien es sogar unnatürlich ruhig zu sein.

„Bereit?", fragte Ren.

„Ich glaube nicht, dass wir eine andere Wahl haben."

Ren sprang als Erster ins Wasser, Jasmine und ich folgten. Das Wasser war so kalt, wie ich es von der Nacht der Einladung in Erinnerung hatte - vielleicht sogar noch kälter, denn es war jetzt Ende November. Diesmal hatten wir kein Licht, um uns zu orientieren, also schwammen wir praktisch blind. Ich hoffte, dass Ren ungefähr wusste, wohin er schwamm. Denn ich tat es nicht.

Schließlich hörte Ren auf zu schwimmen und ließ sich einfach treiben. Jasmine und ich schwebten neben ihm her. Es war offensichtlich, dass das Portal nicht offen war und Ren versuchen musste, es zu öffnen. Selbst in der Dunkelheit konnte ich sehen, dass Jasmine in Panik geriet. Ich griff nach ihrer Hand und versuchte, sie zu beruhigen.

Ren bewegte seine Hände im Wasser herum. Es sah aus, als würde er ein Orchester dirigieren. Nach ein paar Minuten bildete sich vor ihm ein sanftes blaues Leuchten. Es funktionierte. Er schaffte es! Doch dann brach das Leuchten in sich zusammen und verschwand. Frustration zeichnete sich auf Rens Gesicht ab und er begann von vorne.

Jasmine zerrte an meiner Hand. Ich drehte mich um und sah sie im Wasser zappeln. Ich zog sie zu mir, legte meinen Mund auf ihre Lippen und blies Sauerstoff in sie hinein. Ich zog mich zurück, und sie gab mir ein Zeichen, dass es ihr gut ging. Ich wollte Ren sagen, dass er sich beeilen sollte. Auch meine Lunge begann zu brennen.

Das blaue Licht flammte erneut auf und wuchs. Ein schmaler Strudel bildete sich jetzt unter dem Leuchten. Ren lächelte, doch dann legte sich seine Stirn in Falten, sein Blick schweifte umher, und seine Hände bewegten sich nicht mehr. Irgendetwas stimmte nicht.

Plötzlich dehnte sich der Strudel aus, bis er uns alle drei umschlossen hatte. Dann wurden wir heftig seitwärts durch das Wasser geschleudert. Die Wucht des Strudels brachte uns alle drei ins Trudeln. Wir wurden durch ein Portal gesaugt, aber ich glaubte nicht, dass es das war, das Ren geschaffen hatte.

Nach ein paar Minuten, in denen wir durch das Portal katapultiert wurden, kamen wir aus dem Wasser geschossen und landeten auf dem kalten, harten Felsen einer Höhle. Bei der

Landung schlug ich mir den Kopf an, wodurch alles hinter meinen Augen ein wenig verblasste, ehe meine Sicht wieder scharf wurde.

Ich rollte mich auf den Rücken und blinzelte in ein paar wütende Gesichter, die sich über mir aufbauten.

Eines dieser Gesichter gehörte Zeus.

***

„Bringt sie in die Aula. Wir werden die Schule zu einem Tribunal versammeln."

Ares tauchte über mir auf und riss mich an meiner Jacke auf die Beine.

Wir drei wurden wie Kriminelle in die Schule geführt. Ich war erstaunt, dass man uns keine Fesseln an die Hand- und Fußgelenke anlegte. Jasmine schüttelte sich so sehr, dass ihre Zähne klapperten. Ich griff nach ihrer Hand, wurde aber dann zu weit weggezogen. Ares sah in seiner Rolle als Gefängniswärter geradezu schadenfroh aus.

Wir betraten die Akademie nicht durch die Vordertüren, sondern gingen hinten herum zu einem anderen Eingang. Dann wurden wir durch mehrere Gänge geführt, hinein in ein geräumiges, kuppelförmiges Auditorium mit 360-Grad-Sitzplätzen. Es erinnerte mich an ein antikes Kolosseum, in dem Gladiatorenkämpfe stattgefunden hatten. Und wie Gladiatoren wurden wir in der Mitte aufgestellt und mussten dort auf unser Schicksal warten.

„Ich habe Angst."

Ich ging zu Jasmine und umarmte sie. „Alles wird gut."

„Wie soll es das werden?"

„Ich weiß es nicht, aber ich weigere mich zu akzeptieren, dass das hier das Ende ist."

Ren presste seinen Kiefer zusammen und kämpfte gegen seine eigene Angst an. „Ich will nicht rausgeschmissen werden."

„Ich auch nicht, aber wir wussten alle, dass das passieren könnte."

„Woher wussten sie es?" Jasmine wischte sich die aufsteigenden Tränen aus den Augen. „Jemand hat es ihnen gesagt. Meinst du, es war Lucian?"

Ich schüttelte den Kopf. „Nein. Ich weigere mich, das zu glauben."

„Es kann sein, Mel", sagte Ren. „Sonst wusste es niemand."

Eine weitere Tür öffnete sich, und alle Götter traten ein und stellten sich am Rand der Tribüne in einem Kreis um uns herum auf. Durch dieselben Türen strömten danach unsere Mitschüler und setzten sich in die erhöhten Reihen.

Ich suchte Georgina und fand sie in der zweiten Reihe. Unsere Blicke trafen sich. Wahrscheinlich machte sie sich Vorwürfe, weil sie mich auf diesen unglückseligen Ausflug hatte gehen lassen. Ich wollte ihr sagen, dass es nicht ihre Schuld war. Ich wäre auf jeden Fall gegangen, egal was sie gesagt oder getan hätte. Ich war stur. Das musste sie inzwischen wissen.

Dann fiel mein Blick auf Lucian. Er saß nicht weit von Georgina entfernt. Sein Gesicht war eine Maske aus Traurigkeit und Frustration, und es brach mir fast das Herz, ihn so zu sehen. Jemand hatte uns verpfiffen, aber ich wusste tief in meinem Herzen, dass es nicht Lucian gewesen war.

Zeus trat in die Mitte des Auditoriums. „Ihr drei seid angeklagt, die Schule verlassen zu haben. Die Strafe für ein solches Verbrechen ist Gedächtnislöschung und Ausschluss von der Akademie."

Im Auditorium war ein kollektives Stöhnen zu hören. Aber ich entdeckte eine glückliche Zuschauerin. Revana konnte nicht aufhören zu lächeln.

Ich trat vor. „Darf ich sprechen?“

„Eigentlich nicht, aber mach nur.“ Zeus winkte mir mit der Hand zu.

„Die Schuld liegt bei mir. Ich habe sowohl Jasmine als auch Ren davon überzeugt, mit mir zu kommen, indem ich ihnen von den Erdbeben in ihren Heimatstädten erzählt habe. Ohne mich hätten sie es nie erfahren.“

Jasmine stürzte nach vorne. „Das ist nicht wahr.“

„Melanie hat uns zu nichts gezwungen.“ Ren schüttelte den Kopf.

„Ich sollte verwiesen werden, nicht sie. Sie sind großartige Soldaten. Ich war nichts als ein Problem. Das werden alle Lehrer bestätigen.“

Ares nickte, ebenso wie Aphrodite.

„Das stimmt nicht!“ Jasmine trat an meine Seite. „Melanie ist die Beste von uns allen. Sie kann-“

Zeus hob seine Hand, um sie zum Schweigen zu stärken. „Ich weiß die Stärke zu schätzen, mit der du für deine Freunde kämpfst. Du hast ihnen eine zweite Chance verschafft.“

Ren hielt sich die Hände vors Gesicht und schüttelte den Kopf.

Jasmine wollte gerade etwas sagen, von dem ich wusste, dass sie es bereuen würde, also ergriff ich ihre Hand und drückte sie. „Es ist in Ordnung.“

„Nichts ist in Ordnung, Mel. Nichts.“

Zeus nickte Ares zu, und der Gott kam zu mir und Jasmine herüber. Er nahm ihren Arm. „Lass uns gehen.“ Er nickte Ren zu.

Bevor sie abgeführt wurde, schlang Jasmine ihre Arme um mich. „Ich werde dich nie vergessen. Niemals."

Ich schluckte, weil ich nicht vor allen Leuten weinen wollte. Ich würde meine Tränen vergießen, wenn ich allein war. Was bald der Fall sein würde. Mit dem Rauswurf und der Tatsache, dass ich nie wieder nach Pecunia zurückkehren konnte, kam ich klar, aber, dass ich mich nicht mehr an meine Freunde oder Lucian erinnern würde, war ein Dolchstoß in mein Herz. Es war grausam und unmenschlich. Ich würde alles tun, um das nicht erleben zu müssen.

Ares führte meine Freunde von der Plattform und zurück in die Menge der Rekruten. Jasmine und Ren setzten sich neben Georgina, die ihnen die Hand reichte und sie ergriff. Solidarität. Sie würden sie brauchen. Ich hoffte, dass sie zusammenhielten, egal was passierte. Sie waren ein tolles Team.

Als Ares in den Kreis der Götter zurückkehrte, hob Zeus die Hände, bereit, mein Urteil zu sprechen. Aber ich hatte noch eine Sache zu sagen, bevor er mich verurteilte.

„Das waren keine Erdbeben, die Pecunia und New Athens zerstört haben."

Ein Gemurmel ging durch das Auditorium. Einige der Götter blickten sich an.

„Ich habe die Risse im Boden gesehen. Es sah aus, als hätte sich etwas aus der Erde gedrückt. Die Schäden beschränkten sich auf diese beiden Städte. Nirgendwo sonst gab es Schäden. So verhalten sich Erdbeben nicht."

Ich war mir sicher, dass Zeus mich zum Schweigen bringen würde, aber er schien tatsächlich an dem interessiert zu sein, was ich zu sagen hatte. Ich griff in meine Tasche und holte das goldene Seil heraus. „Ich habe das hier in meinem zu Hause in den Trümmern gefunden." Ich hielt es hoch, damit alle es sehen konnten. In der Menge gab es ein überraschtes Geflüster. „Das ist kein gewöhnliches Stück Seil. Es sieht aus wie etwas Verzaubertes. Etwas Magisches. Etwas, das einer der Götter besitzen würde.“

Das sorgte für großes Aufsehen.

Aphrodite trat vor. „Sie lügt. Sie würde alles sagen, um ihrer Strafe zu entgehen.“

„Warum hören wir uns das an?“, brüllte Ares. „Sie hat die Regeln eindeutig gebrochen. Da gibt es keinen Raum für Diskussionen.“

Ich sah, wie Hera, Apollo und Athene zustimmend nickten. Demeter, Hephaistos und Dionysos blieben stumm, was ich zu schätzen wusste. Die anderen Götter sahen gelangweilt aus. Als hätten sie heute eine Million anderer Dinge zu tun, die wichtiger waren, als mein Leben zu zerstören und mich ins Exil zu schicken.

Zeus kam auf mich zu und ergriff das Seil. Er fuhr mit den Fingern darüber und runzelte die Stirn. „Das hast du in der Erdbebenzone gefunden?“

Ich nickte.

„Das ändert nichts, Zeus.“ Aphrodite trat an ihn heran.

Er musterte die Göttin. „Ich werde entscheiden, ob es etwas ändert oder nicht.“

Mit einem Schmollmund kehrte sie auf ihren Platz im Kreis zurück.

„Melanie Richmond, du hast bewiesen, dass du einfallsreich, widerstandsfähig und furchtlos bist. Drei Eigenschaften, die ich bewundere. Diese Eigenschaften bewegen mich dazu, dir die Möglichkeit zu geben, an der Akademie zu bleiben.“

Die meisten meiner Mitschüler brachen in Jubel aus.

„Das kann nicht dein Ernst sein!“, rief Ares.

Erleichterung machte sich in mir breit. Ich konnte nicht glauben, dass ich den allmächtigen Zeus überzeugt hatte, mir eine zweite Chance zu geben. Ich begegnete den Blicken meiner Freunde und lächelte.

„Ich werde dir die Wahl lassen." Zeus wandte sich an die Menge, als wolle er sie erfreuen. „Überleb einen meiner Blitze, oder du wirst vertrieben und ins Exil geworfen."

„Nein!" Demeter stürzte nach vorne. „Das wird sie töten!"

Das Blut verließ meinen Kopf, und ich dachte, ich würde ohnmächtig werden.

Ich schaute in die Menge und sah Lucian aufstehen. „Tu's nicht, Blue", rief er.

„Nein", riefen Jasmine und Georgina. „Mel. Das ist dein Leben nicht wert!"

Ich sah meine Freunde und Lucian an. Ich wollte sie nicht vergessen. Der Gedanke daran drehte mir den Magen um. Was wäre ich ohne meine Erinnerungen an sie, an diesen Ort? Ohne zu Hause, Familie und Freunde?

Ich schluckte meine Angst hinunter und hob stolz den Kopf.

„In Ordnung. Ich werde es tun."

Kapitel 16

Lucian

Ich konnte das nicht mitansehen.

Es war falsch. Ich versuchte ins Auditorium zu stürmen - ich war mir nicht sicher, was ich tun sollte, aber ich musste etwas tun - aber Herakles, der in den Reihen mit den Studenten saß, hielt mich fest.

„Du kannst es nicht verhindern, Lucian."

„Der Blitz wird sie töten. Sie ist nicht bereit, ihn zu kontrollieren."

„Sie ist stark. Stärker als du denkst."

Zeus hob seine Arme in Richtung der murmelnden Menge, und ein Donnerschlag zischte durch die Luft. „Schweigt."

Das hielt alle vom Reden ab.

„Jeder muss Zeuge der Tapferkeit dieses Mädchens werden, wenn sie die Blitzprüfung auf sich nimmt."

Melanie ging in die Mitte der Arena und wartete. Sie sah so mutig aus. Sie war ganz allein da draußen und bereitete sich auf die gefährlichste und schwierigste Prüfung der Akademieausbildung vor. Alles in mir drängte danach, zu ihr zu gehen, ihre Hand halten, sie zu umarmen und ihr sagen, was ich wirklich für sie empfand.

„Während der Prüfung wird Melanie meine größte und mächtigste Waffe ertragen müssen, den Blitz."

Zeus klatschte in die Hände und verursachte einen weiteren lauten Donnerschlag, der durch das Auditorium hallte und alle aufspringen ließ. Der Boden bebte von der Kraft des Donners. Dann zog er seine Hände langsam auseinander. Zwischen ihnen funkelte und knisterte die Luft, bis er einen drei Meter langen, weißglühenden Blitz geformt hatte.

Ich konnte die Kraft des Blitzes spüren. Die Haare auf meinen Armen richteten sich auf.

Zeus schritt auf Melanie zu. Ihr Gesicht wurde mit jedem seiner Schritte blasser.

„Sie muss ihn aufnehmen und nicht weniger als zwei Minuten lang halten. In den letzten hundert Jahren gab es nur zehn Rekruten, die diese Prüfung bestanden haben. Und sie haben alle als Mitglieder meines Bataillons Ruhm erlangt."

Zeus drehte seine Hand zurück und stieß den Blitz vor Melanie in den Boden. Sie sprang überrascht zurück. Zeus winkte ihr mit der Hand zu. „Du darfst anfangen."

In der Arena herrschte gespannte Stille. Ich konnte nicht einfach nur dasitzen und zuschauen, also stellte ich mich neben Herakles an den Rand der Hauptbühne. Ich grub meine Fingernägel in meine Handfläche. Meine Nerven lagen blank und mir wurde übel, als Melanie einen Schritt nach vorne machte.

Sie schloss für einen Moment die Augen, hob den Kopf und ich sah, wie sich ihre Lippen bewegten. Betete sie? Das war natürlich sinnlos. Die Götter standen bereits alle in diesem Raum und keiner von ihnen würde sie retten können.

Als sie die Augen wieder öffnete, schlang sie ihre Hände um den Blitz und hob ihn auf. Ihr Gesicht verzerrte sich sofort vor Schmerz, als der Strom durch sie hindurchschoss. Im Publikum gab es mehrere schockierte Ausrufe. Ich schaute hinüber zu

Georgina und Jasmine, die sich an den Händen hielten und entsetzt zusahen, wie ihre Freundin gefoltert wurde.

Die Sekunden verstrichen und Melanie hielt den Blitz immer noch fest. Ihr Körper zitterte vor Anstrengung. Selbst von hier aus konnte ich sehen, dass ihre Hände rot geworden waren, verbrannt von der Hitze des elektrischen Stroms. Ich konnte kaum glauben, dass sie ihn immer noch hielt. Den Gesichtern der Götter nach zu urteilen, konnten sie es auch nicht glauben. Zeus sah geradezu schadenfroh aus.

Nach einer Minute wurde das Glühen des Blitzes intensiver, und Funken begannen zu sprühen, und ich fragte mich, ob Zeus das mit Absicht getan hatte. Aber sein Gesicht verriet mir, dass auch er das nicht erwartet hatte. Stirnrunzelnd ging er auf Melanie zu. Wollte er dem Ganzen ein Ende setzen?

Gerade als er nach dem Blitz greifen wollte, schossen zickzackförmige weiße Blitze an Melanies Armen hinauf. Sie öffnete den Mund und stieß einen markerschütternden Schrei aus, als sich weitere elektrische Wellen von Kopf bis Fuß um ihren Körper schlangen, bis sie von knisternden weißen Blitzen umhüllt war.

Die Schüler auf der Tribüne sprangen auf.

„Aufhören!“

„Das bringt sic um!“

Ich versuchte, mich an Herakles vorbeizudrängen, aber er hielt mich immer noch fest. Voller Entsetzen verfolgte ich, wie Melanie von den Blitzen verschlungen wurde. Doch dann sah ich, wie etwas Dunkles um sie herumwirbelte; es sah aus wie schwarzer Rauch, der aus dem Boden aufstieg. Der Raum vermischte sich mit dem elektrischen Strom und umgab ihren Körper.

Demeter brach aus der Reihe und lief auf Zeus zu. „Mach dem Ganzen ein Ende. Und zwar sofort. Du hast deine Macht bewiesen."

Selbst Hephaistos und Dionysos eilten herbei.

Zeus griff mit einer Hand nach dem Blitz und riss ihn aus Melanies Griff. In der Sekunde, in der das geschah, fiel sie zu Boden wie eine Marionette ohne Fäden.

Apollo verließ sofort den Kreis und setzte sich neben Melanie. Ich konnte sehen, wie er ihren Puls am Hals überprüfte und dann ihr Handgelenk nahm.

Ich kämpfte erneut mit Herakles. „Lass mich los." Wenn Apollo sagte, sie sei tot, würde ich jemandem wehtun. Vermutlich Zeus.

„Sie ist am Leben", verkündete Apollo.

„Sie hat es geschafft", rief jemand aus der Menge. „Sie hat ihn über zwei Minuten gehalten."

Es gab ein paar Beifallsbekundungen und vereinzelte Klatscher, aber im Großen und Ganzen waren alle ein wenig fassungslos über das, was wir gerade erlebt hatten. Ich war mir nicht sicher, wie ich diese Prozedur nennen sollte. Es war angeblich eine Prüfung, aber es fühlte sich eher wie eine körperliche Bestrafung an.

Herakles klopfte mir auf den Rücken, aber nicht so fest wie sonst. „Siehst du? Sie ist stark."

„Sie hätte sterben können, Herakles."

Sein Lächeln verblasste, und er beugte sich zu meinem Ohr. „Es war eine Warnung. Du und deine Freunde würden gut daran tun, sie zu beherzigen." Er entfernte sich von mir.

„Bringt sie in die Krankenstation", sagte Zeus.

Chiron drängte sich durch die Menschenmenge. Mit seiner Größe von fast sieben Fuß war der Zentaur sehr imposant.

Apollo nahm Melanie in seine Arme und legte sie ganz sanft auf Chirons Rücken, dann verließen sie gemeinsam das Auditorium.

„Der Unterricht fällt heute aus“, sagte Zeus. „Kehrt in eure Schlafsäle zurück.“

Es herrschte ein ziemliches Chaos, als Rekruten, Götter und andere aus dem Auditorium strömten. Ich holte Georgina, Jasmine und Ren ein, als sie durch die Haupttüren hinausgingen.

„Glaubst du, dass sie uns zu ihr lassen werden?“, fragte Georgina.

Jasmine schüttelte den Kopf. Sie sah erschöpft aus. „Das bezweifle ich.“

„Ich kann nicht glauben, dass das gerade passiert ist.“ Ren rieb sich den Mund, dann wurde seine Stimme leiser. „Es war fast so, als wollten die Götter sie umbringen.“

Ich sah jeden von ihnen an und überlegte, ob ich ihnen sagen sollte, was Herakles zu mir gesagt hatte. „Ich glaube, wir müssen von nun an vorsichtig sein und dürfen niemandem mehr trauen.“

„Wer, glaubst du, hat uns verpfiffen?“, fragte Jasmine hölzern. Ich nahm an, dass sie mich verdächtigte.

„Ich weiß es nicht, aber ich werde es auf jeden Fall herausfinden.“

Sie nickte mir zu, und ich hoffte, das bedeutete, dass sie mir glaubte.

„Jasmine!“

Eine Stimme ertönte hinter uns. Jasmine drehte sich gerade um, als Mia sich durch ein paar Leute drängte und sich auf das andere Mädchen stürzte. Sie schlang ihre Arme um Jasmine und drückte sie fest an sich.

„Ich hatte solche Angst. Ich dachte, du wärst...“

„Mir geht es gut, Mia.“ Sie schenkte ihrer Freundin ein sanftes Lächeln.

Wir gingen gemeinsam durch den Korridor, und als wir um die Ecke bogen, um zum Hauptfoyer und der Treppe zu den Schlafsälen zu gelangen, stand dort Dionysos an die Wand gelehnt.

„Lucian, Kumpel, wir müssen uns unterhalten."

Ren warf mir einen besorgten Blick zu, aber ich winkte ab. „Geht ihr schon mal vor. Ich komme nach."

„Lass uns in mein Büro gehen."

Ich folgte Dionysos eine weitere Halle hinunter, eine Treppe hinauf, dann einen weiteren leeren Korridor hinunter, bis er vor einer verzierten Holztür stehen blieb. Alle Schnitzereien zeigten ihn tanzend oder singend oder bei irgendwelchen anzüglichen Aktivitäten. Er öffnete die Tür und wir traten ein.

Sein Büro war dunkel und vollgestopft mit allen möglichen Dingen: mit Samt bezogene Stühle, runde Holztische, auf denen sich Gläser und kleine Kisten stapelten, Stapel von Büchern und Schriftrollen, Regale voller Flaschen mit verschiedenfarbigen Flüssigkeiten und Kräutern und anderen pflanzlichen Dingen, die fürchterlich rochen. Er bedeutete mir, mich auf einen der Stühle zu setzen, und setzte sich selbst hinter einen sehr schwer aussehenden Mahagonischreibtisch. Er lehnte sich in seinem Stuhl zurück und legte seine Füße auf den Schreibtisch. Auf dem Schreibtisch stand eine Wasserpfeife, und er nahm einen Zug. Er bot mir auch einen Zug an, aber ich schüttelte den Kopf.

„Also, das war schon was", sagte der Gott.

„Ich habe niemandem von deiner Hilfe erzählt, falls du dich das fragst."

Er nickte. „Gut. Ich möchte nicht gequält werden wie deine Freundin Melanie." Er verzog das Gesicht. „Sie hat sich aber gut geschlagen. Sie hat Zeus komplett überrascht."

„Jemand hat uns aber verpfiffen."

Seine Augen verengten sich. „Und du fragst dich, ob ich es war?“ Er nahm seine Füße vom Schreibtisch und lehnte sich zu mir heran. „Ich kann dir versichern, Kumpel, das wäre das Letzte, was ich tun würde. Glaubst du wirklich, dass wir nicht alle mit der gleichen eisernen Faust regiert werden? Zeus liebt seine Macht und wendet sie gerne an. Ob auf Menschen, Götter oder Halbgötter spielt keine Rolle.“

Er verstummte. So als habe er zu viel gesagt.

„Hör zu, es tut mir wirklich leid, was mit deiner Freundin passiert ist. Es war schrecklich, das mit anzusehen. Aber sie wird sich erholen. Chiron ist ein fantastischer Arzt. Und mit meinen Tränken wird sie im Nu wieder auf den Beinen sein.“

„Ich möchte sie sehen.“

Er legte eine Hand auf seine Brust. „Das wird nicht gehen.“

Ich warf ihm einen Blick zu. „Wie komme ich in die Krankenstation?“

„Du gehst jetzt besser.“ Er winkte mit einer Hand zur Tür.

„Ich gehe erst, wenn du mir sagst, wie ich Melanie sehen kann.“

Er öffnete den Mund und stieß einen Seufzer aus. „Du wirst mich noch ins Grab bringen“, beklagte er sich.

„Du bist unsterblich.“

Er winkte ab. „Das ist eine Redewendung, die ausdrücken soll, wie nervig du bist.“ Doch er lachte. Dann stand er auf und ging zu einem der Regale hinter dem Schreibtisch. Als er zurückkam, hatte er einen silbernen Flachmann in der Hand. Er reichte ihn mir. „Gib das Chiron. Damit verschaffst du dir ein paar Minuten mit ihr.“

Ich steckte den Flachmann in meine Tasche und verließ sein Büro. Bevor ich zur Krankenstation ging, schlich ich mich in die Küche und stahl einen Schokoladenkuchen. Ich wickelte ihn sorgfältig ein und steckte ihn in meine vordere Jackentasche. Als ich in der Krankenstation ankam, war in der Nähe eine Menge los, also musste ich warten. Zeus, Hephaistos, Demeter, Ares und Aphrodite kamen und gingen und stritten die ganze Zeit miteinander. Nachdem sich der Korridor geleert hatte, ging ich schnell zur Haupttür des Krankenzimmers. Ich wollte gerade hineinschlüpfen, als ich eine große Präsenz hinter mir spürte.

Ich wirbelte herum und stand Chiron Auge in Auge gegenüber.

„Was machst du denn hier? Du solltest in deinem Schlafsaal sein. Ich gebe dir fünf Minuten, um zu verschwinden, ehe ich...“

Ich schob ihm den Flachmann zu. „Dionysos sendet seine Grüße.“

Seine Augen verengten sich. Zuerst dachte ich, dass er den Flachmann nicht nehmen würde, aber dann riss er ihn mir aus den Fingern. Er öffnete ihn und schnupperte an dem, was darin war. „Du hast zehn Minuten.“

Ich betrat den düsteren Raum; das einzige Licht kam von ein paar Lampen, die in den Wandleuchtern flackerten. Es gab zwanzig kleine Betten in zwei Reihen, eines auf jeder Seite des Raumes. Sie waren alle leer, bis auf eines. Ich konnte Melanies blaues Haar sehen, das auf dem weißen Kissen ausgebreitet war.

Sie lag auf dem Rücken und hatte die Augen geschlossen. Ich nahm die aschfahle Haut und die Hohlheit ihrer Wangen wahr und mein Magen krampfte sich zusammen. Als ich mich auf der Bettkante niederließ, blinzelten ihre Augen auf.

„Hey, Blue.“

„Hey.“ Ihre Stimme war heiser und sie zog eine Grimasse.

Ich nahm den Becher mit Wasser, der auf dem Tisch neben ihrem Bett stand, und bog ihr den Strohhalm zurecht, damit sie einen Schluck nehmen konnte.

Als sie sich aufsetzte, fiel das Laken von ihrem Hals und ihrer Schulter, und ich sah die roten, faltigen Narben, die sich über ihre Haut verzweigten. Sie sahen aus wie spinnennetzartige Blitze auf ihrem Körper. Eine Welle der Kälte durchströmte mich. Ich hatte Mühe zu schlucken.

„Oh, Blue..." Mir fehlten die Worte.

Sie hob ihren Arm, um mir mehr von den Narben zu zeigen, die sich von ihrer Schulter bis zu ihrem Handgelenk schlängelten. „Mir wurde gesagt, dass sie dauerhaft sein werden." Ihre Stimme knackte ein wenig, und sie leckte sich über die Lippen. „Ich schätze, ich passe jetzt gut zu den Monstern hier."

„Du bist kein Monster." Ich wickelte eine Strähne ihres Haares um meinen Finger und zog spielerisch daran. „Du bist immer noch wunderschön."

Das brachte sie zum Lächeln.

„Es tut mir leid, dass du das durchmachen musstest."

Sie schnaubte und zog dann eine Grimasse. „Ja, so hatte ich mir den Beginn meines Tages nicht vorgestellt."

„Konntest du herausfinden, was mit deiner Adoptivmutter passiert ist?"

Sie schluckte und ein paar Tränen kullerten über ihre Wangen. „Sie hat es nicht raus geschafft."

„Oh Blue, das tut mir so leid."

Ich griff nach oben und wischte ihre Tränen mit meinem Daumen weg. Ich wünschte, ich könnte all ihren Schmerz genauso wegwischen. Aber ich wusste, dass das unmöglich war.

Ich griff in meine Jackentasche und holte den Kuchen heraus; er war jetzt ganz zerdrückt. Ich wickelte ihn für sie aus. „Für dich."

Sie nahm ihn mir ab. „Danke. Ich bin am Verhungern.“ Sie nahm einen großen Bissen und der Zuckerguss blieb an ihrem Mundrand kleben.

Kichernd wischte ich die Schokoladenglasur mit meinem Daumen ab und ließ meine Hand etwas länger verweilen, als wahrscheinlich klug war. Ich leckte den Zuckerguss von meinem Daumen ab, obwohl ich sie am liebsten lange und intensiv geküsst hätte.

Wir sahen uns in die Augen, und für einen Moment war alles vergessen. Ich beugte mich zu ihrem Mund hinunter und wollte gerade meine Lippen mit ihren berühren, als Chiron an der Tür hustete.

„Zeit zu gehen, Romeo.“

Erschrocken stand ich auf und stieß gegen ihr Bett. Sie schnitt eine Grimasse.

„Es tut mir leid“, entschuldigte ich mich.

Sie gluckste. „Schon in Ordnung.“

„Wir sehen uns später, ja?“

Melanie ergriff meine Hand. „Danke, Lucian. Dafür, dass du mir geholfen hast, rauszukommen. Das bedeutet mir sehr viel.“

„Gern geschehen. Erhol dich einfach. Der Nahkampf wird nicht dasselbe sein ohne dich als Sparringspartner.“

Ich verließ die Krankenstation mit Gefühlen der Freude und Verzweiflung zugleich. Meine Gefühle für Melanie waren so durcheinander, dass ich nicht wusste, was ich tun sollte. Aber, was ich mit Sicherheit wusste, war, dass ich sie mochte. Mehr als ich je für möglich gehalten hätte.

Und das machte mir mehr Angst als jede Prüfung der Götter.

Kapitel 17

Melanie

Ich verbrachte vierzehn Tage auf der Krankenstation, bevor Chiron sagte, ich sei fit genug, um in mein Wohnheim zurückzukehren und meine Ausbildung fortzusetzen.

Vierzehn Tage mit extremer Langeweile und fadem, unappetitlichem Essen. Ich durfte nur ein paar Stunden am Tag Besuch empfangen und war dankbar für die Snacks, die meine Freunde für mich hereinschmuggelten.

Die ersten drei Tage lag ich im Bett, unfähig, mich viel zu bewegen. Während dieser Zeit war ich größtenteils betäubt, während Chiron versuchte, die Wunden zu heilen, die sich über einen Großteil meines Körpers zogen. Schmerz war in diesen Tagen mein ständiger Begleiter gewesen.

Danach war ich immerhin in der Lage, mich aufzusetzen, zu sprechen, zu essen und Besucher zu empfangen.

Als Jasmine mich das erste Mal mit meinen brandneuen Narben sah, weinte sie. Georgina war ein bisschen zurückhaltender, aber nicht viel. Ren sagte mir, ich sähe knallhart aus. Und Lucian sagte mir, als er sich nach Feierabend hereinschlich, wie schön ich sei.

Ich bekam auch Besuch von Demeter; sie brachte mir Bücher zum Lesen, und einmal tauchte Hephaistos auf, grunzte mich an und prüfte meine Hände, um sicherzugehen, dass sie nicht allzu sehr beschädigt waren und ich noch mit Feuer arbeiten konnte.

In der Zeit, in der ich schlafen konnte, versuchte ich, so viel Schlaf wie möglich zu bekommen, da ich völlig erschöpft war und mein ganzer Körper schmerzte. Aber das war schwer, vor allem, weil ich, wenn ich die Augen schloss, immer wieder den Trümmerhaufen sah, der einmal mein Haus gewesen war, und die Stimme des Polizisten hörte, der sagte, er habe eine Leiche gefunden. Die Untätigkeit gab mir zu viel Zeit zum Nachdenken. Zu viel Zeit, um zu weinen.

Als ich schließlich in den Unterricht zurückkehrte, hatte ich keine Tränen mehr übrig.

Mein erster Kurs nach meiner Rückkehr war Elemente. Als ich die Ausbildungsstätte betrat, gab es viele Blicke auf mein neu erworbenes Ganzkörpernetz von Narben und Getuschel. Aber zu meiner Überraschung folgten auch einige anerkennende Blicke, sogar von Leuten, von denen ich definitiv keine Anerkennung erwartet hatte.

Diego kam etwas verlegen auf mich zu. „Hey Melanie, ich wollte nur sagen, dass das, was du mit dem Blitz gemacht hast, echt krass war.“

„Danke, Diego.“

Er reichte mir seine Hand und ich schüttelte sie. „Und ich mag deine Narben.“

Als er zu seiner Gruppe am Wassertank zurückkehrte, fiel mein Blick auf Lucian, und ich fragte mich, ob er sich mit seinem Freund unterhalten hatte. Er schenkte mir ein verschmitztes Grinsen, und ich erwiderte es, wobei mein Herz ein wenig flatterte.

„Keine Zeit für Glotzaugen, Mädchen.“ Ich zuckte zurück, als Hephaistos mir mit der Eisenzange in den Bauch stieß. „Du bist an der Reihe, ein paar Feuerbälle zu machen; du bist wegen deines Urlaubs mit deiner Ausbildung im Rückstand.“

Ich öffnete den Mund, um gegen das Wort „Urlaub“ zu protestieren. Aber er schüttelte den Kopf. „Ich will keine deiner Ausreden hören.“

„Als gut.“ Ich ging zur Hauptfeuerstelle, wo die Flammen fünf Fuß hoch in die Luft züngelten.

Ich hob meine Hände und zögerte, sie zum Feuer hin auszustrecken. Manchmal taten meine Hände immer noch weh, wenn ich sie zu sehr benutzte. Chiron hatte mir eine Salbe gegeben, und sie heilten, aber ab und zu verpassten sie mir einen stechenden Schmerz.

Ich atmete tief ein, öffnete meine Hände und streckte sie in Richtung der Feuerstelle aus. Sofort tanzten die Flammen auf mich zu, als ob sie mich begrüßen würden. Ich lächelte und lockte die Flammen zu mir, bis sich die Ranken um meine Finger schlangen.

Jasmine und Georgina, die in der Nähe waren und zusahen, schnappten überrascht nach Luft, als ich das Feuer in meine Hände aufnahm. Ich bewegte die Flammen herum, streichelte die Flammen und formte sie in die gewünschte Form. Ich machte weiter, bis ich eine Feuerkugel von der Größe eines Basketballs zwischen meinen Handflächen hielt. Ich schaute Hephaistos über die glühende rote Kugel hinweg an.

Ich sah, wie sich seine Lippen zu einem Lächeln verzogen, aber dann wandte er sich sofort ab und betrachtete stirnrunzelnd etwas, das jemand anderes tat. Ich konnte bei ihm einfach nicht gewinnen.

Zufrieden mit dem Ergebnis meiner Arbeit ließ ich den Ball in meinen Händen hüpfen und wünschte, ich könnte ihn auf etwas werfen. Oder jemanden. Ein potentielles Ziel starrte mich von der anderen Seite der Anlage aus an.

Revana würde nicht eher zufrieden sein, bis ich entweder von der Schule verwiesen wurde oder tot war. Ich wollte sie fragen: „War meine Folter nicht genug für dich?“ Offensichtlich nicht, denn ihr Blick war hasserfüllt.

Dann fiel ihr Blick auf Lucian, und ich begriff.

Sie war eifersüchtig.

Als wir die Stationen wechselten, um mit Schatten zu arbeiten, kamen Lucians Gruppe und meine Gruppe aneinander vorbei. Lucian packte mich am Arm und zog mich von der Gruppe weg.

„Ich wollte das eigentlich schon vorher erwähnen, und ich hätte es wahrscheinlich auch tun sollen ...“

„Jetzt machst du mich neugierig.“

Er sprach schnell. „Als du durch deine Prüfung gingst und der Blitz dich umhüllte, sah ich... nun, ich glaube, ich sah einen Schatten, der dich beschützte. Der eine Art Barriere zwischen dir und dem Blitz errichtet hat.“

Ich runzelte die Stirn. „Du denkst, Erebus hat mich irgendwie beschützt?“

Er zuckte mit den Schultern. „Ich weiß es nicht. Ich erzähle dir nur, was ich gesehen habe.“ Er strich mit seiner Hand über meinen Arm, dann kehrte er zu seiner Gruppe zurück, und ich ging zu meiner.

Erebus materialisierte sich vor uns. Heute trug er einen Zylinder und einen schwarzen Stock mit silberner Spitze.

„Willkommen zurück, Melanie.“ Er machte eine kleine Verbeugung.

Ich presste meine Lippen zu einem fiktiven Lächeln zusammen. Ich war mir nicht sicher, ob er aufrichtig oder herablassend war.

„Heute werden wir lernen, wie man Schatten manipuliert, sie kontrolliert, anstatt sich nur mit ihnen zu tarnen.“

Er streckte seine rechte Hand aus, und nach ein paar Sekunden schlängelten sich Ranken der Dunkelheit um seine Finger, dann ließ er seine Hand vor sich kreisen, und der schwarze Rauch bildete eine Schleife in der Luft. Schließlich schnippte er mit der Hand zu mir, und die Rauchschleife wickelte sich um mein Handgelenk. Erebus schnippte mit der Hand nach hinten, und ich wurde an meinem Arm nach vorne gezerrt. Er hatte mich mit einem Seil aus Schatten eingefangen.

Alle lachten, als ich nach vorne stolperte.

Erebus schloss seine Hand, und das Schattenseil verschwand und gab mich frei. „Bildet Paare und übt. Zuerst erschafft ihr ein Schattenseil, dann versucht ihr, euren Partner damit zu fangen.“ Da wir nur einen knappen Meter voneinander entfernt waren, wandte er sich an mich. „Du wirst meine Partnerin sein, Melanie.“

Beinahe hätte ich ein verärgertes Stöhnen von mir gegeben, aber ich konnte es unterdrücken. Ich schaute zu Jasmine und Georgina hinüber. Sie warfen mir beide besorgte Blicke zu, und ich zuckte mit den Schultern. Ich konnte nichts dagegen tun.

Ich stand Erebus gegenüber. Er schenkte mir ein unheimliches Lächeln, als ich meine Hand hob und sie durch die Schatten bewegte, die um uns herum wirbelten. Innerhalb von Sekunden gelang es mir, die Dunkelheit mit meinen Fingern zu manipulieren und einen Kreis in der Luft zu bilden.

Erebus nickte. „Nicht schlecht. Du kommst mit Schatten gut zurecht, denke ich.“

Das Werfen war jedoch eine ganz andere Sache. Jedes Mal, wenn ich meine Hand nach vorne schleuderte, löste sich das Rauchseil auf, und ich musste wieder von vorne anfangen.

Unter Erebus' Adlerauge erschuf ich ein neues Seil, und diesmal gelang es mir, es um seinen Arm zu wickeln. Am liebsten hätte ich meine Faust triumphierend in die Luft gestoßen. Stattdessen zog ich an dem Seil und bewegte Erebus nach vorne.

Er lächelte und klopfte mit seinem Stock auf den Boden; wir waren plötzlich völlig in Dunkelheit gehüllt, und er war jetzt nur ein paar Zentimeter entfernt. Er packte mich fest am Arm.

„Wer hat dich gerettet?“, fragte er plötzlich.

Ich riss die Augen auf. „Ich ... ich weiß nicht, wovon du sprichst.“

„Während der Prüfung. Ich habe gesehen, wie die Schatten dich beschützten. Ohne sie wärst du gestorben.“

Ich versuchte, mich von ihm zu lösen, aber sein Griff war fest. Seine Finger gruben sich tief in mein Fleisch. „Ich weiß nicht, wovon du sprichst“, wiederholte ich.

Doch das tat ich. Lucian hatte gerade das Gleiche erwähnt. Er hatte vermutet, dass Erebus derjenige war, der mich gerettet hatte, aber das war offensichtlich nicht der Fall. Wer war es dann?

„Du wirst beschützt, so viel ist klar.“ Seine Hand legte sich fester um meinen Arm. „Aber verstehe eines, Melanie Richmond, eine solche Art von Schutz hat ihren Preis.“

Es gelang mir, mich aus seinem Griff zu befreien, dann verschwanden die Schatten, und wir waren wieder sichtbar. Aufgeregt schaute ich mich nach den anderen um, aber sie waren zu beschäftigt damit, einander gegenseitig mit dem Lasso einzufangen, als dass sie unser Verschwinden bemerkt hätten.

Nach dem Unterricht war ich mir nicht sicher, ob ich Jasmine und Georgina erzählen sollte, was passiert war. Lucian würde ich es auf jeden Fall erzählen. Doch zuerst wurden wir zu unserer nächsten Stunde geführt. Die Kunst des Fliegens, eine spezielle Lektion des Transformationstrainings.

Das Training sollte draußen stattfinden, und der Grund dafür wurde mir sofort klar, als Hermes mit großen, goldenen Flügeln einflog und vor uns auf dem Feld landete.

„Guten Tag. Willkommen in der Flugklasse." Lächelnd sah er alle an. Von allen Göttern war Hermes der freundlichste. Er sah nicht viel älter aus als wir, und er trug immer ein zugeknöpftes Hemd, das in eine khakifarbene Hose gesteckt war, und eine Fliege. Sein dunkelbraunes Haar sah immer ein wenig widerspenstig aus, und er steckte es sich ständig hinter die Ohren.

„Heute werde ich euch das Fliegen beibringen. Ich weiß, dass dies ein unmögliches Unterfangen zu sein scheint, aber ich versichere euch, dass es für jeden einzelnen von euch möglich ist. Ihr seid aus einem bestimmten Grund hier an dieser Akademie. Weil in euren Adern das Blut der Götter fließt. Und dadurch werdet ihr in der Lage sein zu fliegen."

Hermes kam zu uns aufs Feld, und ich wurde ein bisschen nervös.

„Fliegen lernen ist wirklich ganz einfach..." Hermes ging umher, packte Diego und flog mit ihm in Himmel.

Diegos Gesichtsausdruck wurde panisch und ich hätte gelacht, wenn Hermes ihn nicht dreihundert Fuß hoch in die Luft getragen hätte. Mein Magen drehte sich um, als ich zu ihnen hinaufblickte. Nicht wenige hielten die Luft an.

„Die Angst zu fallen behindert unsere Fähigkeit zu fliegen." Hermes Stimme dröhnte von oben zu uns herab. „Also müssen wir diese Angst besiegen."

Dann ließ er Diego fallen.

Diegos Schreie hallten über das Feld. Ich riss die Augen auf und legte eine Hand auf den Mund. Doch bevor Diego auf dem Boden aufschlug, war Hermes zur Stelle. Er fing ihn mühelos auf und stellte ihn dann wieder auf die Beine. Diego beugte sich vor und erbrach sich ins Gras.

Hermes strahlte uns an. „Wer will es als Nächstes versuchen?"

Wir blickten einander nervös an. Dann schoss Lucians Arm in die Höhe. „Ich!"

„Ausgezeichnet."

Hermes packte Lucian, und sie schossen in die Luft. Mein Herz schlug mir bis zum Hals, als ich ihn so hoch oben sah. Dann ließ Hermes Lucian fallen, und ich musste mir Mühe geben, nicht die Augen zusammenzukneifen.

Kurz bevor Lucian auf dem Boden aufschlug, schossen rubinrote Flügel aus seinen Schulterblättern hervor, und er schwebte in der Luft. Er hing zehn Fuß über uns und sah aus wie ein Gott. Ein prächtiger Gott, der mir den Atem raubte.

Hermes flog herunter und schwebte neben ihm. „Gut gemacht, Lucian!" Er strahlte ihn an. „Wer jetzt?"

Mehrere Hände schossen in die Luft.

Einer nach dem anderen stieg mit Hermes in den Himmel auf und kam mit Flügeln wieder herunter. Einige brauchten ein paar Versuche, aber schließlich hatte jeder rubinrote Flügel, sogar Revana, die dadurch bedauerlicherweise wie eine umwerfende Göttin aussah.

Ich war als Letztes an der Reihe. Ich mochte Höhen nicht.

Hermes trat auf mich zu. „Nun, jetzt oder nie."

Jasmine berührte meine Schulter. „Du schaffst das, Mel. Es ist einfacher, als es aussieht. Ehrlich."

Ich wollte ihr nicht widersprechen, also blieb ich stumm.

Hermes packte mich an den Armen und ließ uns in die Luft fliegen. Mir wurde flau im Magen, und einen Moment lang dachte ich, ich müsste mich übergeben. Aber ich riss mich zusammen und konzentrierte meinen Blick auf Hermes und nicht auf den harten Boden und die plötzliche erdrückend nahe Todesgefahr.

„Bist du bereit?"

Ich schüttelte den Kopf. „Nein."

„Gut. Das der perfekte Zeitpunkt."

Er ließ mich los.

Ich kniff die Augen zusammen, um den Boden nicht zu sehen, und dachte ans Fliegen. Wie cool das sein würde. Wie toll ich wäre, wenn ich herumfliegen würde. Wie viel Spaß es mir machen würde.

Ich dachte, ich würde nur wenige Sekunden brauchen, um den Boden zu erreichen. Aber irgendwie kam er nicht.

Dann hörte ich ein lautes Keuchen unter mir.

„Bei den Göttern!"

„Wahnsinn!"

„Mel! Du bist atemberaubend."

Langsam öffnete ich meine Augen. Ich lag nicht wie ein Pfannkuchen auf dem Boden, sondern schwebte in der Luft. Ich spürte den Wind, der von hinten und an meinen Wangen entlang wehte. Ich schaute auf die Gesichter hinunter, die mich anglotzten, und fragte mich, warum alle so fassungslos aussahen.

Hermes landete auf dem Boden, griff nach meinem Fuß und zerrte mich nach unten. „Komm runter. Sofort."

Überrascht von der Besorgnis in seiner Stimme, schlug ich einmal mit den Flügeln und ließ mich dann auf dem Boden nieder. Er eilte hinter mich und berührte meinen Rücken.

Ich sah zu Lucian. „Was ist denn los?"

Sein Lächeln war riesengroß. „Deine Flügel, Blue. Sieh dir deine Flügel an."

Ich drehte den Kopf und schaute über meine Schulter, um riesige, luxuriös schwarze Flügel zu sehen, die aus meinen Schulterblättern ragten. Schwarz, nicht rot wie die der anderen.

Hermes berührte mich sanft. „Du bleibst hier." Er wandte sich an die Gruppe. „Alle anderen kehrt sofort in die Schule zurück."

Dann schoss Hermes in die Höhe und flog auf das äußere Gebäude zu.

Ich sah Jasmine, Georgina, Ren und Lucian an und flehte sie mit den Augen an, bei mir zu bleiben, aber sie hatten keine andere Wahl, als zu gehen. Ich hörte einige Bemerkungen, als meine Mitschüler in die Schule zurückkehrten.

„Was bedeuten schwarze Flügel?"

„Das heißt, mit ihr stimmt etwas nicht."

Ich erkannte diese Stimme sofort. Revana hatte offensichtlich Spaß an der Sache.

Einige Minuten später kehrte Hermes mit Zeus und Aphrodite zurück, die auf goldenen Flügeln heranflogen.

In dem Moment, als Aphrodite mich sah, holte sie tief Luft. „Grotesk!", rief sie.

Zeus ging um mich herum, stupste mich am Rücken an und strich mit den Fingern über meine Federn. Nach einigem aufdringlichen Stochern und Drängeln stand Zeus vor mir. „Du kannst deine Flügel jetzt einziehen."

Ich tat es, und das Gefühl, als sie sich in meinem Körper zurückzogen, ließ mich erschaudern.

„Warum habe ich schwarze Flügel?", fragte ich den Göttervater. „Ist es wirklich so schlimm? Bin ich krank?"

Er schüttelte den Kopf. „Nein, du bist nicht krank."

„Was dann? Habe ich etwas falsch gemacht?"

Die Götter tauschten einen Blick. „Wir müssen das im Rat besprechen“, sagte Zeus.

„Was ist denn los?!“, fragte ich.

„Ich bin mir nicht sicher“, gestand der Göttervater.

„Aber …“

Sie gaben mir keine weiteren Antworten, sondern verschwanden stattdessen.

Ich blieb allein zurück. Sollte ich zurück zur Schule gehen? Nein, ich entschied mich stattdessen auf das Schulgelände hinauszugehen. Ich wollte nicht mit einer Million Fragen bombardiert werden, auf die ich keine Antwort hatte. Ich brauchte etwas Zeit für mich, um nachzudenken. Es musste doch einen logischen Grund geben, warum ich schwarze Flügel hatte und alle anderen rote.

Vielleicht hatte es etwas mit dem zu tun, was ich während der Blitzprüfung durchgemacht hatte.

Kapitel 18

Melanie

Ich wusste nicht so recht, wohin ich gehen sollte, bis ich um die Ecke der Akademie bog und das große Heckenlabyrinth entdeckte. Niemand würde auf die Idee kommen, mich dort zu suchen. Ich hatte das Labyrinth schon einmal mit Georgina und Jasmine durchquert; doch allein war es schwieriger. Ich lief in drei Sackgassen, bevor ich den Weg in die Mitte fand.

In dem Moment, als ich den weißen Holzpavillon in der Mitte sah, hörte ich klassische Musik. Als ich näher kam, entdeckte ich einen Mann in einer dunkelvioletten Anzugsjacke, der im Inneren des Pavillons saß und auf einer Gitarre spielte.

Er sah auf und lächelte, als ich mich näherte. „Hallo, Melanie."

„Hallo?" Ich hatte ihn definitiv noch nie gesehen. Ich hätte mich bestimmt an ihn erinnert, denn er sah auffallend gut aus, mit scharfen Wangenknochen, einem kräftigen Kiefer und großen, dunklen Augen. Er hatte auch dunkles Haar, das ihm verwegen über die Stirn fiel.

„Wie geht es dir?", fragte er mich, als seien wir alte Bekannte.

Ich setzte mich auf die Bank ihm gegenüber. „Nicht so gut. Heute war irgendwie seltsam." Ich legte den Kopf schief und musterte ihn. „Wer bist du überhaupt?"

Er hörte auf zu spielen und begegnete meinem Blick. „Ich bin Hades. Du hast sicher von mir gehört."

Obwohl ich nicht wollte, dass er meine Überraschung sah, konnte ich nicht verhindern, dass sich meine Augen weiteten. Ein kleiner Adrenalinstoß schoss durch meinen Körper. Hades war eine Legende. Der Herrscher über die Unterwelt hatte einen gewissen Ruf. Ich war überrascht, ihn hier zu sehen, denn ich hatte nicht geglaubt, dass er in der Akademie willkommen war.

„Was machst du hier?“ Ich deutete in Richtung des Pavillons.

„Ich spiele ein bisschen Gitarre und entspanne mich. Ich komme gerne hierher, wenn niemand da ist.“ Er strich mit dem Daumen über die Saiten. Der Klang vibrierte auf meiner Haut und ließ mich erschaudern. „Und was machst du hier? Läufst du davon?“

Ich schüttelte den Kopf. „Ich brauche nur etwas Zeit für mich, um nachzudenken.“

„Worüber?“

Ich schnaubte. „Du stellst eine Menge Fragen.“

„Ich bin ein neugieriger Gott.“ Hades grinste.

Nun. Ich musste mit jemandem darüber sprechen. Also warum nicht mit dem Gott der Unterwelt?

„Mir sind während des Flugunterrichts bei Hermes schwarze Flügel gewachsen.“

Hades lachte. „Oh, ich wette, Hermes hat den Verstand verloren, nicht wahr?“

Ich verzog das Gesicht. „Vielleicht ein bisschen.“

„Dann flog er los, um den alten Zeus und wen auch immer zu holen, um sich über diesen schockierenden Vorfall zu beraten, darauf wette ich.“

„Ja“, sagte ich. „Genau so war es.“

Hades schüttelte den Kopf. „Typisch. Und ich kann mir vorstellen, dass sie dir nicht gesagt haben, worum es geht.“

Ich nickte.

„Deshalb war ich nie Teil der Akademie. Weil ich die Wahrheit sage. Ich verstecke sie nicht.“

Ich wurde hellhörig und lehnte mich ein wenig vor. „Und was ist die Wahrheit?“

„Dass du anders bist“, sagte Hades. „Und es ist gut, dass du es bist.“ Er spielte ein paar Töne. „Sie haben Angst vor Andersartigkeit. Denn sie bringt ihren Status quo durcheinander.“

Ich musterte ihn, unsicher, ob er mir einen Haufen Unsinn erzählte. Obwohl er genaugenommen keinen Grund dazu hatte. Er war ja nicht einmal Teil der Akademie.

„Du solltest akzeptieren, dass du so bist Melanie. Dass du nicht in ihre Normen passt, macht dich besonders und stark.“

„Blue? Bist du hier?“

Ich blickte auf und sah Lucian auf den Pavillon zugehen. Er lächelte, als er mich sah.

„Woher wusstest du, dass ich hier bin?“, fragte ich.

„Ich bin nicht zurück in die Schlafsäle gegangen, sondern habe auf dem Gelände auf dich gewartet. Ich habe gesehen, wie du zum Labyrinth rübergelaufen bist.“

Ich drehte mich um, um ihm Hades vorzustellen, aber der Gott der Unterwelt war verschwunden. Ich hatte nicht einmal gesehen, wie er gegangen war.

„Was machst du denn hier draußen?“, fragte Lucian.

Ich zuckte die Schultern. „Ich war spazieren und dann habe ich mit Hades gesprochen.“

Stirnrunzelnd ließ Lucian seinen Blick über den Pavillon schweifen. „Hades?“

„Ja, er saß da und spielte auf seiner Gitarre.“ Ich zeigte auf die Bank. „Wir haben über die Akademie und meine schwarzen Flügel gesprochen.“

Lucian setzte sich auf die Bank neben mir. „Blue, ich habe niemanden sonst gesehen, als ich um die Ecke kam. Nur dich.“

Ich schnitt eine Grimasse. „Er war genau dort.“ Ich deutete auf die Bank.

„Es tut mir leid, aber das ist unmöglich. Es ist ihm nicht erlaubt, das Schulgelände zu betreten. Irgendwelche magischen Barrieren halten ihn davon ab.“

Ich schüttelte den Kopf. Das konnte nicht stimmen. Er war hier gewesen. Ich hatte mit ihm gesprochen. Das war kein Hirngespinst gewesen. Aber vielleicht sollte ich das Thema nicht auf die Spitze treiben. Ich wollte nicht, dass Lucian dachte, ich sei noch verrückter, als ich es wirklich war.

„Vielleicht bist du noch müde von der Blitzprüfung. Ich kann nicht glauben, dass du nach so etwas noch herumläufst.“ Er stand auf und kam auf mich zu. „Und heute war...“

„Schrecklich?“

„Ich wollte sagen, außergewöhnlich. Du hast schwarze Flügel. Das ist verdammt cool.“

Ich schnitt eine Grimasse. „Es ist nicht cool. Es ist seltsam. Zeus und die anderen haben mich begutachtet, als wäre ich ein wissenschaftliches Experiment.“

Er ergriff meine Hand. „Es ist nicht seltsam. Du bist nicht seltsam. Du bist ... etwas Besonderes.“

Die Worte von Hades gingen mir wieder durch den Kopf. Was war denn so besonders an mir?

„Die anderen halten mich für seltsam.“

„Die anderen sind mir egal.“ Er zog mich näher an sich heran. Ich sah ihm ins Gesicht und genoss es zu sehen, wie die goldenen Flecken in seinen Augen funkelten. „Ich finde deine Flügel sexy.“

Mein Herz setzte ein paar Schläge aus. „Sexy?“, wiederholte ich.

„Ja.“ Er fuhr mit den Fingern über meine Schulter. „Ich würde sie gerne nochmal sehen.“

Ich wusste, was er vorhatte. Er wollte, dass ich mich mit wegen meiner Flügel besser fühlte. Wer hätte gedacht, dass Lucian so süß sein konnte?

Er zog mich aus dem Pavillon ins Freie. „Wenn du mir deine Flügel zeigst, zeige ich dir meine.“ Sein verschmitztes Grinsen ließ meinen Körper erbeben.

„Was, wenn ich es nicht schaffe, ohne fallen gelassen zu werden?“

„Versuch es einfach.“

Also ging ich ein paar Schritte von ihm weg. Ich straffte die Schultern, konzentrierte mich auf das, was ich tun wollte, und schloss dann die Augen. Innerhalb von Sekunden spürte ich, wie sich mein Rücken kräuselte, dann folgte ein leichter Druck und dann...

Meine Flügel entfalteten sich aus meinen Schulterblättern und breiteten sich aus. Ich grinste triumphierend.

Lucian strahlte mich an. „Sie sind wundervoll, genau wie du.“

„Du denkst ich sei wundervoll?“

Er hob seine Finger und spreizte sie um einen Zentimeter. „Nur manchmal.“

Lachend schubste ich ihn.

Er trat einen Schritt zurück, wirbelte herum, und mit einem Knall kamen seine eigenen Flügel zum Vorschein. Er schlug einmal mit ihnen, und dann rollten sie sich um ihn herum wie ein roter Schutzschild.

Ich seufzte bei seinem Anblick. Er sah gottgleicher aus als die Götter selbst. Und ich war mir ziemlich sicher, dass er mein

Seufzen bemerkt hat, denn er ergriff meine Hand. „Lass uns fliegen gehen."

Ich sah ihn aus großen Augen an. „Ich glaube, den Teil haben wir noch nicht gelernt."

Er zuckte mit den Schultern und flatterte mit den Flügeln. „Wie schwer kann es schon sein?"

Ich zögerte einen Moment und dachte an all die Dinge, die ich stattdessen tun könnte. In meinem Schlafsaal sitzen und mir Gedanken über meine schwarzen Flügel machen etwa, oder mich fragen, warum ich Hades im Pavillon gesehen hatte und Lucian nicht.

Ich beschloss, dass ich lieber fliegen wollte.

„Okay. Los geht's."

Ich breitete meine Flügel so weit wie möglich aus und schlug dann immer und immer wieder mit ihnen in die Luft. Ich musste kraftvoll und schnell schlagen, aber schließlich hob ich mich langsam vom Boden ab. Bald schwebte ich in der Luft über dem Pavillon. Lucian schloss sich mir an.

Ich flog zur Turmspitze des Hauptturms der Akademie, dann schwang ich mich nach rechts, umflog die Zitadelle und stürzte mich auf den Übungsplatz, um dann wieder aufzusteigen. Lucian war mir dicht auf den Fersen. Es war wunderschön, ihm zuzusehen. Er sah aus wie ein wunderschöner Raubvogel, kraftvoll und majestätisch.

Er flog an meiner Seite, die Spitzen unserer Flügel berührten einander beinahe. Gemeinsam flogen wir um den Ostflügel der Schule herum, vorbei an den Wohnheimen. Wenn jemand aus dem Fenster geschaut hätte, hätte er gesehen, wie Lucian sich wie ein rot-goldener Tornado in die Luft schraubte. Im Sturzflug klopfte er auf meinen Schuh und schoss dann auf einen der Türme zu.

Lachend holte ich ihn ein, gerade als er auf dem obersten Balkon der Akademie landete. Er klappte seine Flügel ein und ich landete neben ihm. Wir lehnten uns an das Geländer und schauten über das riesige Gelände, das die Schule umgab. Ich entdeckte Gebiete, von denen ich nicht einmal gewusst hatte, dass es sie gab. Am Horizont befand sich etwa ein ausgedehnter Wald.

„Es ist wunderschön hier."

„Das ist es."

Ich drehte meinen Kopf und sah, dass Lucian nicht die Landschaft musterte, sondern mich. Meine Wangen erröteten unter seinen Blicken.

„Du guckst ja gar nicht hin."

Er strich mit seinen Fingern über meine Wange. „Oh, glaub mir, das tue ich."

Ich schluckte nervös. Es war nicht so, dass ich noch nie mit einem Jungen intim gewesen war. Damals in Pecunia hatte es einen Jungen gegeben. Aber das hier war anders. Ich hatte noch nie eine solche Intensität gespürt. Mein Körper vibrierte, obwohl er nur mit seinen Fingerspitzen über meine Haut strich.

„Ist dir kalt?" Er trat einen Schritt näher.

Ich schüttelte den Kopf.

Er rückte noch näher, bis wir nur noch einen Atemzug voneinander entfernt standen. Langsam bewegte er seine Finger nach unten und zeichnete eine Linie entlang meines Kiefers. Dann hob er mit einem Finger mein Kinn an und drückte seine Lippen sanft auf die meinen.

Ich sog scharf die Luft ein. Er küsste mich erneut, diesmal strich seine Zunge leicht gegen meine. Die Intensität dieses Kusses nahm überhand, und ich vergrub meine Hände in seinen goldenen Haaren und bewegte meinen Mund über seinen.

Wir küssten uns bis die Sonne unterging. Es war in jeder Hinsicht perfekt.

Kapitel 19

Melanie

In den nächsten Wochen wurde unser Training härter als je zuvor, und wir lernten auch neue Fächer wie Schwertkampf, Kriegsstrategie, Tränke und Gifte, Erdkunde, Heilung und Umgang mit Tieren kennen. Die Prüfungen waren nur noch zwei Monate entfernt, und wir mussten bereit sein.

Niemand war sich sicher, was die Prüfungen beinhalten würden, aber wir wussten, dass sie nicht einfach sein würden. Ich hatte das Gerücht gehört, dass wir im Kampf gegen einen oder gar zwei Halbgötter antreten würden, und dass wir unsere Ausbildung einsetzen müssten, um zu überleben. Hephaistos hatte mir eines Nachts, als ich noch lange in der Schmiede blieb, um meinem Schild den letzten Schliff zu geben, verraten, dass ich den Schild, während der Prüfungen benutzen würde.

Zum Glück brauchte ich die zwölfte Prüfung - den Blitz des Zeus - nicht mehr zu absolvieren. Ich wurde jedes Mal daran erinnert, wenn ich in den Spiegel sah. Obwohl fast alle sagten, wie cool meine Narben seien, erinnerten sie mich an die Nacht des Erdbebens. Und an meinen großen Verlust.

Während der wochenlangen Ausbildung schlich ich bei jeder sich bietenden Gelegenheit nach draußen ins Labyrinth, um zu sehen, ob Hades wieder aufgetaucht war. Aber jedes Mal, wenn er nicht da war, kam ich mehr und mehr zu dem Schluss, dass Lucian vielleicht doch Recht gehabt hatte und ich mir Hades aufgrund von Überarbeitung und Stress eingebildet hatte. Und ich war definitiv gestresst, wie wir alle. Warum mein Geist deswegen den Gott der Unterwelt heraufbeschwor, war mir allerdings ein Rätsel. Warum konnte ich mir keine Einhörner und Regenbögen vorstellen?

„Autsch!“ Die stumpfe Spitze von Jasmines Schwert traf mich in die Seite. Schon wieder.

Sie sah mich stirnrunzelnd an. „Das ist das dritte Mal, dass ich dich erwische. Du bist heute wirklich abgelenkt.“

Heute? Sie war nur nett und erwähnte nicht den Tag zuvor, als sie mir mit ihrem Schwert auf den Hintern geschlagen hatte. Ich hatte mich zu spät bewegt und war über meine eigenen Füße gestolpert. So ziemlich jeder in der Klasse hatte darüber gelacht. Auch Ares. Er lachte am lautesten, wie immer. Sein Lachen war wie das Brüllen eines Esels.

„Ich denke nur über die bevorstehenden Prüfungen nach.“

„Oh, ich dachte, du denkst vielleicht an die Ausflüge ins Labyrinth, die du fast jeden Tag machst.“

Ich verzog das Gesicht. „Du weißt davon?“

„Ja, Georgina und ich sind dir einmal gefolgt.“

Ich hätte es wissen müssen. Ich wusste nicht, was ich sagen sollte, also blieb ich stumm.

„Es sah so aus, als ob du jemanden suchst.“

Ich zuckte mit den Schultern. „Nein. Ich brauche nur manchmal etwas Zeit für mich.“

Ihre Augenbrauen hoben sich. „Bist du sicher, dass du dort keine romantischen Rendezvous mit Lucian hast?“

Sie sagte seinen Namen so laut, dass er sich umdrehte und zu uns herübersah.

Meine Wangen liefen rot an. „Ich bin mir sicher.“

Aber ich log, und sie wusste wahrscheinlich, dass ich log, vor allem, wenn sie mir gefolgt war. Lucian und ich hatten uns wirklich ein paar Mal im Labyrinth getroffen und waren dann zusammen geflogen. Dabei landeten wir immer auf dem Balkon des höchsten Turms, um eine Stunde oder so rumzumachen.

„Hört auf zu plappern und übt!“ Ares marschierte auf uns zu, die Stirn vor Zorn in Furchen gelegt. „Das ist alles, was ihr tut, reden, reden, reden.“ Er machte eine Bewegung mit seiner Hand. „Reden wird euch nicht vor einem Schwert im Bauch oder einem Speer im Auge retten.“

Ich sah Revana stumm grinsen.

„Aber es könnte uns davor bewahren, überhaupt in den Krieg zu ziehen“, sagte ich.

Noch in dem Moment, in dem ich diesen Satz beendete, wusste ich, dass ich einen Fehler gemacht hatte.

Ares' Gesicht wurde rot wie eine Rübe. Er zückte das Schwert, sein echtes Schwert, an seiner Hüfte und schwang es gegen meine Seite.

Ich zog meinen Schild gerade noch rechtzeitig hoch. Die Klinge aus gehärtetem Stahl prallte gegen das Metall meines Schildes. Das Geräusch hallte durch die Turnhalle und ließ meine Haut vibrieren.

Er wich einen Schritt zurück und schlug schnell nach meinem Kopf. Auch diesen Schlag blockte ich ab. Dann drehte er sich und stieß erneut nach mir. Ich blockte mit meinem Schild ab. Die Kraft seines Schlages ließ meinen Arm taub werden. Er alberte nicht herum.

Weitere Hiebe folgten. Ich konnte sie alle abwehren, aber nur knapp. Meine Arme schmerzten, weil ich den schweren Schild hochhalten und bewegen musste, um mich davor zu schützen, in zwei Hälften geschnitten zu werden. Er griff mich immer wieder an, so hart und schnell, dass einige meiner Mitschüler ihn anschrien, er solle aufhören.

Ich hörte die Stimme von Lucian in der Menge.

„Hör auf, Ares! Du wirst sie verletzen."

Aber er hörte nicht auf. Ich hatte es offensichtlich zu weit getrieben. Ich begriff, dass er mich tatsächlich verletzen, vielleicht sogar töten wollte. Und er war der Gott des Krieges. Mit einem Schild in der Hand würde ich ihn nie besiegen.

Als er sich auf den Fuß zurückdrehte, um einen weiteren Schlag auszuführen, ließ ich den Schild daher zur Seite fallen, formte einen Feuerball in meiner Hand und warf den Ball nach ihm. Ares versuchte, sich zu ducken, aber das Feuer versengte seinen Arm. Das Geräusch seiner knisternden Haut verursachte mir eine Gänsehaut. Der Gestank erfüllte meine Nase und mein Magen kochte.

Ich schnappte nach Luft. Mein Herz klopfte so heftig, dass mir die Brust wehtat. Ich starrte ihn an und forderte ihn mit den Augen auf, mich niederzustrecken. Ich hatte es satt, die Zielscheibe seines rachsüchtigen Zorns zu sein.

Aber er durchbohrte mich nicht. Stattdessen begegnete er meinem Blick direkt und nickte mir dann knapp zu. „Die Klasse ist entlassen."

Ich stieß meinen angehaltenen Atem aus und wäre fast auf die Knie gesunken, aber ich wollte ihm diese Genugtuung nicht geben.

Jasmine und Georgina waren sofort an meiner Seite. Georgina nahm meinen Schild.

„Heiliger Bimbam. Bist du okay?" Jasmine legte ihren Arm um mich.

Ich nickte, hatte aber das Gefühl, dass ich, wenn der Adrenalinkick aufhörte, einen schweren Zusammenbruch erleiden würde.

Mia kam zu uns. „Ich kann nicht glauben, dass er so etwas tun kann. Er hätte dich fast umgebracht!“

„Nun, es gibt niemanden, dem wir es sagen können.“ Georgina zuckte mit den Schultern. „Wir können ja nicht mal unsere Eltern anrufen. Wir haben keine Familien mehr.“

Ich sah sie an. „Wir sind jetzt unsere Familie. Wir müssen füreinander da sein.“

Georgina nickte. „Kannst du dann bitte der Vater dieser Familie sein? Du bist viel verantwortungsbewusster, als ich es je sein könnte.“

Das brachte uns alle zum Lachen. In etwas leichterer Stimmung machten wir uns auf den Weg aus der Übungshalle und zurück zu den Schlafsälen. Auf dem Weg nach draußen blieb mein Blick an Lucian hängen, und er schenkte mir ein sanftes Lächeln. Es brachte meinen Bauch zum Flattern, wie sein Lächeln es immer tat.

Bevor wir die Schlafsäle erreichten, holte Ren uns ein. „Hey, ich habe gehört, dass Dionysos in der Nordhalle eine Show veranstaltet. Das dürfte eine tolle Feier werden.“

„Ist das eine von der Akademie genehmigte Feier?“, fragte Georgina.

Ren schmunzelte. „Wahrscheinlich nicht. Deshalb wird sie ja auch so toll werden.“ Er schlang einen Arm um meine Schultern. „Ausgerechnet du könntest eine gute Feier gebrauchen. Ich meine, du wärst heute fast gestorben. Schon wieder.“

Ich schnaubte. „Das ist wahr.“

Nach einer schnellen Dusche trafen Georgina, Jasmine und ich uns mit den anderen in der Nordhalle. Die Musik dröhnte schon, bevor wir überhaupt um die Ecke kamen. Wie versprochen legte Dionysos ein paar epische Beats auf, und es gab jede Menge zu essen und zu trinken, serviert von Hephaistos' kleinen Holzrobotern auf Rädern. Laserlichter tanzten im Takt der Musik.

Ich schnappte mir einen Teller mit Essen und ein Getränk und nahm dann eine Sitzecke in Beschlag, die aus einem Sofa und einem Sitzsack direkt neben der behelfsmäßigen Tanzfläche bestand. Georgina, Jasmine, Mia, Ren und Marek gesellten sich zu mir. Ich schaute mich nach Lucian um, konnte ihn aber nicht sehen. Enttäuschung durchflutete mich. Trotz unserer gestohlenen Augenblicke im Labyrinth hatten wir nicht viel Gelegenheit gehabt, Kontakte zu knüpfen, schon gar nicht in einer Gruppe. Ich wusste ehrlich gesagt nicht einmal, ob er wollte, dass die Leute wussten, dass wir... Ich wusste nicht einmal, wie ich es nennen sollte. Es war ja nicht so, dass wir zusammen waren, die Akademie war kein Ort für Beziehungen.

Aber ich hoffte trotzdem, dass er mich nicht verheimlichen wollte.

Nach dem Essen ergriff Mia Jasmines Arm und zog sie auf die Tanzfläche. Ich fand es toll, dass Mia Jasmine langsam aus ihrem Schneckenhaus holte. Vorher war sie sehr zurückhaltend gewesen, aber mit Mia begann sie langsam ihre Mauern fallen zu lassen.

Nachdem ich ihnen ein Lied lang beim Tanzen zugesehen hatte, konnte ich nicht widerstehen, selbst auf Tanzfläche zu gehen, und ich zog die anderen mit. Wir hatten alle eine Chance verdient, einfach mal loszulassen und Spaß zu haben. Es würde nicht lange dauern, bis es wirklich ernst wurde, und nach den Prüfungen würden einige von uns vielleicht rausgeworfen werden, wenn wir nicht bestanden. Es gab zwölf Prüfungen, von denen jeder mindestens acht bestehen musste, um in einem Bataillon aufgenommen zu werden. Und die Prüfungen sollten hart sein.

Ich schloss die Augen und ließ mich von der Musik mitreißen. Der Bass schwang durch meinen Körper. Es war, als käme die Musik aus meinem Inneren. Sie war lebendig und aufregend, und ich konnte nicht aufhören zu lächeln, als ich mich im Takt bewegte. Körper pressten sich an meinen, während wir alle hüpften und uns bewegten. Dann spürte ich eine Hand an meiner Taille. Als ich die Augen öffnete, drehte ich mich um und entdeckte Lucian.

Mein Lächeln spaltete fast mein Gesicht, so breit war es. Überglücklich, dass er hier war, rückte ich näher an ihn heran und schlang meine Arme um seinen Hals. Er legte seine Hände um meine Taille, und wir tanzten zusammen, unsere Körper in perfektem Rhythmus. Ich wusste, dass wir Blicke ernteten, aber es war mir egal, und ihm schien es auch egal zu sein.

Wir tanzten und lachten bis in die späten Stunden. Es war die beste Nacht meines Lebens.

Als Lucian irgendwann mit Ren und ein paar anderen loszog, um sich Dionysos' Musiksammlung anzusehen, beschloss ich, rauszugehen, um Luft zu schnappen.

Ich verließ die Halle und trat in das Hauptfoyer. Hier und da waren ein paar Studenten in kleinen Gruppen versammelt. Ich ging um sie herum und steuerte auf eine kleine Nische mit einer Steinbank zu. Als ich mich ihr näherte, sah ich, dass sie von Jasmine und Mia besetzt war.

Die beiden waren in einen innigen Kuss vertieft und sahen erst auf, als ich mich näherte.

„Ups, Entschuldigung.“ Ich hob die Hand, bog abrupt nach rechts in den dunklen Korridor nebenan und lächelte vor mich hin. Ich war so froh, dass Jasmine an diesem Ort jemanden gefunden hatte.

Ich ging weiter, bis ich allein war und suchte mir eine Bank, auf die ich mich setzen konnte. Ich war nicht länger als fünf Minuten dort, als ich Schritte hörte.

Revana trat ins Mondlicht, das durch eines der großen Bogenfenster strahlte.

„Bist du mir tatsächlich hierher gefolgt?“, fragte ich und zog die Augenbraue nach oben. „Das ist ein bisschen unheimlich, findest du nicht?“

„Du hältst dich für so schlau, was?“

Ich stand auf. Ich hatte das Gefühl, dass dies kein Freundschaftsbesuch werden würde. „Ja, das tue ich.“

„Lucian hat einfach Mitleid mit dir, weißt du? Das ist der einzige Grund, warum er sich mit dir abgibt.“

„Vielleicht.“ Ich zuckte gleichgültig mit den Schultern. „Aber er verbringt trotzdem lieber mit mir Zeit als mit dir.“

„Fürs Erste.“ Ihre Augen verengten sich. „Er wird zu mir zurückkommen. Wir sind füreinander bestimmt.“

„Soll mir recht sein, Revana.“ Ich musste an ihr vorbeigehen, um in die Halle zurückzukehren. „Leb deine Fantasie. Es stört mich nicht.“ Ich ging auf sie zu, in der Absicht, einfach an ihr vorbeizugehen.

Aber sie hatte andere Pläne.

Sie packte meinen Arm und drehte ihn leicht. Mit der anderen Hand versuchte sie, mir ins Gesicht zu schlagen, aber ich blockte den Schlag ab und konterte mit einem Schlag in ihre Mitte. Es war kein harter Schlag, nur eine Mahnung, dass sie mich nicht herausfordern sollte. Ich war besser im Nahkampf als sie.

„Verschwinde, Revana.“ Ich trat zurück und bereitete mich auf eine Konfrontation vor, falls sie mich noch weiter provozierte. „Diesen Kampf wirst du nicht gewinnen. Das garantiere ich dir.“

Einen Moment lang dachte ich, sie würde sich zurückziehen, aber dann zog sie plötzlich einen kleinen Dolch hervor. Ich wusste nicht, wo sie ihn aufbewahrt hatte, aber ich wusste, dass sie gut mit Messern umgehen konnte.

„Was hast du vor?“, fragte ich. „Willst du mich umbringen?“

„Nein, dafür würde ich von der Schule fliegen.“ Sie drehte den Dolch gekonnt in ihrer Hand. „Ich werde lediglich die hässlichen Narben, die du bereits hast, noch ein wenig vertiefen.“

Sie war geschickt genug, dass ihr das gelingen könnte. Ich musste einen Ausweg aus dieser Situation finden. Ich ließ meinen Blick umherschweifen und nahm die Schatten wahr, die an den Wänden und auf dem Boden entlangkrochen. Ich beschwor die Schatten und hüllte den Gang in Dunkelheit.

„Feigling!“

Revanas Stimme trat in den Hintergrund, als ich mich von ihr wegbewegte. Da ich nicht ganz sicher war, wohin ich ging, machte ich ein paar Schritte nach links. Nach ein paar weiteren Schritten merkte ich, dass sich der Boden unter meinen Schuhen anders anfühlte. Ich lief nicht mehr auf Kacheln, sondern auf feuchtem Gras.

Ich ging noch ein paar Schritte weiter und wedelte mit den Händen. Die Schatten lösten sich auf und zeigten, dass ich mich in der Mitte des Labyrinths befand und nicht in der Akademie.

„Gut gemacht. Ich hätte nicht gedacht, dass du in der Lage wärst, dich durch die Schatten zu transportieren.“

Ich drehte mich um und sah Hades auf der Steinbank im Pavillon sitzen. Er sah vollkommen entspannt aus.

Ich ging auf ihn zu. „Hast du mich hierher gebracht?“

„Ich habe dir nur Dunkelheit geschickt. Du hast entschieden, was du damit machen willst.“

Ein weiterer Gedanke tauchte in meinem Kopf auf. Ich erinnerte mich an das, was Lucian zu mir gesagt hatte. „Hast *du* mich vor dem Stromschlag durch Zeus' Blitz gerettet?“

Er legte den Kopf schief und betrachtete mich. „Was wenn? Was würdest du sagen?“

Ich zuckte mit den Schultern. „Danke, denke ich.“

Hades lachte. „Perfekt.“ Er stand auf und kam auf mich zu. „Ich mag dich, Melanie. Du hast eine Menge Temperament. Das wird dir in den nächsten Tagen guttun.“

„In den nächsten Tagen? Was meinst du?“

Doch noch bevor ich eine Antwort erhielt, trat er in einen Kreis aus Dunkelheit und verschwand.

Kapitel 20

Melanie

Ich erzählte niemandem von der Konfrontation mit Revana und dem anschließenden Gespräch mit Hades im Labyrinth.

Erstens wollte ich die Situation mit Revana nicht noch verschlimmern - außerdem war ich keine Petze - und zweitens wollte ich nicht erklären müssen, dass ich Hades gesehen hatte, einen Gott, der auf dem Schulgelände nicht erlaubt war. Das würde zu viele Fragen aufwerfen, vor allem solche, auf die ich keine Antwort hatte: Was für ein Interesse hatte Hades an mir?

Ich verdrängte all diese Gedanken. Mir blieb keine Zeit für so etwas. Wir hatten nur noch ein paar Wochen bis zu den Prüfungen.

Jeden Tag arbeitete ich hart im Unterricht, vor allem im Tierpflegeunterricht bei Artemis und bei den Prophezeiungsstunden mit Apollo, nun ja, nicht direkt mit Apollo, sondern bei Pythia, seiner Assistentin. Ich hatte Schwierigkeiten mit den feuerspeienden Pferden im Stall zurechtzukommen. Die feuerspeienden Pferde waren die stärksten von allen Tieren. Ich wollte lernen, wie man sie zähmte.

Im Prophezeiungskurs half mir Pythia beim Wahrsagen. Sie sagte mir, dass ich das nie schaffen würde, solange ich nicht lernte, mich zu öffnen. Sie wollte aus diesem Grund versuchen, in einer Einzelstunde meine Vergangenheit zu erforschen.

Wir saßen uns auf einfachen Holzstühlen gegenüber, unsere Knie berührten sich. Sie streckte ihre langen, knorrigen Hände aus. „Nimm meine Hände."

Ich tat es, aber nicht ohne zusammenzuzucken, denn ihre Hände fühlten sich wie altes, faltiges Leder an. Ich fühlte mich schlecht, aber ich wusste, dass sie mich nicht sehen konnte. Sie war blind. Sie trug deshalb eine graue Augenbinde um ihr Gesicht, wo einst ihre Augen gewesen waren.

Sie umklammerte meine Finger, ihre verdrehten, krallenartigen Nägel gruben sich in meine Haut. „Du musst lernen, deinen Geist für andere zu öffnen, damit du umgekehrt in den ihren sehen kannst. Du bist zu verschlossen."

Ich drehte meinen Nacken und versuchte, mich zu entspannen. Ich schloss die Augen und versuchte, alle Sorgen aus meinem Kopf zu verbannen, doch es waren viele. Ich dachte an ruhiges Wasser und eine leichte Brise. Ich stellte mir vor, wie ich zu Hause im Garten saß und den Vögeln zuhörte, die von den nahen Bäumen zwitscherten.

„Entspann deinen Geist. Wenn du das nicht kannst, wirst du die Prüfung nicht bestehen."

Ihre Stimme klang weit entfernt. In meiner Vorstellung schwebte ich auf einem Meer aus weißen, flauschigen Wolken. Es war so friedlich, und ich fragte mich, ob ich dort eine Weile bleiben könnte. Aber diese flauschigen Wolken wurden dunkel, und ich schoss nach unten und landete auf dem Boden. Es war Tag, heiß; das Land sah aus wie eine Wüsteneinöde. Dann sah ich eine Frau, eine große, schlanke, hübsche Frau mit violetten Augen. Ihr Gesicht war eine Maske der Angst, als sie von einer Gruppe von Menschen wegrannte, die lange Gewänder trugen und große Steine mit sich führten.

Der Mob schrie sie an und nannte sie ein Monster und eine Hexe. Dann begannen sie, die Steine zu werfen. Die Frau wurde am Körper, am Kopf und im Gesicht getroffen. Schließlich stürzte sie. Am Boden versuchte sie, ihren Kopf zu schützen. Aber sie konnte nicht verhindern, dass die Steine ihr Gesicht trafen. Blut rann ihr die Wangen hinunter und tropfte auf den Sand unter ihr.

Als ich die Augen öffnete, keuchte ich und begriff, was ich gesehen hatte. Die Frau war Pythia gewesen, und auf diese Weise hatte sie ihre Augen verloren.

Sie drückte meine Hände. „Sehr gut. Jetzt öffne du dich."

Ich löste mich von ihrer Erinnerung und versuchte, meinen Geist zu leeren, um sie hereinzulassen.

Ich beobachtete, wie sich ihr Gesicht verzerrte und verdrehte. Ihre Stirn war tief gerunzelt, ihr Körper zuckte. Sie drückte meine Hände so fest, dass sie schmerzten.

Dann schrie sie auf und zuckte zurück, wobei sie fast von ihrem Stuhl fiel.

„Was ist los?"

Sie schüttelte den Kopf und legte eine zittrige Hand auf ihre Brust. „Du musst gehen."

„Warum?", fragte ich entsetzt. „Was ist passiert? Was hast du gesehen?"

„Bitte, geh einfach."

Ich stand auf, aber ich musste es wissen. „Was hast du gesehen? Bitte sag es mir."

„Nichts. Nur Dunkelheit."

Ich zögerte. War das so schlimm? Vielleicht konnte sie einfach nicht in meine Gedanken eindringen.

„Dunkelheit und Tod."

Ein Schauer lief mir über den Rücken, als ich das Klassenzimmer verließ. Ich wusste nicht, was Pythia mit Tod meinte, aber vielleicht hatte sie die Zerstörung gesehen, die ich auf der Reise zurück nach Pecunia gesehen hatte. Das wäre eine sehr starke Erinnerung für mich gewesen.

Als ich in meinen Schlafsaal zurückkehrte, schlief Georgina bereits. Ich kroch ins Bett und starrte an die Decke. Die ganze Sache hatte mich aus der Ruhe gebracht. Ich war mir nicht sicher, ob ich schlafen konnte, ohne Pythias Vergangenheit zu sehen. Aber schließlich wurde ich doch so müde, dass ich einfach einschlief.

Ein Tag jagte von da an den nächsten, bis es Zeit für die Prüfungen war. Ich war aufgeregt, hatte aber auch Angst, dass ich nicht genug Prüfungen bestehen würde, um an der Akademie bleiben zu können. Obwohl ich nicht wusste, was die einzelnen Prüfungen beinhalteten, war ich zuversichtlich, dass ich alles, was mit Fliegen, Feuer und Nahkampf zu tun hatte, bewältigen würde. Ich konnte inzwischen auch ziemlich gut mit dem Bogen umgehen und einen anständigen Schlaftrunk herstellen. Auch im Wasser hatte ich mich bewährt. Aber alles hing davon ab, was wir in den einzelnen Prüfungen zu tun hatten. Ich ahnte, dass einige von ihnen nicht einfach sein würden.

Die Nacht vor dem großen Tag durften wir verbringen, wie wir wollten. Ich verbrachte die Nacht allein im Labyrinth. Dieser Ort hatte etwas, das mich zur Ruhe kommen ließ. Es war, als ob mich eine Art Frieden einhüllte. Vielleicht war es die Dunkelheit oder die Stille. Ich sog das Gefühl der Ruhe in mich auf, während ich in der Gartenlaube saß und meinen Gedanken nachhing.

Ich wünschte mir, Hades würde auftauchen.

„Ich habe das Gefühl, dass du irgendwie auf meiner Seite stehst“, sagte ich in der Hoffnung, dass Hades irgendwo in der Nähe war. „Morgen ist ein großer Tag, und ich ... ich habe Angst. Ich könnte wirklich ein paar aufmunternde Worte gebrauchen.“ Ich stand auf und ging zu der Bank hinüber, auf der er früher immer gehockt hatte. „Irgendwelche Ratschläge?“

„Mit wem sprichst du?“

Ich wirbelte herum und sah Lucian auf den Pavillon zugehen.

„Mit niemandem. Mit mir selbst, schätze ich.“ Ich zuckte mit den Schultern.

Er trat auf mich zu und ergriff meine Hand. „Willst du fliegen?“

„Nein.“ Ich schüttelte den Kopf. „Könntest du mich einfach nur ... umarmen?“

Er zog mich an sich, schlang seine großen Arme um mich und kuschelte sich an mich. Ich legte meinen Kopf an seine Brust und atmete seinen Duft ein. Ich war immer wieder überrascht, wie gut er roch. Nach Holz und Kiefer, mit einem Hauch von Minze wegen des Kaugummis, den er immer kaute.

„Vielleicht müssen wir bei den Prüfungen gegeneinander antreten.“

Seine Hand auf meinem Rücken hielt inne. „Ich weiß.“

„Aber wenn ich die Wahl habe, werde ich nicht gegen dich kämpfen. Ich werde jemand anderen wählen.“

„Ich auch.“

„Ich hoffe aber, dass ich eine Chance bekomme, gegen Revana zu kämpfen.“

Er gluckste und fuhr mir mit der Hand über den Kopf. „Das würde ich zu gerne sehen.“

Ich hob meinen Kopf und sah ihn an. Ich stellte mich auf die Zehenspitzen und drückte meine Lippen auf seine. Ich konnte mir keine bessere Art vorstellen, den Rest der womöglich letzten Nacht meines Lebens zu verbringen. Ich küsste Lucian, bis die Sonne anfing, den Himmel zu färben.

Kapitel 21

Melanie

Um 6 Uhr morgens zerriss ein Trompetenhorn die Luft.

Ich hatte kaum ein Auge zugetan. Ich war aufgedreht und bereit loszulegen.

Die Korridore und Gänge waren vollgestopft mit Rekruten, die allesamt in die große Halle strömten. Die zwölf Götter hatten sich bereits eingefunden. Stille kehrte ein, als Zeus sich auf dem Podium erhob, um seine Ansprache zu halten.

„Der erste Tag der Prüfungen ist angebrochen. In den nächsten zwölf Tagen werdet ihr euch den härtesten Aufgaben stellen, mit denen wir euch in eurer bisherigen Ausbildung konfrontiert haben. Wenn ihr nicht gerade eine Prüfung ablegt, zieht ihr euch ins Wohnheim zurück. Der Kontakt zu anderen Schülern ist euch während der Prüfungsphase untersagt, außer es handelt sich um eure Mitbewohner. Wer während der Ruhephasen außerhalb seines Schlafzimmers erwischt wird, wird der Schule verwiesen. Keine Ausnahmen."

Sein Blick landete direkt auf mir.

Er brauchte sich keine Sorgen zu machen; ich hatte nicht vor, die Sache zu vermasseln.

„Diese Prüfungen wurden geschaffen, um die Fähigkeiten, die ihr im Laufe eurer Ausbildung gelernt habt, bestmöglich zu präsentieren und die Schwachen auszusortieren. Wie gut ihr in den einzelnen Prüfungen abschneidet, entscheidet darüber, in welchem Bataillon ihr aufgenommen werdet. Um an der Akademie bleiben zu können, müsst ihr mindestens acht Prüfungen bestehen."

Meine Nerven blank. Ich hasste es, dass ich nicht wusste, was uns bei den einzelnen Prüfungen erwartete. Es wäre einfacher, wenn wir wüssten, ob wir gegeneinander oder gegen andere kämpfen mussten.

„Ihr werdet jeden Tag spezielle Nahrung erhalten, um euren Körper stark und euren Verstand scharf zu halten. Ich schlage vor, dass ihr alles esst und trinkt, was man euch gibt. Nach der Ration, die in Kürze an euch ausgeteilt wird, treffen wir uns auf dem nördlichen Übungsplatz. Viel Glück an euch alle!"

Er trat zurück, und die Götter verließen den Raum, während einige der Servierroboter in Begleitung von Chiron und Herakles hereinrollten.

„Bildet drei Reihen", wies Herakles uns an.

Jedem von uns reichte er einen Proteinriegel und eine Flasche Wasser. War das alles? Unmöglich würde das ausreichen, um satt zu werden. Ich verspeiste den Riegel. Er schmeckte ekelerregend, trug jedoch einen Hauch von Zimt in sich, was ihn wenigstens einigermaßen genießbar machte.

Keine fünf Minuten später breitete sich Hitze in meinem Inneren aus. Ich fühlte mich gestärkt und gleichermaßen konzentriert. Als mein Blick auf meine Freundinnen fiel, lächelte ich sie an. Sie schienen die gleiche Veränderung zu spüren.

„Das Zeug ist wirklich gut", murmelte Jasmine.

Das Horn ertönte erneut, also strömten wir allesamt zum Übungsplatz hinter dem Nordflügel. Hephaistos nahm uns in Empfang. Die von uns geschmiedeten Schilde waren auf einem hölzernen Gestell aufgereiht worden. Artemis und Ares flankierten den Gott der Schmiedekunst von beiden Seiten. Es war das erste Mal, dass ich Hephaistos und Ares in der Nähe des jeweils anderen entdeckte.

„Ich werde keine großen Reden halten.“ Hephaistos humpelte vorwärts. „Jede Stunde, die ihr in der Schmiede verbracht habt, habt ihr für den heutigen Tag trainiert. Die von euch geschmiedeten Schilde werden darüber entscheiden, ob ihr als Sieger oder als Verlierer der folgenden Prüfungsaufgabe hervorgeht.“

Daraufhin ging ein besorgtes Gemurmel durch die Gruppe.

„Ruhe! Für wen das überraschend kommt, den brauchen wir hier sowieso nicht.“

Ein Lachen entfuhr mir und ich presste mir eine Hand auf den Mund, um es zu unterbinden. Zu spät. Jasmine und Georgina warfen mir besorgte Blicke zu.

„Melanie Richmond“, brüllte Hephaistos. „Vortreten. Du zuerst.“

Verdammt.

Ein Weg wurde für mich gebahnt, und ich trat aus der Gruppe heraus und auf das Feld.

Ares schmunzelte und schüttelte den Kopf.

„Nimm deinen Schild.“

Ich tat wie geheißen und befestigte den Schild an meinem Arm. In Erwartung weiterer Anweisungen sah ich Hephaistos an.

„Sorg dafür, dass du nicht getroffen wirst.“

Ich warf meinen Kopf in die eine, dann in die andere Richtung, konnte aber nichts erkennen. „Wovon getroffen?“

Artemis spannte einen langen, scharfen Pfeil in ihren Bogen. Zwischen Hephaistos' Händen brach Feuer aus. Ares zückte sein Schwert.

Oh weh.

„Beginne am Ende des Feldes und laufe hierher zurück. Wenn du es hierher schaffst, ohne von einem Pfeil getroffen, von einem Schwert durchbohrt oder vom Feuer verbrannt zu werden, und dein Schild unversehrt bleibt, hast du bestanden."

Ich überquerte den Platz und vergewisserte mich, dass mein Schild richtig saß. Ich holte einmal tief Luft und rannte, so schnell mich meine Beine trugen, auf die Götter zu.

Die ersten Pfeile prasselten auf mich nieder, kaum, dass ich einige Schritte getan hatte. Die Spitzen prallten von meinem Schild ab. Ich ließ mich nicht beirren, sondern rannte weiter. Als nächstes schleuderte der Gott des Feuers mir einen Feuerball entgegen. Er zerschellte an meinem Schutzschild. Der Gestank nach versengtem Haar traf meine Nase, doch ich blieb unverletzt und setzte meinen Weg entschlossen fort.

Pfeile, die dazu gedacht waren, meinen Körper zu durchbohren, sausten an mir vorbei und ließen den Schild ächzen, während ich sie abwehrte. Weitere Feuerbälle folgten. Geschickt wich ich beidem aus. Aufmunternde Jubelrufe wehten von den Tribünen zu mir herüber und spornten mich an.

Als ich das Ziel bereits vor Augen hatte, stürmte Ares auf mich zu, das Schwert hoch über seinen Kopf erhoben. Er ließ die Klinge auf mich niedersausen, sobald er in meiner Reichweite war. Ich wehrte den Schlag ab, doch Ares gab sich nicht geschlagen. Immer und immer wieder hieb er auf mich ein. Mein Atem ging rasselnd, doch weder er noch ich waren bereit, nachzugeben.

Erneut prallte Ares Schwert auf meinem Schild ab. Die Wucht des Aufpralls ließ meine Arme erzittern. Blitzschnell riss ich den Arm empor, sodass der Gott des Krieges kurz das Gleichgewicht verlor. Ich nutzte den Moment, sprintete an ihm vorbei und raste auf die Ziellinie zu. Jubelrufe zerrissen die Luft, die mit dem

Rauschen des Blutes in meinen Ohren verschmolzen. Ich beugte mich vor, stützte die Hände an meinen Knien ab und schnappte nach Atem. Schweiß perlte über meine Stirn.

„Gut gemacht, Mädchen. Gib mir deinen Schild.“ Hephaistos klopfte mir auf den Rücken und wartete geduldig ab, bis ich mich gesammelt hatte und ihm den Schild reichte.

Mit hochrotem Kopf trat Ares zu Hephaistos, der meine Arbeit auf Unversehrtheit prüfte. „Sie hat betrogen! Sie hätte durchfallen müssen!“

Hephaistos blickte nicht auf, sondern inspizierte konzentriert mein Werk. Schließlich nickte er zufrieden und gab mir den Schild zurück. „Nicht eine Delle. Glückwunsch, Melanie. Du hast diese Prüfung bestanden.“

„Sie hat mich in die Irre geführt. Ich werde es den anderen Göttern melden und sie vor das Tribunal bringen. Ich ...“

Hephaistos' große, kräftige Hand gebot Ares Einhalt. „Schreib mir nicht vor, wie ich meine Prüfungen abzuhalten habe.“

Ares spukte ihm vor die Füße und warf mir einen wütenden Blick zu. Dann drehte er sich mit einem fast lilafarbenen Gesicht auf dem Absatz um und rauschte davon.

Hephaistos zuckte mit den Schultern. „Ich schätze, jemand anderes wird das Schwert schwingen.“

Sein Pragmatismus entlockte mir ein Lachen, in das die anderen Rekruten einfielen. Der sonst so grimmige Gott belohnte uns mit einem kurzen, aber breiten Grinsen.

Erleichterung durchflutete mich. Für heute hatte ich es geschafft. Nach Zeus' Blitz hatte ich die zweite Prüfung bewältigt. Nun mischte ich mich unter die Zuschauer, um meine Mitschüler anzufeuern und ihnen bei der Prüfung zuzujubeln. Am Ende des Tages trugen alle Rekruten des ersten Lehrjahres ein Grinsen im Gesicht, denn heute war niemand durchgefallen.

Am nächsten Morgen fanden sich alle Rekruten in den Gärten nahe des Heckenlabyrinths ein. Demeter empfing uns dort in ihrer gewohnt lockeren Art. Ihre Prüfung würde eine schöne Abwechslung zu der Anspannung am Vortag bieten.

„Ihr denkt vermutlich alle, dass ich euch etwas extrem Hartes zumuten werde.“ Sie schüttelte den Kopf. „Nein, Leute, ich glaube nicht an diesen ganzen Schwachsinn.“

Einige nervöse Lacher erfüllten die Luft. Mein Blick flog zu meinen Freundinnen und ich erkannte die gleiche Erleichterung in ihren Gesichtern, die ich selbst bei Demeters Worten verspürte. Georgina hatte Hephaistos' Prüfung zwar bestanden, hatte an ihrem Arm aber durch einen seiner Feuerbälle eine Verbrennung erlitten.

„Eure Aufgabe wird es sein, in Fünferteams das Labyrinth zu durchlaufen.“

Meine Lippen verzogen sich zu einem Grinsen. Ich kannte das Labyrinth wie meine eigene Westentasche und konnte es vermutlich mit geschlossenen Augen durchqueren.

„Allerdings ...“ Das brachte einige der aufgeregten Gemüter zum Schweigen. „Ich habe das Labyrinth neu gestaltet. Zu einfach wollte ich es euch Halunken auch nicht machen.“

Ein allgemeines Auflachen erklang.

„Es gibt eine zeitliche Beschränkung.“ Demeter grinste. „Jede Gruppe hat zwanzig Minuten Zeit, um das Zentrum des Labyrinths zu erreichen. Bildet eure Gruppen!“

Jasmine, Georgina und ich blieben zusammen. Ren schloss sich unserer Gruppe an, und Jasmine bestand darauf, dass auch Mia bei uns mitmachte. Ich schielte zu Lucian herüber. Er begegnete meinem Blick und schenkte mir ein Lächeln. Lucian war klug und hatte sich anderen zielstrebigen Rekruten angeschlossen, die niemals aufgeben würden. Um ihn machte ich mir keine Sorgen.

Lucians Gruppe ging zuerst hinein. Ich wartete nervös und hoffte, dass sein Team gut durchkam. Nach etwa zehn Minuten klatschte Demeter in die Hände. „In Ordnung, wer ist als nächstes dran?“

Wir stellten uns an die Spitze der Schlange.

„Gut, auf die Plätze, fertig, los!“

Wir gingen gemeinsam in das Labyrinth hinein, bogen sofort rechts ab und gingen weiter. Dann kamen wir an eine Kreuzung. Ich wollte gerade vorschlagen, nochmal nach rechts abzubiegen, als ein kleiner Pfeil auf dem Boden aufblinkte und uns den Weg wies. Ich musste lachen. Demeter hasste dieses ganze Zeug wirklich, und ich fragte mich, ob sie dafür Ärger mit Zeus bekommen würde.

Keine zehn Minuten später kamen wir in der Mitte des Labyrinths wieder heraus. Die andere Gruppe war immer noch da und mampfte fröhlich Gebäck und Kekse und alle möglichen anderen leckeren Sachen. Als Lucian mich entdeckte, eilte er herbei und bot mir einen Teller mit Schokoladen-Cupcakes an.

„Die habe ich für dich gehortet.“

Ich steckte mir einen in den Mund und grinste ihn dabei an.

Den Rest des Tages verbrachten wir mit unseren Freunden und Gleichaltrigen in der Mitte des riesigen Heckenlabyrinths und aßen so viele Süßspeisen, wie wir in unsere Münder bekommen konnten. Wir wussten alle, dass wir nicht noch einmal so eine gnädige Prüfung bekommen würden. Jetzt würde der harte Teil beginnen.

***

Am nächsten Morgen, nachdem wir unsere Proteinriegel gegessen und Wasser getrunken hatten, war Dionysos an der Reihe, uns herauszufordern. Wir trafen uns in seinem Labor, wo wir gelernt hatten, wie man verschiedene Arten von Tränken und Tinkturen herstellte.

„Guten Morgen, meine kleinen Apotheker.“ Seine Sprache war etwas undeutlich, und ich fragte mich, ob er schon betrunken war. Oder er hatte nie aufgehört, betrunken zu sein. Vielleicht war Betrunkenheit auch einfach sein natürlicher Zustand. Es war schwer zu sagen.

„Für diese Prüfung müsst ihr drei verschiedene Tränke herstellen.“ Er zählte sie an seinen Fingern ab. „Schlaftrunk, Superkraft und Unsichtbarkeit. Da ihr das ganze Schuljahr über gelernt habt, wie man diese Tränke herstellt, werdet ihr kein Rezept bekommen. Ihr müsst sie selbst herstellen. Alle Zutaten für jeden Zaubertrank findet ihr hier in der Werkstatt. Ihr habt zwei Stunden Zeit.“

Bevor sich alle zerstreuen konnten, um Zutaten zu sammeln, hob Dionysos den Finger.

„Wenn ihr eure Tränke hergestellt habt, werdet ihr sie an jemand anderem testen. Und ich darf diese andere Person aussuchen“, sagte er. „Um diese Prüfung zu bestehen, müssen mindestens zwei der drei Tränke richtig funktionieren. Und wenn ihr am Ende jemanden vergiftet, seid ihr schuld. Also gebt euch besser Mühe.“ Er lächelte und wedelte mit der Hand in der Luft. „Fangt an.“

Während der Ansturm auf die Baldrianwurzel enorm war, weil scheinbar jeder mit dem einfachsten Rezept beginnen wollte, hielt ich mich an den Ginseng. Ich wollte zuerst den Superkrafttrank zubereiten. Für meinen Schlaftrunk wollte ich die Zitronenmelisse als Grundlage nehmen und nicht Baldrian.

Ich ließ mir Zeit bei der Herstellung meiner Tränke, denn Qualität war hier der wichtigste Faktor. Ab und zu warf ich einen Blick auf meine Mitschüler, um zu sehen, wie sie zurechtkamen. Ich wusste, dass sowohl Jasmine als auch Georgina gute Zaubertrankbrauerinnen waren, also machte ich mir keine Sorgen um sie. Ren sah ein wenig nervös aus, ebenso wie Lucian. Wenn einer von ihnen bei einer Prüfung versagen würde, dann bei dieser. Ich hatte keinen Zweifel daran, dass sie beide bei den körperlich anstrengenderen Prüfungen brillieren würden.

Die zwei Stunden vergingen schnell. Ein wenig zu schnell für meinen Geschmack. Dionysos stieß einen Pfiff aus, und wir mussten alle anhalten.

„Okay, jetzt testen wir sie." Er ging durch den Arbeitsraum und schaute sich die Tränke an. An Jasmines Station blieb er stehen. „Du testest deine Tränke an..." Sein Blick wanderte durch den Raum, dann grinste er und deutete auf mich. „Melanie. Und andersherum."

Jasmine und ich nahmen beide unsere einzelnen Fläschchen und gingen damit zum vorderen Teil des Klassenzimmers, um sie auf den vorderen Tisch in die Halterungen zu stellen.

„Fangen wir mit Superkraft an."

Ich reichte Jasmine meinen Trank und nahm den ihren entgegen. Ich sah sie an, und bei drei tranken wir. Ihr Trank schmeckte nach Lakritze, und ich fragte mich, ob sie einen Geschmacksverstärker hinzugefügt hatte.

„Und jetzt testen wir die Wirkung." Dionysos deutete auf den eisernen Amboss in der Ecke.

„Du zuerst", sagte Jasmine.

Ich ging in die Hocke und hob den vierhundert Pfund schweren Amboss mit Leichtigkeit an. Ich grinste Jasmine an. Dann war sie an der Reihe, und auch sie hob ihn mühelos an.

Damit war einer der Tränke erledigt, jetzt folgte der Unsichtbarkeitstrank.

Wieder tranken wir gleichzeitig und innerhalb von Sekunden verschwanden wir beide. Die Wirkung hielt nur ein paar Minuten an. Später würden wir lernen, wie man einen Trank herstellte, der stundenlang anhielt.

„Eigentlich habt ihr damit bereits beide bestanden, aber ich will sehen, wie ihr mit dem Schlaftrunk zurechtgekommen seid." Er deutete auf zwei Stühle in der Ecke.

Wir setzten uns und tranken beide den Trank der anderen. Ich war froh, dass Jasmine ebenfalls Zitronenmelisse verwendet hatte. Das war der letzte zusammenhängende Gedanke, den ich hatte, bis Dionysos uns irgendwann wachrüttelte, um festzustellen, dass Mia, Ren und Diego nicht bestanden hatten. Rens Unsichtbarkeitstrank hatte Revana grün gefärbt. Buchstäblich. Wäre ich nicht traurig gewesen, dass Ren die Prüfung nicht bestanden hatte, hätte ich mich darüber kaputtgelacht.

Später in der Nacht lag ich in meinem Bett und starrte an die Decke, in der Hoffnung, dass ich die Kraft und Stärke hatte, weiterzumachen. Ich hatte jetzt vier Prüfungen bestanden; ich musste nur noch vier weitere bestehen, um an der Akademie zu bleiben. Die morgige Prüfung mit Apollo und Pythia bereitete mir Sorgen. Bei Pythia hatte ich im Training nicht gut abgeschnitten.

Apollo stellte uns am nächsten Tag in Paaren zusammen, damit wir einander gegenseitig lesen konnten. Ich hoffte auf einen Partner, bei dem ich mich wohlfühlen würde, jemanden dem ich mich leicht würde öffnen können.

Ich bekam Revana.

Wir saßen uns auf Stühlen gegenüber.

„Jeder von euch muss etwas aus der Vergangenheit des anderen vorlesen und laut aussprechen. Wer diese Information nicht herausfiltern kann, wird die Prüfung nicht bestehen.“ Apollo berührte uns beide am Kopf. „Fasst einander an den Händen.“

Ich fügte mich in mein Schicksal. Ich wickelte meine Finger um ihre Hände und drückte zu. Wahrscheinlich fester, als es nötig gewesen wäre, aber das war mir egal. Ich wollte diese Prüfung bestehen, und ich würde nicht zulassen, dass ich ihretwegen scheiterte.

Ich schloss meine Augen, atmete tief ein und konzentrierte mich auf Revana. Ich fokussierte mich auf ihre Hände, das Geräusch ihres Atems, den Duft von Vanille, den sie immer an sich trug. Dann schoss ich in ihren Geist, in eine ihrer stärksten Erinnerungen.

„Ich bin bei einem Leichtathletik-Wettkampf“, beschrieb ich laut, was ich sah. „Revana läuft ein Rennen; sie sieht vielleicht wie elf oder zwölf Jahre aus.“

Revanas Hände legten sich fester um meine, und ich konnte spüren, wie ihr Puls in ihrem Handgelenk heftig pochte. Sie wollte nicht, dass ich diese Erinnerung laut aussprach. Aber mir blieb keine andere Wahl.

„Der Startschuss fällt, und Revana sprintet die Bahn hinunter. Sie läuft schnell und überholt die anderen Mädchen. Sie ist fast an der Ziellinie, als ein anderes Mädchen von hinten kommt und als erste über die Linie läuft.“

Ich wollte nicht weitermachen. Selbst in der Erinnerung konnte ich Revanas Enttäuschung spüren. Ihre Verzweiflung. Ihren Hass auf sich selbst, weil sie das Rennen verloren hatte.

„Sie kommt in ihr Haus, ihre Eltern treten hinter ihr ein. Sie dreht sich um und sieht ihren Vater an. Er lächelt nicht. Sie sagt ihm, dass es ihr leidtut. Er beschimpft sie."

Als ich die Augen öffnete, blieb ich stehen und schüttelte den Kopf. Ich wollte nicht weitermachen.

„Du musst uns alles erzählen, wenn du die Prüfung bestehen willst."

Revana starrte mich an und grub ihre Fingernägel in meine Handrücken. „Tu es einfach."

„Er sagt ihr, dass sie dumm und wertlos sei. Sie entschuldigt sich noch einmal. Er gibt ihr eine Ohrfeige." Ich seufzte. „Das war's. Das ist das Ende der Erinnerung."

Apollo nickte. „Gut. Du bist dran, Revana."

Ich atmete noch einmal tief durch und versuchte, mich zu entspannen und mich für sie zu öffnen. Ich hasste es, dass sie in meinem Kopf herumstochern würde, aber es musste geschehen. Ich hatte keine Möglichkeit, sie abzuwehren. Sie würde sehen, was sie sehen würde. Ich hatte keine Kontrolle über die Erinnerungen, die sie aus meinem Unterbewusstsein herausholte.

Revana starrte mir in die Augen, während sie meine Hände fester drückte. Ich würde Beulen in meiner Haut bekommen. Ihre Augen verengten sich, und ihr Atem ging schneller. „Ich kann nichts sehen." Sie zerrte an meinen Händen. „Lass mich rein."

„Das tue ich!" Und das tat ich auch. Oder zumindest glaubte ich, dass ich das tat.

Sie kniff die Augen zusammen, und ihr Gesicht verzerrte sich vor Konzentration.

„Streng dich an, Revana", sagte Apollo von neben uns.

„Ich strenge mich an."

„Du hast nur noch ein paar Minuten Zeit, um die Aufgabe zu erledigen."

Ich wollte ihm sagen, er solle die Klappe halten; er lenkte sie nur ab.

Schließlich öffneten sich ihre Augen und sie zog ihre Hände weg. „Nichts. Ich konnte nichts sehen."

Apollo runzelte die Stirn. „Du konntest keine einzige Erinnerung sehen?"

„Es gab nichts zu sehen. Ihr Geist war einfach dunkel."

Er blickte zu mir herab. „Hast du sie blockiert?"

Ich stand auf. „Nein, natürlich nicht. Ich weiß nicht mal, wie man das macht."

„Also gut, du hast bestanden, Melanie." Er nickte mir zu. „Revana, du bist durchgefallen."

„Du Schlampe!" Revana sprang auf und verpasste mir eine Ohrfeige, dann stapfte sie aus dem Zimmer.

Kopfschüttelnd warf Apollo einen Blick auf seine Assistentin Pythia und zuckte mit den Schultern. „Das wird ein langer Tag werden."

Ich war mir sicher, dass Pythia sagen würde, dass ihr mit mir dasselbe passiert war. Aber sie schwieg.

Später im Schlafsaal fragte mich Georgina: „Was hast du mit Revana gemacht? Ich habe sie noch nie so wütend gesehen. Sie sagte, du würdest dafür bezahlen."

Ich zuckte mit den Schultern. „Ich habe nichts getan. Sie hat die Prüfung nicht bestanden und mir die Schuld dafür gegeben." Ich ließ mich auf mein Bett fallen, drehte mich zur Wand und zog die Beine an. Ich wollte mit niemandem darüber sprechen.

Kapitel 22

Melanie

Bevor wir in die Halle der Aphrodite zu unserer nächsten Prüfung gingen, erwischte mich Lucian und zog mich zur Seite.

„Geht es dir gut?“

„Ja“, sagte ich kurzangebunden.

Er hob seine Hand und berührte meine geschwollene Lippe. Revanas Faust hatte sie aufgerissen. „Wie ist das passiert? Es heißt, du hättest betrogen, damit Revana die Prüfung nicht besteht.“

Ich hob eine Augenbraue. „Denkst du das?“

„Ich denke, das ist Blödsinn.“

„Gut.“ Ich strahlte ihn an, froh, dass er dieses dumme Gerücht nicht glaubte.

Er lächelte und zog mich für eine kurze Umarmung zu sich heran.

„Wie hast du bei der Prüfung abgeschnitten?“, fragte ich.

Er umarmte mich fester. „Nicht gut. Ich bin durchgefallen.“

Ich zog mich zurück und sah ihm in die Augen. „Das tut mir leid.“

Er zuckte mit den Schultern. „Das kommt vor. Ich habe nicht vor, noch einmal zu versagen.“

Aphrodite sah aus wie eine goldene Statue, als sie auf ihrem kleinen Podest in ihrer Halle stand und zu uns sprach. „Meine Prüfung ist eine der Täuschung. In den letzten Monaten habt ihr gelernt, eure Körper in etwas anderes zu verwandeln. Vom Menschen zum Tier. Für diese Prüfung werdet ihr euch in eine Ziege verwandeln.“

Das sorgte für ein paar Lacher in der Gruppe.

„Die Aufgabe besteht darin, dass eure Mitschüler euch aus einer Herde von Ziegen herauspicken sollen. Wenn sie das erfolgreich tun, seid ihr durchgefallen. Früher hätten wir die Ziegen eine nach der anderen geschlachtet, um eure Identität zu enthüllen, aber die Zeiten ändern sich.“

Ich tauschte einen entsetzten Blick mit Jasmine. „Igitt.“

Die Hälfte der Gruppe wurde aus dem Raum geführt, während der Rest von uns zurückblieb. Als sich die Tür wieder öffnete und zehn Ziegen hereinhuschten, wussten wir nicht, wer der anderen Gruppe sich in eine Ziege verwandelt hatte. Das war klug. So hatten wir keine Ahnung, welcher unserer Mitschüler sich in die Ziege verwandelt hatte.

Unsere Aufgabe als Gruppe war es, jede Ziege zu untersuchen und dann einstimmig zu entscheiden, welche Ziege keine Ziege war. Ich musste meine Gedanken nicht äußern, aber ich war mir sicher, dass wir uns alle einig waren, niemanden zu outen, wenn wir es vermeiden konnten. Dies war eine Prüfung, bei der wir unseren Mitschülern helfen konnten.

Nachdem wir uns alle zehn Ziegen angeschaut hatten, trafen wir gemeinsam eine Entscheidung. Wir einigten uns darauf, die ganz weiße Ziege zu wählen. Jasmine war unsere Sprecherin und deutete auf die weiße Ziege. „Wir glauben, dass sie die Betrügerin ist.“

Aphrodite nickte. „Sehr gut.“

Dann schnippte sie mit den Fingern, und acht der Ziegen verwandelten sich wieder in unsere Mitschüler. Darunter auch die Ziege, die wir ausgesucht hatten.

Aphrodite hatte uns offensichtlich getäuscht. Statt einer falschen hatte es nur eine echte Ziege gegeben.

Mir drehte sich der Magen um. Die weiße Ziege war Lucian gewesen.

Aphrodite trat von der Tribüne und kam direkt auf uns zu. Ihre Augen blitzten. „Legt euch nicht mit mir an." Dann deutete sie auf unsere Mitschüler. „Ihr habt alle bestanden, alle außer dir, mein Lieber." Sie richtete ihre Augen auf Lucian. „Du bist durchgefallen, dank deiner Freunde hier."

Bei der nächsten Gruppe von Ziegen, waren wir vorsichtiger und erwischten zum Glück keinen Rekruten. Als ich an der Reihe war, verwandelte ich mich so schnell wie möglich und hoffte, dass es mir halbwegs gelungen war. Da es hier keine Spiegel gab, konnte ich mich nicht selbst betrachten und eventuelle Fehler korrigieren. Andere Ziegen gesellten sich in der Lobby zu mir, ich wusste nicht, ob es wirklich Ziegen oder meine Freunde waren. Die Türen öffneten sich und wir liefen alle in den Raum.

Ich versuchte, mich so ziegenhaft wie möglich zu verhalten. Ich machte Ziegengeräusche und stieß mit dem Kopf an eine andere Ziege, von der ich hoffte, dass sie ein echtes Tier und nicht einer meiner Freunde war. Revana und ihr Team waren Teil der Beobachtungsgruppe. Als Revana sich durch die Herde bewegte, verpasste sie jedem Tier einen Tritt. Nachdem ich gesehen hatte, was sie in ihrer Vergangenheit durchgemacht hatte, wollte ich Mitleid mit ihr haben, aber es fiel mir schwer.

Als sie sich mir näherte, stieß sie mich in die Seite. Schmerz durchfuhr meinen Körper, und ich wollte meinen Kopf herumreißen und sie in den Hintern beißen, aber ich tat es nicht. Stattdessen blökte ich sie an und ging weiter, um mich neben eine kleine braune Ziege zu stellen.

Nach einigen angespannten Momenten zeigte Revana auf die kleine braune Ziege. „Das ist keine Ziege.“

Aphrodite nickte und schnippte dann mit den Fingern. Ich, Jasmine, Georgina, Ren und Mia tauchten alle auf. Genauso wie Rens Mitbewohner Marek, aber er war derjenige, auf den sie hingewiesen hatten. Er hatte die Prüfung nicht bestanden.

***

Heras Prüfung ähnelte einem Escape Room.

Ich hatte mit Callie und ihren Freundinnen mal an einem teilgenommen. Doch damals hatten wir die ganze Zeit gestritten und es darum nie nach draußen geschafft.

Bei der Prüfung würden wir in Fünfergruppen unser Wissen über die Götter nutzen, um Hinweise zu finden und in den nächsten Raum zu gelangen. Wir mussten drei Räume innerhalb von einer Stunde durchqueren. Das Team mit der schlechtesten Zeit würde die Prüfung nicht bestehen.

Wir schlossen uns zu unserer üblichen Gruppe zusammen. Ich, Jasmine, Georgina und Mia. Ren beschloss, mit Marek in eine andere Gruppe zu gehen, um sicherzugehen, dass Marek nicht wieder bei einer Prüfung durchfiel. Was Platz für ein neues Mitglied in unserer Gruppe schaffte - Lucian. Ich war zuversichtlich, dass unsere Gruppe es in Rekordzeit durch die Räume schaffen würde, da wir alle im Geschichtsunterricht gut abgeschnitten hatten. Ich war dieses Mal wahrscheinlich das schwächste Glied.

Nachdem wir im Raum eingeschlossen worden waren, ergriff ich Lucians Hand. „Es tut mir so leid wegen gestern.“

Er schüttelte den Kopf. „Das muss es nicht. Es ist alles in Ordnung."

„Aber du bist wegen uns durchgefallen."

„Dieses Mal werde ich wegen euch bestehen." Er schenkte mir ein sanftes Lächeln.

Gemeinsam lösten wir die Rätsel in Rekordzeit. Zumindest dachten wir, dass es eine Rekordzeit war, denn wir wussten nicht, wie die anderen Teams abgeschnitten hatten. Nachdem jede Gruppe die Räume durchgespielt hatte, erfuhren wir, dass wir den zweiten Platz belegt hatten. Rens Team hatte den ersten Platz belegt, worüber ich mich sehr freute. Revanas Team belegte den letzten Platz. Das bedeutete, dass sie jetzt zweimal durchgefallen war.

In dieser Nacht schlief ich lange und tief. Ich brauchte den Schlaf, um für Hermes' Flugstunden frisch zu sein. Ich hatte keinen Zweifel daran, dass Lucian und ich gut abschneiden würden. Zumindest solange Revana und ihre Crew nicht dazwischen funkten. Es war mittlerweile kein Geheimnis mehr, dass sie es auf mich abgesehen hatten. Ich musste vorsichtig sein.

Hermes traf uns draußen auf dem Trainingsplatz. Er hatte sich eine blau gepunktete Fliege umgebunden, die ziemlich niedlich aussah.

„Diese Prüfung ist ein Wettfliegen. Da Fliegen ein grundlegender Teil eurer Ausbildung ist, werden nur die ersten fünfundzwanzig Flieger diese Prüfung bestehen. Die andere Hälfte der Gruppe wird durchfallen."

Ich warf einen Blick auf Georgina und Jasmine. Wir hatten alle gewusst, dass die Prüfungen härter werden würden. Jetzt schien es loszugehen. Ich machte mir Sorgen um Georgina. Sie war keine starke Fliegerin.

„Ihr werdet in fünf Staffeln mit je zehn Fliegern antreten. Die besten Zeiten kommen weiter, die schlechtesten Zeiten fallen durch. Ich werde die Flieger für die erste Staffel auswählen."

Ich entfernte mich schnell von meinen Freundinnen und hoffte, dass Hermes uns nicht in eine Gruppe steckte. Ich wollte nicht gegen sie antreten. Trotzdem landete ich einer Gruppe mit Lucian, Ren, Marek, Mia, Revana, Diego und drei anderen, die ich nicht so gut kannte.

Nachdem Hermes die Strecke definiert hatte, stellten wir uns an der Startlinie auf. Ein wichtiger Teil der Prüfung bestand darin, wie schnell wir unsere Flügel ausfahren und in die Luft schießen konnten. Den Göttern sei Dank, hatten Lucian und ich viel geübt.

Hermes stand mit erhobenen Armen vor uns. Dann ließ er sie fallen und rief: „Los!"

Meine großen, schwarzen Flügel schossen in Sekundenschnelle aus meinem Rücken und ich stob in die Luft. Lucian war direkt hinter mir, und Revana, Ren und Mia folgten ihm kurz darauf. Die anderen brauchten etwas länger, bis sie ihre Flügel ausfahren konnten.

Ich flog vorne. Lucian hielt mit, blieb aber etwas hinter mir, und ich fragte mich, ob er meinen Rücken vor Revana schützte, denn ich wusste, dass sie bei der geringsten Gelegenheit hinter mir her sein würde. In der Luft, weit weg von neugierigen Blicken, hatte sie die perfekte Gelegenheit dazu.

Ich flog am ersten Turm der Zitadelle vorbei und um die Nordtürme herum, als ich einen Blick hinter mich riskierte. Lucian war mir immer noch auf den Fersen, aber Revana hatte etwas Boden gutgemacht. Sie flog jetzt Flügel an Flügel mit Mia. Ren war ein wenig hinter ihnen.

Sie musste gesehen haben, dass ich ihre Position überprüfte, denn sie rückte näher an Mia heran und schlug mit ihrem Flügel gegen die Flügel des anderen Mädchens. Sie versuchte vermutlich, Mia auszuschalten, um meine Aufmerksamkeit zu erregen. Und es funktionierte. Ich verlangsamte mein Tempo und wollte mich zurückfallen lassen, aber Lucian sah, was ich vorhatte, und schüttelte den Kopf.

„Lass dich nicht auf ihre Spielchen ein."

Ich schaute wieder über meine Schulter und sah, wie Revana heftig mit Mia zusammenstieß. Das gefiel mir nicht.

„Übernimm du die Führung!" Ich konnte es mir am ehesten leisten, bei einer Prüfung zu versagen. Wie ein Blitz flog ich zu Revana und Mia. Revanas Augen weiteten sich, als sie mich näherkommen sah.

„Wenn du dich mit mir anlegen willst, dann leg dich mit mir an, nicht mit meinen Freundinnen", rief ich ihr entgegen. Ich stieß meine Flügel aus und flog um sie herum. Die Wucht meiner Drehung brachte sie aus dem Gleichgewicht, und sie fiel zurück. Ich nickte Mia zu. „Flieg vor mir."

Das tat sie, und wir flogen in einer Dreiecksformation, Lucian an der Spitze, dann Mia und dann ich und Ren Seite an Seite. Revana war mir dicht auf den Fersen, aber sie suchte keine weitere Konfrontation.

Als wir um die Türme herum und zurück zur Ziellinie flogen, war Lucian bereits auf dem Boden gelandet. Er überquerte die Ziellinie als Erster, dann folgten Mia, Ren, ich und Diego zusammen mit Revana und Laura, einem der Mädchen, die ich nicht gut kannte.

Ich wusste nicht, wie unsere Zeiten aussahen, aber mit Sicherheit hatte Lucian die schnellste Zeit. Ich war mir ziemlich sicher, dass ich es schaffen würde, aber es hing alles davon ab, wie die anderen abschnitten.

Nervös schauten wir den anderen Gruppen beim Fliegen zu. Jasmine hatte sich im zweiten Durchgang sehr gut geschlagen, und ich war mir sicher, dass sie bestehen würde. Georgina hingegen belegte in ihrem Lauf den siebten Platz.

Nachdem alle Rennen beendet waren, ließ Hermes uns wieder antreten und teilte uns die Ergebnisse mit. Ich hatte recht gehabt - Lucian hatte die schnellste Zeit. Ich hatte bestanden, ebenso wie Ren, Jasmine und Revana. Aber Georgina und Marek waren durchgefallen. Das war das dritte Scheitern für Marek und das zweite für Georgina. Ich hatte vor bei den nächsten Prüfungen besonders auf sie achtzugeben. Denn ich wollte auf keinen Fall zulassen, dass meine Freunde von der Akademie geworfen wurde.

Kapitel 23

Melanie

Georgina und ich kauerten in unserem Zimmer und redeten den Rest des Nachmittags. Sie war traurig, weil sie bei der Flugprüfung durchgefallen war, aber ich versicherte ihr, dass ich ihr ab jetzt helfen würde. Wir sprachen über unsere Vergangenheit und unsere Familien und über Jungs. Sie erzählte mir von dem Jungen zu Hause, den sie zurückgelassen hatte, und ich erzählte ihr von Lucian.

„Bist du in ihn verliebt?“ Sie stupste mich spielerisch mit ihrem Fuß an.

„Ich weiß es ehrlich gesagt nicht.“ Aber ich wusste es. Und ich war es. Ich wollte es nur nicht laut aussprechen, weil ich nicht wusste, was das hier an der Akademie wirklich bedeutete, vor allem nach den Prüfungen. Liebe und Freundschaft waren kompliziert, vor allem in einer Zeit, in der weiterzukommen bedeutete, andere zurückzulassen.

Am Morgen nahm ich meinen Proteinriegel und gab ihn Georgina.

Ihre Augen weiteten sich, und sie schüttelte den Kopf. „Das kann ich nicht annehmen.“

„Nimm ihn. Ich brauche die zusätzliche Kraft nicht, Gina. Ich kann es mir leisten zu verlieren.“ Ich entfernte mich rasch von ihr, um die Debatte zu beenden. Dann schaute ich über meine Schulter und stellte zufrieden fest, dass sie den Riegel aß.

Draußen auf dem südlichen Übungsplatz neben den Ställen begrüßte uns Artemis auf einem der großen feuerspeienden Pferde, auf denen bisher noch niemand reiten konnte. Das Tier schnaubte und stampfte mit seinen großen Hufen auf dem Boden auf, was uns alle zurückschrecken ließ.

„Bei dieser Prüfung werdet ihr eines der großen Tiere im Zaum halten und mit ihm hierher zum Hindernisparcours reiten." Sie deutete auf das Feld, auf dem ein Parcours mit Sprüngen und anderen Hürden angelegt worden war. „Es gibt zehn Ziele. Ihr müsst acht von ihnen mit dem Bogen treffen. Wenn ihr mehr als zwei verfehlt, seid ihr automatisch durchgefallen. Außerdem wird eure Zeit gestoppt, und selbst wenn ihr alle Ziele trefft, dürft ihr nicht zu langsam sein. Die besten fünfundzwanzig Zeiten bestehen. Der Rest fällt durch."

Einige besorgte Blicke wurden in unserer Gruppe getauscht. Ein paar Leute waren bereits dreimal durchgefallen.

„Stellt euch in zwei Reihen auf."

Wir taten wie geheißen. Aber ich hatte kein gutes Gefühl dabei. Und mein Misstrauen wurde sofort bestätigt.

„Ich habe vergessen zu erwähnen, dass ihr gegeneinander antreten werdet, aber an entgegengesetzten Enden der Strecke." Artemis zeigte auf die Linie, in der ich mich befand. „Ihr beginnt hier." Sie deutete auf den Anfang der Strecke. „Und diese Reihe beginnt hier." Sie wies auf das Ende.

Ich schaute zu meinem Gegenüber, um zu sehen, gegen wen ich antreten würde. Isabel starrte mich an. Das war eine gute Wahl. Sie war keine Bedrohung für mich. Während des Unterrichts war sie von den meisten Reittieren heruntergefallen.

Ich schaute neben mich, um zu sehen, wer Georginas Gegnerin war, und mein Herz sank. Revana würde alles tun, um zu gewinnen. Auch betrügen. Ohne dass Artemis es bemerkte, schnappte ich mir Georgina und tauschte die Plätze mit ihr.

„Vertrau mir“, flüsterte ich ihr ins Ohr.

Artemis ritt auf ihrem Pferd zwischen unseren beiden Reihen durch. „Euer Gegenüber wird euer Gegenspieler in dieser Prüfung sein.“

Ich drehte meinen Kopf und schenkte Revana ein breites, selbstgefälliges Grinsen.

Wir waren als vierte an der Reihe, es sollte also eine Stunde oder länger dauern, bis wir drankamen, aber die Zeit verging schnell. Den anderen beim Rennen zuzusehen, war alles andere als langweilig.

Lucian war zwei Plätze vor mir. Bevor er an der Reihe war, drehte er sich um und schenkte mir ein zuversichtliches Lächeln. Ich erwiderte es und zeigte ihm einen Daumen nach oben, woraufhin er lachte. Ich sah mich um, gegen wen er antrat. Es war Hella, die nicht besonders gut mit Tieren umgehen konnte. Ich entspannte mich. Lucian war bei weitem der Stärkste in der Gruppe.

Als Artemis ihren Pfiff ertönen ließ, schnappte sich Lucian den Bogen und den Köcher vom Boden und lief in den Stall. Er war nur eine Millisekunde hinter seiner Gegnerin. Ein paar Minuten später ritt Hella auf einem Einhorn aus dem Stall. Einhörner waren flinke Geschöpfe; sie konnten schneller sprinten als alle anderen Pferde. Wieder vergingen ein paar Sekunden, und ich fragte mich, warum Lucian so lange brauchte.

Dann brach er durch das große Loch im Stalldach hervor. Er flog auf Pegasus! Während unserer Ausbildung war er einer der Einzigen gewesen, die das geflügelte Pferd mochte. Alle anderen konnten sich ihm nicht einmal bis auf ein paar Meter nähern.

Alle jubelten und johlten, als sich das große Tier auf den Hindernisparcours stürzte. Sogar Artemis grinste, als Lucian den Parcours mit Leichtigkeit meisterte. Er war lange vor Hella zurück und verfehlte nur ein Ziel.

Als er landete und abstieg, nickte Artemis ihm zu. „Gut gemacht."

„Danke", sagte er und verbeugte sich übertrieben.

Ich schüttelte den Kopf und lachte. Es tat gut, zu lachen, besonders jetzt.

Als ich an der Reihe war, pochte mein Herz so stark in meiner Brust, dass ich kaum atmen konnte. Der Pfiff ertönte, und ich nahm Bogen und Pfeile und rannte zum Stall. Revana und ich lieferten uns ein Kopf-an-Kopf-Rennen. Sie ging geradewegs auf einen der Greifen zu, aber auf dem Weg dorthin trat sie gegen alle anderen Stalltüren, was die Insassen in Aufregung versetzte.

Als sie ihren Greif bestieg, konnte ich nicht einmal in die Nähe der anderen Tiere kommen. Die Einhörner fuchtelten mit ihren Köpfen herum, ihre Hörner waren jetzt tödliche Waffen. Die anderen Greife stampften und schnaubten. Pegasus konnte ich vergessen; er hatte mir den Rücken zugewandt, und ich hatte nicht vor, mich ihm zu nähern. Auch die feuerspeienden Pferde waren unruhig, einige bliesen Rauch aus ihren Nüstern. Es blieb nur ein Tier übrig - eines der feuerspeienden Pferde, das größte von ihnen. Sein Name war Aethon, und es war das persönliche Reittier von Ares.

Er starrte mich an, sein Schwanz wedelte hin und her, als ob er sich um nichts auf der Welt kümmern würde. Er war riesig; mein Kopf reichte nicht einmal bis zu seinem Rücken.

Ich seufzte schwer. Welche andere Wahl blieb mir?

„Was hältst du davon, Hübscher? Willst du eine Runde drehen?"

Rauch quoll aus seinen Nasenlöchern, aber dann bewegte er sich leicht und gab mir Zugang zu seinem Rücken. Ich konnte es kaum glauben.

Ich rannte auf ihn zu, sprang und stieg auf ihn auf. Er schien zu wissen, was wir zu tun hatten. Denn kaum saß ich auf ihm, flog er wie eine donnernde Gewitterwolke aus dem Stall. Ich hörte ein kollektives Aufschreien und Aufstöhnen aus der Menge, als ich das riesige Tier zum Hindernisparcours ritt.

Ich saß hoch oben auf dem Pferd, zielte und traf das erste Ziel, das hoch in einem Baum saß, noch bevor wir den Parcours betraten. Aethon bewältigte den dann folgenden Sprung über die Baumstämme mühelos, dann traf ich das nächste Ziel, das tief auf dem Boden lag. Während ich durch den spärlich bewaldeten Parcours ritt, konnte ich das Kreischen und die Flügelschläge von Revanas Greif hören. Obwohl der Greif schnell und wendig war, wusste ich, dass er es wegen seiner riesigen Flügelspannweite schwer haben würde. Er würde nicht so tief fliegen können, wie es für einige der Ziele notwendig war.

Nachdem wir sechs Ziele in Folge getroffen hatten, bogen wir um die Ecke und trafen auf Revana und ihren Greif. Er kreischte mich an, aber Aethon kümmerte sich nicht darum. Er blieb auf dem Weg und donnerte weiter. Ich glaubte nicht, dass ihn irgendetwas aufhalten würde, schon gar nicht ein wütender Greif.

Ich traf das siebte Ziel, das bedenklich nahe an der Stelle lag, an der Revana flog.

„Du hättest mich treffen können!“, kreischte sie empört.

„Aber ich habe dich nicht getroffen“, gab ich zurück.

Sie legte ihren Pfeil in den Bogen, spannte ihn und schwang ihn in meine Richtung. Ich sah mich um, aber es war kein Ziel in meiner Nähe.

„Du wirst nur einen Pfeil vergeuden“, sagte ich.

Ihr Blick wurde schärfer. „Er wird nicht vergeudet sein“, sagte sie und schoss.

Der Pfeil zischte nur wenige Zentimeter an meinem Kopf vorbei. Das Geräusch summte in meinen Ohren. Ich wusste, dass sie wütend war. Ich wusste, dass sie mich scheitern sehen wollte. Aber, dass sie mich umbringen wollte? Ich hätte nicht gedacht, dass sie dazu fähig war. Offensichtlich hatte ich mich geirrt.

Aethons Zorn war nun geweckt. Der Pfeil hätte auch ihn treffen können. Er bäumte sich auf und blies einen Feuerstrahl aus seinem Maul. Die Flammen kitzelten die Hufspitzen des Greifs, und das Tier bäumte sich auf und stürzte nach rechts, so dass Revana fast von seinem Rücken fiel.

Als wir an ihr vorbeigaloppierten, drehte ich mich um und zeigte ihr den Mittelfinger.

Aethon schnaubte. Es klang beinahe wie ein Lachen.

Ich traf die letzte Zielscheibe, ohne eine einzige zu verfehlen, und dann donnerten wir zurück zur Ziellinie. Ich wurde mit Klatschen und Jubel begrüßt. Revana traf ein paar Minuten später ein.

Nachdem ich abgestiegen war, schnaubte Aethon und stieß mich von hinten an den Kopf, was mich aus dem Gleichgewicht brachte. Dann trabte er von selbst zurück in den Stall.

Artemis führte ihr Pferd neben mich. „Noch nie ist jemand bei der Prüfung auf Aethon geritten.“

„Sag ja Ares nichts davon“, bat ich.

Sie grinste. „Werde ich nicht.“

Als Revana an mir vorbeiging, ergriff ich ihren Arm und lehnte mich zu ihr. „Versuch sowas nicht nochmal, Revana. Diesmal lasse ich es dir durchgehen, wegen dem, was bei der

Prophezeiungsprüfung passiert ist, aber das nächste Mal... werde ich mich rächen."

Sie befreite sich ruckartig aus meinem Griff und stapfte davon.

Georgina war als Nächstes dran. Ich umarmte sie. „Viel Glück. Nimm ein Einhorn", rief ich ihr, „die Greifen sind zu schwer zu manövrieren."

Sie nickte, dann ertönte der Pfiff. Hastig lief sie in den Stall. Eine Minute später ritt sie auf einem Einhorn heraus und galoppierte auf den Parcours zu. Sie war ein paar Sekunden vor Isobel, die auf einen der Greife stieg. Innerhalb von Sekunden fiel sie ab und musste nochmal auf den Rücken des Tieres klettern. Aber der Greif hatte anscheinend genug und flog zurück in den Stall.

Isobel stieß einen verzweifelten Schrei aus.

Artemis ritt auf sie zu. „Willst du ein anderes Reittier ausprobieren?"

Sie schüttelte den Kopf. Sie wusste, dass es sinnlos war. Ihre Zeit wäre niemals konkurrenzfähig.

Als Georgina zurückkam, strahlte sie über das ganze Gesicht. Ich zog sie in meine Arme. „Ich bin so stolz auf dich!"

„Danke für deine Hilfe."

Arm in Arm sahen wir zu, wie Jasmine ihre Runde begann. Doch als sie zurückkam, sah sie nicht sehr glücklich aus.

„Ich habe drei Ziele verfehlt", erklärte sie uns.

„Oh, Jas, es tut mir leid." Ich umarmte sie. „Aber es ist nur eine einzige Prüfung. Du schaffst den Rest." Ich schenkte ihr ein beruhigendes Lächeln, aber bei Poseidons Prüfung war ich mir nicht so sicher. Sie war ziemlich gut im Wasser, aber ich hatte Gerüchte gehört, dass der Wassergott für seine besonders schwierigen Prüfungen berüchtigt war.

Nachdem alle den Parcours durchlaufen hatten, teilte Artemis uns die Ergebnisse mit. Ich hatte den ersten Platz belegt, Lucian lag ein paar Sekunden dahinter. Georgina, Ren und Mia hatten bestanden. Auch Revana hatte bestanden, wenn auch nur knapp. Isobel war durchgefallen, und auch Diego und Jasmine gehörten zu den fünfundzwanzig, die durchgefallen waren.

Am Ende der Prüfungen seufzte ich. Wir hatten nur noch vier Prüfungen vor uns - Poseidon, Ares, Zeus und die letzte bei Athene. Diese Prüfungen würden uns bis an die Grenzen unserer Fähigkeiten bringen. Ich hatte Angst, nicht um mich, sondern um meine Freunde. Ich wollte sie nicht verlieren.

Sie waren die einzige Familie, die ich noch hatte.

Kapitel 24

Melanie

Als wir am Ufer des Sees standen, den Lucian und ich bei einem unserer Rundflüge über das Gelände entdeckt hatten, konnte ich nicht aufhören zu zittern.

Ich hatte keine Angst, oder nur ein bisschen, aber ich war voller Adrenalin. Wir alle trugen rote und schwarze Neoprenanzüge und hatten die Möglichkeit, eine Schwimmbrille zu tragen. Ich entschied mich dafür, ebenso wie Jasmine und Georgina. Mir fiel auf, dass sowohl Ren als auch Lucian vorzogen, keine zu haben.

Stolz und erhaben schwebte Poseidon über den See. Er ließ seinen ernsten Blick über uns wandern. „Meine Prüfung wird euch an eure Grenzen bringen. Der See zieht sich über sechs Kilometer durch die Landschaft. Ihr habt drei Stunden Zeit, um ihn zu durchqueren. In der Mitte besteht die Möglichkeit zu rasten. Aber bedenkt, dass nur die fünfundzwanzig besten Schwimmer, die das andere Ufer zuerst erreichten, weiterkommen. Der Rest fällt durch.“

Ich griff nach Lucians Hand und drückte sie. „Ich möchte, dass du mir etwas versprichst.“

Er erwiderte meinen Druck sanft. „Klar. Was ist los?“

„Egal, was passiert, halt nicht wegen mir an. Du musst diese Prüfung bestehen. Hörst du?“

„Blue …“

„Nein, Lucian. Ich meine es erst. Konzentrier dich nur auf dein Ziel. Versprich es mir."

„Also gut. Ich verspreche es."

Ich schenkte ihm ein nervöses Lächeln und richtete meine Aufmerksamkeit wieder auf Poseidon.

„Ihr könnt eure Fähigkeiten während dieser Prüfung einsetzen." Ein langsames Lächeln breitete sich auf seinem Gesicht aus. „Aber denkt daran, dass ihr nicht allein im Wasser seid."

Wie aufs Wort wurde das Wasser unruhig. Eine Flosse erschien, gefolgt von einer weiteren. Es ging immer so weiter, bis neun Flossen aus dem Wasser ragten. Es blubberte, dann tauchten sie ab.

Jasmines Finger krallten sich in meinen Arm. „Das ist eine Hydra."

„Bist du sicher? Sie sah nicht sehr groß aus."

„Diese Flossen waren nur ihre neun Flossen auf einem ihrer neun Köpfe."

Ich schluckte.

Ich nahm meine Freunde zur Seite. „Wir sollten nach Möglichkeit zusammenbleiben. Ich habe das Gefühl, dass wir zu sechst mehr ausrichten können als jeder für sich allein. Wie seht ihr das?"

„Sehe ich genauso." Lucian wirkte erleichtert.

„Ja, du hast recht. Zusammen sind wir stärker", pflichtete Jasmine mir bei. Der Rest der Gruppe nickte zustimmend.

„Dann hätten wir das geklärt. Hals- und Beinbruch."

Poseidons Muschelhorn erklang. Die Prüfung hatte begonnen.

Wir preschten ins Wasser. Lucian und Ren gaben das Tempo vor, wir schlossen dicht zu ihnen auf. Wie eine Formation Zugvögel ruderten wir durch das Wasser.

So wie wir es gelernt hatten, zog ich die Luft tief in meine Lungen und tauchte hinab. Ich stellte mir vor, ich wäre ein Fisch im Wasser und bewegte meinen Körper im Gleichklang mit den Bildern in meinem Kopf. Wir blieben dicht beieinander. Tauchten auf, schnappten nach Atem, zogen die Luft in unsere Lungen und tauchten ab. Immer wieder die gleiche Bewegungsabfolge.

Langsam spürte ich Müdigkeit in meinen Gliedern. Das Wasser leistete Widerstand.

Beim nächsten Auftauchen warf ich einen Blick zurück. Gut, wir hatten die Mitte des Sees ohne Vorkommnisse beinahe erreicht.

Georgina zeigte erste Ermüdungserscheinungen. „Wenn wir das nächste Mal abtauchen, halte dich an meinem Fuß fest und lass dich einfach treiben“, sagte ich ihr.

„Bist du sicher?“

„Absolut.“ Ich lächelte sie aufmunternd an. „Wir schaffen das, Gina.“

Ich fing ihr Nicken auf, bevor ich tief Luft holte und abtauchte. Ich spürte ihre Hände an meinem Fußgelenk, während ich meinen Körper wie ein Delphin vorwärtstrieb. Zwar wurde ich durch das zusätzliche Gewicht etwas langsamer, aber so konnte ich ihr helfen und das war es mir wert.

Meine Muskeln begannen sich langsam verkrampfen und schmerzten immer unerträglich, doch das Ufer kam näher und das gab mir Kraft.

„Wir sind gleich da!“, rief Lucian uns über seine Schulter zu und ich nickte zuversichtlich. Doch dann zerriss ein Schrei die Luft hinter uns.

„Ich habe unter mir etwas gespürt!“ Es war Diego, der schrie und jetzt wie verrückt strampelte.

„Hör auf, dich zu bewegen“, rief Revana, während sie sich von Diego entfernte. „Du lockst sie noch zu uns.“

„Das ist kein Hai. Es ist eine verdammte Hydra. Ich denke, sie wird tun, was sie will.“

Ein weiterer Schrei kam von einer anderen Gruppe.

Georgina begann, neben mir ebenfalls ein wenig zu strampeln. Ich schüttelte den Kopf. „Keine Panik. Wir sind fast da.“

Dann wurde Diego ins Wasser gerissen.

Jetzt schrien wir alle.

„Lucian!“

Er hörte auf zu schwimmen und drehte sich zu mir um. „Was ist los?“

„Mit Diego ist etwas passiert.“

Ren schwamm herbei. „Was sollen wir tun?“

„Kannst du Georgina, Jasmine und Mia mitnehmen? Schwimmt zum Ufer.“

Ren runzelte die Stirn. „Mel... er würde dir auch nicht helfen.“

„Ich weiß.“

Er schüttelte den Kopf und sah Lucian an. „Du nimmst die Mädchen. Ich werde mit Mel gehen.“

„Nein, er ist mein Freund...“

„Ich kann das Wasser manipulieren, und Mel und ich können unseren Atem am längsten anhalten.“

Ich berührte Lucians Wange mit meinen Fingern. „Denk an dein Versprechen.“

Er sah mich lange an. Dann nickte er, drehte sich um und schwamm zielstrebig auf das Ufer zu. Georgina, Jasmine und Mia folgten ihm.

„Bereit?“, fragte ich Ren.

„Ja!“

Wir saugten beide Luft ein und tauchten tief ins Wasser. Es dauerte nicht lange, bis wir die Hydra entdeckten. Sie war riesig. In dieser Tiefe war es verdammt unheimlich, diese große, gefährliche Kreatur zu sehen, die direkt unter einer Gruppe von Schwimmern wartete. Sie sah aus, als würde sie sich amüsieren, weil sie wusste, dass sie jederzeit jeden von ihnen unter Wasser reißen konnte.

Ich entdeckte Diego, der zwischen den Kiefern eines der neun Köpfe strampelte. Es war kein Blut zu sehen, also hatte die Kreatur ihn nicht gebissen. Sie spielte lediglich. Wahrscheinlich war das ihr Auftrag von Poseidon. Jemanden festzuhalten, aber nicht zu töten.

Gemeinsam mit Ren näherte ich mich der Bestie. Einige ihrer Köpfe schienen uns wahrzunehmen, zeigten allerdings keine Reaktion. Ren drehte seine Hände im Kreis, erzeugte einen Wassertrichter und sandte ihn auf den Kopf der Hydra, der Diego festhielt.

Als der Wirbelsturm einschlug, öffnete sich das Maul der Bestie und gab Diego frei. Ich schnappte nach seiner Hand und zog ihn nach oben. Hustend durchbrachen wir die Wasseroberfläche. Diego keuchte nach Luft.

„Danke“, stotterte er. „Noch ein paar Minuten und ich wäre gestorben. Ich hatte keine Luft mehr.“

Ich wischte mir über das Gesicht. „Spar dir deinen Atem. Wir müssen weiter.“

Während ich meine ersten Züge machte, sah ich in der Ferne, dass Lucian und die anderen fast am Ufer waren. Revana befand sich in ihrer Nähe, ebenso wie die meisten der anderen. Ich schaute hinter mich und entdeckte etwa zehn, die hinter uns im Wasser kämpften. Wir würden es nicht unter die ersten fünfundzwanzig schaffen. Für mich spielte das keine Rolle, aber für Ren bedeutete das drei Fehlschläge.

„Ren, du musst schneller schwimmen."

„Was ist mit dir?"

„Mach dir keine Sorgen um mich. Mir geht es gut."

Er nickte und stürzte sich ins Wasser. Ich wusste, dass er die Kraft und Ausdauer hatte, es zu schaffen.

Ich schwamm weiter neben Diego, um sicherzustellen, dass er nicht unterging. Er sah erschöpft aus und konnte sich kaum noch über Wasser halten.

Als wir weiterschwammen, spürte ich das Wasser unter mir brodeln. Ich hielt an und schaute mich an der Oberfläche um. Es sah aus, als würden wir in einem Topf mit kochendem Wasser schwimmen. Die Hydra.

Unter mir brodelte es weiter. Dann bildete sich eine riesige Welle, die unter mir wuchs und mich, Ren und Diego immer höher und höher hob. Ich riskierte einen Blick hinter mich und sah, wie die Hydra wie ein Vulkanausbruch aus dem Wasser auftauchte und uns mit einer gewaltigen Welle überrollte. Mein Magen verkrampfte sich, als die Welle uns traf. Ich spürte, wie das Wasser mich umschlang. Ich strampelte und versuchte, die Kontrolle zu behalten. Jederzeit rechnete ich damit, dass die Hydra mich packen und auffressen würde.

Doch stattdessen spülte uns die Welle lediglich an den Strand.

Hustend rollte ich mich auf den Rücken und sah wie, Poseidon über mir auftauchte. Sein Lächeln war breit und warm.

„Gratuliere, ihr habt es alle geschafft. Ihr habt die Prüfung bestanden."

Ich blinzelte ihn schockiert an. „Haben wir das?" Ich setzte mich auf und sah, wie Lucian, Georgina, Jasmine und Mia den Strand entlang auf uns zu rannten. Ich sah zu Ren hinüber, der genauso verblüfft zu sein schien wie ich. Diego wiederum hatte anscheinend noch nicht einmal registriert, dass wir aus dem Wasser waren.

Lucian griff nach meinem Arm und zog mich hoch. Er lachte.

Ich konnte es nicht glauben. Wir hatten bestanden, obwohl wir fast die Letzten gewesen waren. Wir umarmten einander alle fassungslos. Die Erschöpfung machte sich bei jedem von uns bemerkbar. Besonders bei Ren. Ich ergriff seine Hand und drückte sie.

„Danke, dass du mit mir gegen die Hydra angetreten bist."

„Gern geschehen."

Als ich an diesem Abend in unser Zimmer kam und gerade meinen Neoprenanzug ausziehen und ins Bett fallen wollte, fand ich eine kleine Schachtel auf meinem Bett. Obenauf lag ein Zettel. Er lautete: *Für deine Tapferkeit. Poseidon*

Ich öffnete sie und fand einen großen Proteinriegel. Lachend nahm ich ihn in die Hand und verschluckte ihn mit drei Bissen.

Dann fiel ich in einen tiefen, traumlosen Schlaf.

***

Am Morgen fühlte ich mich ausgeruht und kräftig.

Das war auch gut so. Denn ich würde all meine Energie für Ares´ Prüfung brauchen.

Nachdem ich mich schnell geduscht hatte, flocht ich meine Haare zu einem Zopf zusammen und schlüpfte in Shorts und T-Shirt. Entschlossen, mich Ares' Aufgaben zu stellen, machte ich mich auf den Weg nach draußen.

Ares erwartete die Rekruten auf dem Übungsplatz. Hinter ihm hatten sich mehrere Krieger, darunter Herakles, versammelt. Auch Antiope, von der es hieß, sie sei eine der größten Kriegerinnen aller Zeiten, hatte sich eingefunden.

„Heute“, donnerte Ares, „wird sich alles um den Einzelkampf drehen. Ich stelle es euch frei, die Kampfart selbst zu wählen. Als Waffen stehen euch Schwert oder Speer zur Verfügung. Je nachdem wie eure Entscheidung ausfällt, wähle ich den Gegner unter den anwesenden Kriegern für euch aus.“ Mit einer ausholenden Geste deutete er auf die erschienenen Krieger. „Früher wäre es ein Kampf auf Leben und Tod gewesen. Leider wurde ich überstimmt, sodass ihr heute nur noch so lange kämpft, bis euer Gegner den Kampf abbricht. Eure Gegner entscheiden, ob ihr bestanden habt oder nicht.“

Meine Mitschüler wählten ihre Waffen. Jasmine entschied sich für ein Schwert, Georgina für einen Speer und Lucian für ein Schwert. Als ich an der Reihe war, sagte ich: „Nahkampf ohne Waffen.“

Ares lächelte genüsslich, was mich meine Entscheidung sofort bereuen ließ. „Gut, deine Gegnerin wird Antiope sein.“

Die Kriegerin trat vor. Sie war nicht kleiner als sechseinhalb Fuß. Ihr langes, goldenes Haar war zu einem Zopf gebunden, und sie trug ein Tanktop und Shorts, die ihre muskulösen Beine kaum bedecken konnte.

Ares lachte. „Viel Spaß, Richmond. Ich werde Chiron sagen, dass er dich später auf der Krankenstation erwartet.“ Er entfernte sich von der Kampffläche.

Ich war entschlossen, mich von seinen Worten nicht aus der Ruhe bringen zu lassen. Ich musste Antiope nicht besiegen; ich musste nur ihre Aufmerksamkeit erregen, sie wissen lassen, dass ich ein würdiger Gegner war. Ich war schnell und ich war wendig, und ich konnte eine große Person zu Fall bringen. Ich hatte sogar Herakles während des Trainings ein paar Mal zu Boden gebracht.

Als wir auf Augenhöhe waren, nickte ich ihr zu und trat ein paar Schritte zurück. Ihre Arme waren länger als meine, also durfte ich mich von ihr nicht einfangen lassen. Die einzige wirkungsvolle Verteidigung, die ich hatte, lag in einer starken Offensive. Ich musste angreifen und sie dort treffen, wo es zählte.

Sobald sie ihre Hände in Abwehrhaltung gebracht hatte, griff ich an. Ich wich ihrem rechten Haken aus und versetzte ihr einen kräftigen Schlag in die Mitte. Es war, als würde meine Faust auf Stein treffen. Meine Knöchel gaben ein wehleidiges Knacken von sich.

Ich sprang ein paar Schritte zurück, tanzte nach rechts um sie herum und schlug ihr erneut in die Seite. Diesmal zuckte sie zurück; ich hatte den richtigen Punkt gefunden.

Bevor ich mich wieder um sie herum bewegen konnte, drehte sie sich nach rechts und schlug mir mit der Rückhand ins Gesicht. Schmerz explodierte über meine Wange und meinen Mund. Ich schmeckte Blut. Der Schlag hatte mich zurückgeworfen, aber ich behielt das Gleichgewicht und ging wieder auf sie los. Ich musste vermeiden, erneut am Kopf getroffen zu werden. Sie war stärker, stärker als ich, und ein weiterer Schlag würde mich wahrscheinlich umwerfen.

Als ich mich wieder aufrichtete, entdeckte ich ein kurzes Lächeln auf Antiopes Gesicht. Sie hatte nur mit mir gespielt. Ich schüttelte den Kopf, um den Nebel darin loszuwerden und richtete den Blick auf meine Gegnerin.

Ich schüttelte die Arme aus, ließ die Schultern kreisen und sammelte mich für den nächsten Schlag. Leichtfüßig stieß ich mich vom Boden ab und zielte mit dem Fuß auf ihr Gesicht. Ihr Arm schellte vor und sie warf mich zurück, als würde sie eine lästige Fliege verscheuchen.

Der Aufprall auf dem Boden ließ meine Zähne klappern. Mein Körper schmerzte. Aber ich durfte sie nicht gewinnen lassen. Ares überhebliches Gesicht tauchte vor meinem inneren Auge auf und schürte die Wut in meine Adern. Ich sprang auf die Beine, tänzelte um sie herum und rammte ihr meinen Ellenbogen in die Flanke. Kurz ließ sie ihre Deckung fallen, doch der Moment genügte, um mich auf ihren Rücken zu werfen. Ich schlang den Arm um ihren Hals und drückte zu. Selbst eine so mächtige Gegnerin wie Antiope brauchte Luft zum Atmen.

Sie ruderte mit ihren Armen, während ich ihr immer fester die Luft abdrückte. Meine Beine um ihre Hüfte geschlungen war ich wie eine Spinne, die sich nicht abschütteln ließ.

„Mach weiter, Blue! Du hast sie gleich so weit." Lucians Stimme vibrierte in meinen Ohren. Langsam ließ meine Kraft nach, Schweiß perlte auf meiner Stirn.

Die schöne Tochter des Nykteus ging endlich in die Knie, doch dann riss sie ihren Arm nach oben und ich fiel wie ein nasser Sack Reis zu Boden.

Sie rieb sich über den Hals, an dem sich ein violetter Fleck bildete, drehte sich zu mir um und reichte mir die Hand. „Gute Arbeit. Du hast diese Prüfung bestanden."

Ich ließ mich auf die Beine ziehen. Sie klopfte mir auf die Schulter und ging davon. Lucian sprang an meine Seite und zog mich in seine Arme. „Du bist so verdammt erstaunlich, Blue!"

Er küsste mich, und es war nicht nur ein kurzer Kuss auf die Lippen. Es war ein richtiger Kuss mit Zunge.

Es gab mehrere „Oooohs" und Gepfeife. Dann tauchte Ares neben uns auf und riss uns auseinander.

„Auf geht's, Loverboy, du bist dran.“

„Viel Glück“, raunte ich ihm zu.

Ich sah zu, wie er mit Schwert und Schild auf das Schlachtfeld ging. Sein Gegner war Achilles, der größte Krieger, der je gelebt hatte.

Als Lucian sich für den Kampf bereit machte, stieg in mir Nervosität auf. Aber ich brauchte mir keine Sorgen zu machen. Lucian kämpfte wie der einzigartige Krieger, von dem ich wusste, dass er es eines Tages werden würde.

Obwohl er den Kampf am Ende verlor, reichte Achilles ihm die Hand. Schweiß perlte über die Gesichter der beiden. „Du hast tapfer gekämpft, Rekrut und diese Prüfung verdient bestanden.“

Tatsächlich hatten alle meine Freunde diese Prüfung bestanden. Wir hatten nur noch zwei Prüfungen zu absolvieren, dann war es vorbei und wir würden in unsere Bataillone aufgeteilt werden.

Dann würde die eigentliche Ausbildung beginnen.

Kapitel 25

Melanie

Alle waren nervös wegen der Prüfung des Zeus.

Sogar ich. Denn ich hatte Angst um meine Freude.

Nach dem Frühstück versammelten wir uns in der Trainingsanlage, in der wir unseren Elementarunterricht hatten.

„Willkommen zu eurer Blitzprüfung.“ Zeus lächelte uns an, wie ein nachsichtiger Vater.

„Dies wird eine schwierige Prüfung werden, und die meisten von euch werden sie nicht bestehen.“ Er klatschte in die Hände, und ein Donnerschlag erschütterte das Fundament des Gebäudes. Der Boden bewegte sich unter unseren Füßen. Licht funkelte zwischen seinen Händen und langsam begann er einen Blitz zu erzeugen.

„Jeder von euch muss den Blitz mit beiden Händen ergreifen und ihn auf das Ziel werfen. Die meisten von euch werden nicht einmal in der Lage sein, den Blitz zu halten, geschweige denn ihn zu werfen. Aber diejenigen, die es können, werden diese Prüfung bestehen.“ Er stieß den Blitz in den Boden.

Ich starrte ihn verärgert an. Das war alles? Sie mussten ihn nur werfen? Ich hatte ihn zwei Minuten in meinen Händen halten müssen.

„Melanie, warum kommst du nicht zu mir und siehst zu?“

Ich wünschte meinen Freunden viel Glück, bevor ich mich neben Zeus stellte. Mit angehaltenem Atem beobachtete ich den ersten Rekruten, der den Blitz zu greifen versuchte. Und scheiterte.

Einer nach dem anderen trat vor, kämpfte gegen die Kraft der Elektrizität an und versagte. Selbst meine Freunde, Jasmine, Ren und Mia hatten keine Chance und fielen durch. Der Gestank nach verbranntem Fleisch verpestete die Luft. Mir wurde übel und ich wünschte mir nichts sehnlicher, als dass die Prüfung endlich beendet wäre, während Zeus neben mir jede Minute zu genießen schien.

Dann trat Georgina vor. Ich biss mir auf die Lippe, als sie sich vorlehnte und ihre Hände um den brutzelnden Bolzen legte. Sie zuckte zusammen, aber sie ließ ihn nicht fallen. Sie sah sogar so aus, als hätte sie sich unter Kontrolle. Mit dem Bolzen in der Hand drehte sie sich um, balancierte ihn mit einem Arm aus und schleuderte ihn quer durch den Raum. Sie verfehlte das Ziel, aber das machte nichts. Das Ziel zu treffen war nicht Teil der Aufgabe. Sie hatte das Unmögliche geschafft. Als sie sich wieder zu mir umdrehte und grinste, bemerkte ich, dass ihre Schuhe voller Erde waren.

Ich lachte laut auf. Sie war absolut brillant. Sie hat ihre Affinität zur Erde genutzt und sich buchstäblich geerdet. Zeus schien es auch zu bemerken, denn seine Lippen zuckten nach oben.

Lucian war als Letztes an der Reihe. Ein kluger Schachzug, denn ich nahm an, dass er die anderen beobachtet und seine Rückschlüsse gezogen hatte, wie er die Prüfung bestehen konnte.

Er atmete tief ein und blickte zu mir hinüber. Ich schenkte ihm ein ermutigendes Lächeln. Er wickelte seine Hände um den Blitz und hielt inne. Es sah aus, als wollte er sich an den elektrischen Strom gewöhnen, der durch seinen Körper schoss. Dann hob er den Blitz an, wandte sich dem Ziel zu und riss die Hand zurück, um ihn mit aller Kraft zu werfen.

Der Blitz traf das Ziel genau ins Schwarze.

Der ganze Raum brach in Jubel aus. Sogar Zeus klatschte. Ich rannte zu Lucian und umarmte ihn. Als er seine Arme um mich schlang, bemerkte ich, dass seine Hände nicht einmal rot waren.

***

Da es unser letzter Abend vor der letzten Prüfung war, ließ Zeus uns noch ein paar Stunden vor der Ausgangssperre im Speisesaal versammeln. Er erlaubte uns sogar ein paar besondere Leckerbissen zum Naschen. Wir sechs saßen zusammen an unserem Tisch und schlemmten Eisbecher und Bananensplits. Wir redeten und lachten und vergaßen dabei, was morgen auf uns zukommen würde. Nicht ein einziges Mal erwähnten wir, dass es unsere letzte gemeinsame Nacht sein könnte. Keiner von uns wusste, was passieren würde, wenn wir in unsere Bataillone aufgeteilt werden würden. Vielleicht würden wir einander nie wiedersehen. Zumindest nicht, bis es einen Krieg gab, in dem wir für die Götter kämpfen mussten.

Ich versuchte diese Gedanken zu verdrängen und einfach den Moment zu genießen.

Als ich in dieser Nacht einschlief, waren meine Träume wieder von Dunkelheit und Schatten erfüllt. Aber dieses Mal spürte ich ein Wesen in der Dunkelheit. Das Wesen streckte seine Hand nach mir aus und bat mich um etwas. Es bat mich um die Erlaubnis, bei mir zu sein. Ich fürchtete mich nicht vor den Schatten. Also sagte ich.

Ja.

***

Als ich am Morgen aufwachte, fühlte ich mich wie neu geboren und gestärkt. Dieses Gefühl hielt an, während wir zum Übungsplatz aufbrachen.

Er war in ein Schlachtfeld mit Ruinen, Steinmauern und Gräben verwandelt worden.

Die Sonne stand hell am Himmel und schien auf Athene herabzustrahlen, als sie auf das Feld hinausging.

Sie trug ein traditionelles griechisches Gewand und ein goldenes Band über ihren kurzen, dunklen Locken. Ihre Haut hob sich strahlend von dem weißen Gewand ab, und sie sah wahrhaft wie eine Göttin aus. Ares mochte der Gott des Krieges sein, aber Athene hatte uns mehr über die Kunst der Kriegsführung beigebracht als jede andere Gottheit in der Akademie.

Und jetzt war unsere Chance, ihr zu zeigen, was wir gelernt hatten.

„Heute werdet ihr gegen einige der besten Krieger kämpfen, die diese Akademie hervorgebracht hat.“ Wie aufs Wort strömten die Kämpfer auf das Feld. „Herakles, Medusa, Achilles, Antiope, Helena und Bellerophon.“ Die sechs Krieger begrüßten uns, indem sie ihre Köpfe majestätisch sinken ließen.

Ich war immer noch entsetzt, als ich sah, wie sich Medusas Haare von selbst aufwirbelten. „Wir werden Capture the Flag spielen. Das Team gewinnt, dass es als Erstes schafft, das Schlachtfeld zu überqueren und die gegnerische Fahne an sich zu reißen.“

Ich nickte. Es schien ganz einfach zu sein. Nun, einfach war vielleicht nicht das richtige Wort, aber zumindest hörte es sich nicht besonders kompliziert an.

„Anstelle von Paintball-Pistolen und Farbkugeln“, sagte sie und lächelte, „werdet ihr Bögen und Schwerter und jede andere Waffe benutzen, die euch zur Verfügung steht. Aber keine Sorge, die Pfeile sind abgestumpft, genauso wie die Schwerter, ihr werdet also nicht auf dem Schlachtfeld sterben, aber ihr werdet mit Sicherheit verletzt werden.“

Großartig. Genau das, was ich brauchte. Mehr Narben.

„Ihr werdet in Zehner-Teams gegen das Kriegerteam antreten. Wenn ihr ihre Fahne erobert, habt ihr die Prüfung bestanden, wenn sie eure erobern, seid ihr durchgefallen.“ Sie drehte ihren Kopf und sah jeden von uns an. „In siebzig Jahren haben nur zwei Teams je gewonnen.“

Wir schluckten. Dann bildeten wir schnell ein Team, bestehend aus mir, Jasmine, Georgina, Mia, Lucian, Ren, Marek, Jasmines Mitbewohnerin Hella, Diego, den Lucian überredet hatte, zu uns überzulaufen, und einem stillen Mädchen namens Rosie, von der ich wusste, dass sie ein Ass mit dem Bogen war. Für einige von uns ging es bei dieser Prüfung um alles oder nichts. Die Schicksale von Ren, Georgina, Marek und Diego hingen an einem seidenen Faden. Ich schwor mir, dafür zu sorgen, dass wir gewinnen würden.

Als nächstes sollten wir unsere Waffen wählen. Ich griff mir einen Bogen und einen Köcher mit abgestumpften Pfeilen. Damit konnte ich besser umgehen als mit einem Schwert oder einem Speer. Lucian wählte natürlich ein Schwert.

Als wir startklar waren, kauerten wir uns in unserer Basis zusammen, um unsere Strategie zu besprechen.

„Wie zum Teufel sollen wir sie schlagen?“ Mia schüttelte den Kopf. „Du hast Athene gehört - niemand besteht diese Prüfung.“

„Wir müssen sie nicht besiegen“, sagte ich. „Wir müssen sie nur lange genug ablenken, damit sich jemand heranschleichen und ihre Fahne holen kann.“

„Wenigstens einer von ihnen wird die Fahne bewachen.“ Lucian blickte zu den Kriegern hinüber, die sich nicht versammelt hatten, sondern einfach bei ihrer Basis standen. Mir fiel auf, dass ein paar von ihnen ziemlich gelangweilt aussahen.

Ich war mir da nicht so sicher. Sie waren Halbgötter. Sie waren es gewohnt zu gewinnen. Für sie war das ein Kinderspiel. Eine langweilige Aufgabe. Ihre Arroganz würde uns in die Karten spielen. Oder zumindest hoffte ich das.

„Ich denke, wir sollten Folgendes tun.“ Ich nahm einen Stock und begann einen Plan in die Erde zu zeichnen.

Als das Horn ertönte, verließen alle bis auf Georgina und Marek die Basis. Sie sollten zurückbleiben, um unsere Falle auszulösen, wenn sie gebraucht würde. Der Rest von uns teilte sich in zwei Gruppen auf und ging in entgegengesetzte Richtungen. Lucian, Ren und Rosie kamen mit mir, und Jasmine führte Diego, Mia und Hella an.

Mein Team rannte zur Deckung einer halb geformten Steinmauer; einige der Steine waren zerbrochen. Pfeile flogen auf uns zu. Ich konnte hören, wie sie an den Felsen abprallten. Durch einen winzigen Schlitz in der Mauer sah ich Achilles, der auf einer leichten Anhöhe stand und auf uns schoss. Er hatte nicht einmal einen Schild. Und er lächelte.

„Was für ein Arsch.“ Ich schüttelte den Kopf. „Wir müssen es dem Kerl zeigen.“

„Finde ich auch.“ Lucian grinste mich an.

„Rosie, ich habe gehört, du bist eine gute Schützin.“

Sie zuckte mit den Schultern. „Ich bin ganz in Ordnung.“

„Okay, auf drei bilden wir drei einen Schild, und wenn wir sein Feuer auf uns ziehen, Rosie, schießt du. Ziel auf seine Beine.“

Sie grinste.

„Eins, zwei, drei...“

Wir rannten aus der Mauer heraus, Lucian, Ren und ich hielten unsere Schilde zusammen und bildeten eine Mauer. Das Geräusch von einschlagenden Pfeilen hallte um uns herum. Rosie hockte hinter uns, und als ich ihr zunickte, kam sie um die rechte Seite herum, feuerte und duckte sich dann hinter die Schilde zurück. Wir hörten einen empörten Schrei.

„Verdammt!“

Ich schaute durch den Schlitz, den wir zwischen den Schilden geschaffen hatten, und sah Achilles mit roten Flecken an seinen Beinen. Es war eindeutig kein Blut, sondern Farbe. Wie Farbkugeln schienen unsere Pfeile, Schwerter und Speere auf magische Weise rote Farbe produzieren, um Wunden zu imitieren. Es war perfekt.

Jetzt, da wir ihre Aufmerksamkeit hatten, rannten wir in die nächste Deckung, während Rosie und ich weitere Pfeile auf Achilles abfeuerten. Er stürzte von seinem Platz auf dem Hügel. Während wir uns neu formierten, hörte ich einen Schrei von der anderen Seite des Feldes.

„Endlich! Richtige Gegner!“ Es war Herakles, und er klang geradezu erfreut.

Wir waren fast auf halbem Weg über das Feld. Weitere Pfeile regneten auf unsere Position nieder. Achilles hatte eine bessere Stelle gefunden, von der aus er schießen konnte. Ich entdeckte

Antiope mit ihrem Speer und Schild. Ich fand ein Loch in meiner Deckung und feuerte Pfeile zurück, aber Antiope konnte sich und Achilles problemlos schützen.

„Ich werde sie ablenken", erklärte ich meinen Freunden. „Sobald ich ihre Aufmerksamkeit habe, rennt ihr drei in die nächste Deckung."

Nachdem ich meinen Schild auf dem Rücken befestigt hatte, rieb ich meine Hände aneinander, wodurch ein orangefarbenes Leuchten entstand. „Eins, zwei, drei!"

Ich sprang hinter der Mauer hervor und streckte die Hände aus. Eine Feuerwand brach aus meinen Handflächen hervor, und ich stieß sie in Richtung Achilles und Antiope. Lucian, Ren und Rosie rannten gleichzeitig in Richtung der nächsten Deckung. Die Krieger waren von meiner Feuerwand so überrascht, dass sie vorerst keine Pfeile abfeuerten.

Ich spürte, wie die Kraft meines Feuers nachließ. Bald würde ich in der Mitte des Feldes ungeschützt sein. Ich entdeckte einen Haufen umgestürzter Baumstämme, unter denen ich mich verstecken konnte. Mit einem letzten Feuerstoß ließ ich meine Hände fallen, löschte die Flammen, sprintete nach links und tauchte in Deckung. Ein paar Pfeile zischten über meinen Kopf hinweg.

Unter den Baumstämmen zu sein, verschaffte mir einen Moment der Ruhe, und ich drehte mich um, um zurück zu unserer Basis zu schauen. Ich war erfreut zu sehen, dass unser Plan funktioniert hatte.

„Was zum Teufel ist das?" Herakles und Bellerophon steckten beide in der Nähe unserer Basis in Treibsand fest.

Ich grinste. Georgina und Marek hatten ihre Erd- und Wasserfähigkeiten kombiniert und einen unpassierbaren Graben aus Treibsand geschaffen. Und jetzt steckten zwei der Krieger darin fest. Das gab mir etwas Zeit, zu ihrer Festung zu gelangen und die Fahne zu holen.

Ein weiterer Pfeil zischte an mir vorbei. Dann traf ein Pfeil die Baumstämme, unter denen ich lag. Sie hatten mich gefunden. Ich wollte gerade aufspringen, um meine nächste Deckung zu suchen, als eine Speerspitze einen der Baumstämme durchbrach und mich fast am Arm traf.

„Hab ich dich." Antiope grinste auf mich herab. Sie zog ihren Speer zurück, und ich rollte mich nach rechts. Sie verfehlte mich nur knapp. Ich begriff, dass ich sie mit ihrem Speer nicht besiegen konnte. Ich hatte ja nicht mal eine Nahkampfwaffe.

Also drehte ich mich um und lief, so schnell ich konnte.

Ein Pfeil schlug nur einen Hauch von meinem rechten Fuß entfernt in den Boden ein. Ich wusste nicht, wohin ich rannte, denn auf dieser Seite gab es keine gute Deckung.

Weitere Pfeile flogen auf mich zu und Antiope war vermutlich nicht weit hinter mir.

Ich musste verschwinden! Aber wie?

Schließlich entdeckte ich einige Schatten, die in der Nähe einer Baumgruppe herabfielen. Die Bäume würden mir nicht als Deckung dienen können, aber die Schatten ... Könnte ich vielleicht?

Ich sprintete auf die Schatten zu und sprang in die Dunkelheit, in der Hoffnung, dass ich keinen großen Fehler beging. Ein Pfeil zischte an mir vorbei, gerade als ich in den Boden sank.

Die Dunkelheit verschluckte mich. Aber ich wollte mich nicht nur verstecken. Ich hatte mich schon einmal durch die Schatten bewegt. Damals hatte mein Unterbewusstsein mich wie von selbst zum Labyrinth gebracht. Könnte ich auch zur Basis unserer Feinde gelangen?

Ich versuchte, mich auf die Schatten einzulassen. Mich ihnen ganz hinzugeben. Ein Teil der Dunkelheit zu werden. Meine physische Präsenz aufzulösen.

Ich glaubte, dass es funktionierte. Es war, als wäre ich schwerelos. Mein Körper schwebte, als befände ich mich in einem Meer aus Salzwasser. Ich stellte mir die Basis der Krieger vor und flog durch die Schatten in ihre Richtung. Ich hoffte nur, dass ich es schaffen würde, die Schatten auch wieder zu verlassen.

Schließlich erreichte ich mein Ziel; die Luft fühlte sich hier leichter an, als könnte ich mich leicht durch sie bewegen. Dann sah ich einen winzigen Lichtfleck. Schließlich schwoll das Licht an, und ich trat aus dem Schatten heraus und auf das Feld. Es hatte geklappt! Doch viel Zeit zum Jubeln blieb mir nicht.

Medusa, die in der Nähe gelegen hatte und ihre Nägel inspizierte, erschrak, als sie mich aus dem Nichts auftauchen sah. Sie hob ihren Bogen, aber sie war zu langsam. Ich hatte meinen Pfeil bereits im Anschlag und ließ ihn auf sie zufliegen. Der Pfeil traf sie in die Brust. Rote Farbe spritzte über ihr weißes Kleid.

„Du Schlampe." Sie hob den Kopf, nahm ihre Sonnenbrille ab, und ich konnte sehen, wie ihre Augen zu leuchten begannen.

Ich warf meinen Schild über mein Gesicht und rannte zu ihrer Basis. Während ich rannte, verwandelten sich die Blumen, das Gras und die kleinen Büsche um mich herum in Stein. Beinahe wäre ich über eine versteinerte Blume gestolpert, aber ich sprang darüber hinweg und erreichte ihren Stützpunkt. Jetzt musste ich nur noch auf die Spitze ihrer Festung klettern, und die Fahne holen.

Aber das war unmöglich, solange Medusa mich jederzeit in Stein verwandeln konnte.

Medusa fluchte heftig, als sie auf die Festung zulief. Je näher sie kam, desto mehr Dinge wurden zu Stein. Sie war schon fast bei mir. Und ich hatte ihrer Magie nichts in den Weg zu setzen. Stöhnend blickte ich zur Fahne hinauf. Ich war unserem Sieg so nah, und jetzt sollte ich scheitern?

Ich riskierte einen Blick über meinen Schild und sah plötzlich, wie Lucian von hinten mit erhobenem Schwert auf Medusa zustürmte.

Er schlug ihr auf den Rücken, doch sie wirbelte herum und stellte sich ihm zum Kampf. Nicht lange, und er würde zu Stein werden.

Doch sein Angriff hatte Medusa für einen Augenblick abgelenkt, und mehr als einen Augenblick brauchte ich nicht. Ich rannte die Festungstreppe hinauf, immer zwei Stufen auf einmal. Ich erreichte den Fahnenmast. Mit fast zerspringendem Herzen packte ich die Fahne und riss sie herab.

Sofort ertönte das Horn.

Wir hatten gewonnen.

Ich sprang auf und ab und schwenkte die Fahne. „Wohoo!!“ Ich schaute über die Seite der Festung und sah, wie Lucian Medusa seine Hand anbot. Sie schloss die Augen und schlug seine Hand weg.

Sie setzte ihre Sonnenbrille auf und blickte zu mir hoch. „Gut gespielt.“

„Danke“, sagte ich süß wie Honig.

Auf dem Spielfeld brachen meine Freunde in Jubel aus. Sie so freudig zu sehen, erfüllte mich mit so viel Glück, dass mir Tränen in die Augen stiegen. Als ich jeden einzelnen von ihnen ansah, wurde mir klar, dass sie mein Zuhause geworden waren und ich alles für sie tun würde.

Sie waren jetzt meine Familie.

***

Während die anderen Teams ihre Prüfung absolvierten, wurden wir zurück in unsere Schlafsäle gebracht, um uns auf die Zeremonie vorzubereiten. Ich wollte mit meinen Freunden feiern, vor allem mit Lucian, aber mir wurde versichert, dass später noch viel Zeit und Gelegenheit zum Feiern sein würde, denn nach der offiziellen Aufteilung der Bataillone würde es ein großes Fest geben.

Nachdem wir alle geduscht hatten, kam eine Gruppe von neun Frauen mit Koffern und einem Kleiderbügel mit weißen und goldenen Gewändern in die Schlafsäle. Ich war verblüfft, denn jede der Frauen sah genau gleich aus.

„Das sind die Musen“, flüsterte Georgina neben mir.

Zwei der Frauen kamen direkt auf mich und Georgina zu. Sie grinsten beide. Sogar die Form ihrer Münder und das Weiß ihrer Zähne waren identisch.

„Ich bin Clio, das ist Thalia. Wir sind hier, um euch hübsch zu machen.“

Ich sah Georgina an, die mit den Schultern zuckte. „Okay“, sagten wir.

Während wir auf Hochglanz poliert, geschminkt und gestylt wurden, erhielten wir die Nachricht, dass keines der anderen Teams die Prüfung bestanden hatte. Ich war froh, dass wir bestanden hatten, aber es machte mich traurig zu wissen, dass möglicherweise einige der Mädchen die Akademie verlassen würden. Ich betete, dass eines dieser Mädchen Revana sein würde, aber ich hatte kein Glück, denn ich sah später, wie sie sich für die Zeremonie vorbereitete.

Als Clio und Thalia mit uns fertig waren, trugen wir beide traditionell griechische weißgoldene Gewänder. Unser Make-up war makellos, unsere Haut taufrisch. Mein Haar war zu einem komplizierten Zopf geflochten worden, um den ein goldenes Band wie ein Diadem gewickelt war. Georginas kurzes Haar war hochgesteckt worden. Auch ihr goldenes Band sah aus wie ein Diadem auf ihrem Kopf. Wir schlüpften in unsere Sandalen und waren bereit, loszugehen.

Als wir den Schlafsaal verließen und uns auf den Weg zum Auditorium machten, wo ich die Blitzprüfung bestanden hatte, holten wir Jasmine und Mia ein, die beide wie Göttinnen aussahen. Gemeinsam gingen wir durch die Akademie, um uns Schicksal in Empfang zu nehmen.

Als wir die Arena betraten, summte ein Energiefeld über unseren Köpfen. Mein Blick flog auf der Suche nach Lucian über die Gesichter der Anwesenden. Ich fand ihn in einer der Sitzreihen und erwiderte sein Lächeln.

Die Götter und Göttinnen betraten die Arena und stellten sich in einem Kreis auf. Wie ein Kuchen wurde der Kreis in zwölf Stücke geteilt. Am Ende würde jeder von uns in einem dieser Stücke stehen und für den Rest seines Lebens diesem Gott dienen. Es war überwältigend, wenn ich darüber nachdachte.

Zeus trat in die Mitte der erhöhten runden Plattform. „Willkommen, Rekruten. Ihr habt alle eine erstaunliche Leistung vollbracht. Ihr habt genügend Prüfungen überstanden und bestanden, um die nächste Stufe eurer Ausbildung zu erreichen."

Wir klatschten und jubelten.

„Jetzt ist der Moment gekommen, in dem ihr in euer Bataillon eingeteilt werdet. Eure Einteilung basiert auf den Fähigkeiten, die ihr im Unterricht und bei den Prüfungen gezeigt habt. Wir treffen diese Entscheidungen nicht leichtfertig, und wir irren uns nie. Das Bataillon, dem ihr zugewiesen werdet, wird für den Rest eures Lebens eure Heimat sein."

Jasmine griff nach meiner Hand und drückte sie fest.

„Nach der großen Feier heute Abend werdet ihr in die Halle eures Bataillons umziehen. Dort werdet ihr euer eigenes Zimmer bekommen und von euren Bataillonsbrüdern und Schwestern empfangen werden. Ihr werdet eine Familie werden."

Ich schaute Lucian auf der anderen Seite des Platzes an. Wieso hatte ich ihm nie gesagt, was ich für ihn empfand? Vielleicht hatte ich nie wieder die Chance dazu.

„Wenn euer Name aufgerufen wird, steht auf und stellt euch hinter euren Gott."

Zeus winkte mit der Hand in Richtung der Götter.

Dann las er laut vor. Alle im Raum hielten den Atem an, als Zeug sagte:

„Jasmine Walker."

Ich drückte ihre Hand.

„Ares-Bataillon"

Jasmine stand auf und blickte mich an. „Du bist meine beste Freundin, Mel. Ich liebe dich."

„Ich liebe dich auch." Ein paar Tränen kullerten über meine Wangen. Ich wischte sie weg.

Sie schritt die Reihen ab und ging hinaus in die Arena, wo sie hinter Ares Platz nahm. Ich fand es etwas überraschend, dass sie zu Ares´ Bataillon geschickt wurde, aber ich war mir sicher, sie würde sich dort bewähren.

Weitere Personen wurden aufgerufen. Ab und zu stand einer meiner Freunde auf und nahm seinen Platz im Kreis ein.

„Ren Nakamura."

Ich beobachtete, wie der erste Freund, den ich an der Akademie gemacht hatte, aufstand. Ich hatte keinen Zweifel daran, wo er landen würde.

„Poseidon-Bataillon."

Ich klatschte kräftig und jubelte, als er in die Arena kam. Ren strahlte, als er seinen Platz im Kreis einnahm.

Mia ging zum Hera-Klan. Rosie schloss sich Artemis an, und Diego landete bei Dionysos.

Revana landete in Aphrodites Bataillon, was mich nicht im Geringsten überraschte, ging es dort doch vor allem um Täuschung und Eitelkeiten. Isobel hatte die Prüfungen nicht überstanden und war bereits aus der Akademie evakuiert worden.

„Georgina Thrace."

Ich ergriff ihre Hand. „Ich liebe dich, Gina. Du wirst großartig sein."

„Ich weiß." Sie lächelte.

„Demeter-Bataillon."

Sie stand auf und nahm ihren Platz ein. Ich war so stolz auf sie. Sie verdiente ihren Platz.

Weitere Personen wurden aufgerufen, und dann schlug mir das Herz bis zum Hals.

„Lucian Perro."

Er stand auf. Sein Blick blieb an mir haften, und ich konnte den Blick nicht von ihm abwenden. Er war wunderschön in seinem weißen Gewand.

„Zeus-Bataillon"

Seine Augen weiteten sich. Er war offensichtlich überrascht über seine Platzierung. Er hatte mir vorher gesagt, dass er erwartet hatte, in Ares' Bataillon zu landen. Alle jubelten, als er die Arena betrat und seinen Platz hinter dem Vater der Götter einnahm. Die Position passte zu ihm.

Weitere Personen wurden aufgerufen. Einer nach dem anderen ging in den Kreis. Und dann war ich allein auf der Tribüne. Meine Nerven lagen blank, und ich wusste nicht, was ich tun sollte.

Alle blickten mich jetzt an.

„Melanie Richmond." Zeus' Stimme dröhnte durch das Auditorium. „Noch nie in der Geschichte dieser Akademie hat ein Rekrut alle zwölf Prüfungen bestanden."

Zeus´ Worte lösten eine Welle der Aufregung unter den Rekruten aus. Auch einige der Götter sahen einander erstaunt an, offensichtlich hatten sie nicht gewusst, dass ich so gut abgeschnitten hatte.

„Ich weiß nicht genau, wo ich dich einsetzen soll, denn du würdest in jedem Bataillon gut dienen."

Aphrodite fiel dem Göttervater wütend ins Wort. „Das ist unmöglich, Zeus. Sie muss irgendwo geschummelt haben."

„Ach, halt die Klappe", sagte Demeter zu der Göttin. „Du denkst immer, dass jemand betrügt, weil du es ständig tust."

Während die Götter sich untereinander stritten und meine Mitschüler über mich tuschelten, stand ich unruhig da und beobachtete alles, ohne zu wissen, was jetzt kommen würde. Plötzlich sah ich eine seltsame Bewegung.

Ich musterte die Schatten in der Ecke und sah wie sie sich entlang des Auditoriums bewegten. Strähnen der Dunkelheit schlängelten sich über den Boden und wanderten dann die wenigen Stufen zur Plattform der Götter hinauf. Schwarzen Ranken wirbelten um Hera, dann um Artemis und Apollo.

Schließlich zogen die Schatten in die Mitte der Plattform und bildeten einen dunklen Tornado. Zeus wich einen Schritt zurück, seine Augen verengten sich.

Dann erstarrte der Tornado, die Schatten verflüchtigten sich, und Hades materialisierte sich auf der Plattform. Er sah cool und hip aus. Er trug einen lila Anzug und hatte sein dunkles Haar zurückgelegt.

Sein Erscheinen erregte Aufsehen. Die Götter zuckten erschrocken zusammen. Wohingegen Hades sie mit einem überheblichen Lächeln bedachte.

Zeus deute mit dem Finger auf ihn. „Wie kannst du hier sein? Das ist unmöglich."

Immer noch lächelnd machte Hades eine tiefe Verbeugung. „Es ist möglich, Bruder."

„Was machst du hier? Wie kannst du es wagen?"

Hades drehte seinen Kopf zu mir und grinste. Ein Schauer lief mir über den Rücken.

„Ich bin wegen Melanie hier."

Zeus riss die Augen auf, und ich sah, wie Lucian hinter ihm mich schockiert anschaute.

Doch Hades beachtete die beiden nicht. Er hatte nur Augen für mich.

„Ich beanspruche Melanie für mein Bataillon."

Nachwort des Verlags

Liebe Leserinnen und Leser,

Als wir Elisa S. Amores Akademie der Götter zum ersten Mal gelesen haben, wussten wir, dass wir diese Serie nach Deutschland bringen mussten. Es ist eine ganz groß angelegte Geschichte, die in den USA nicht ohne Grund hunderttausende begeisterte Leser gefunden hat.

Melanie als Protagonistin hat dabei besonders unser Interesse geweckt. Sie ist nicht der typisch sympathische Held. Sie ist keineswegs immer adrett, nett und folgsam. Stattdessen eckt sie an und provoziert (manchmal auch den Leser). Sie ist anders. Und das ist so gewollt. Wir glauben, dass Elisa S. Amore mit Melanie ihre ganz eigene Heldin geschaffen hat, die diese gewaltige Serie mehr als verdient hat.

Band 1 hat in dieser Serie vor allem als Einführung in die verschiedenen Charaktere und die Welt an sich gedient. Jetzt wo dieser Grundstein gelegt ist, kann die Story, rund um den Konflikt der Götter so richtig losgehen.

Wir hoffen, euch hat diese Geschichte gefallen und Band 1 hat euer Interesse geweckt. Wenn ja freuen wir uns darauf, euch wieder auf der Halbgott Akademie begrüßen zu dürfen.

Auf ein baldiges Wiederlesen,

Euer Markus
Eure Jenny

Hier könnt ihr außerdem der Autorin direkt folgen:

https://elisasamore.com/info/

Printed in Poland
by Amazon Fulfillment
Poland Sp. z o.o., Wrocław

21333447R00149